新　潮　文　庫

Xへの手紙・私小説論

小 林 秀 雄 著

新　潮　社　版

1539

目次

＊＊＊

Xへの手紙・私小説論

一ツの脳髄

　雪空の下を寒い風が吹いた。枯れかかった＊香附子《はますげ》が、処々《ところどころ》に密生した砂丘の上に、小さな小屋がある。黒いタールを塗った＊トタン屋根が蓋《ふた》をした様に乗っかって居た。其処《そこ》で船の切符を売る。未《ま》だ新しい青い竹竿《たけざお》が、小屋に縛り付けてあって、其《そ》の先きで乗船場心太丸と染め抜いた赤旗が飜《ひるがえ》って居た。竹竿は、風で動く毎《ごと》にトタン屋根の庇《ひさし》を厭《いや》な音を立てて擦《こす》った。＊四拾五銭で切符を買った。黒い爪《つめ》の延びた薄穢《うすぎたな》い少年の手が小さく切り開いた窓口から出て、四角な紙片《かみき》れと穴＊のあいた白銅をコトンと置くと又引込んだ。砂丘を下りると砂鉄の多い浜と黝《くろ》い海が見える。心太丸らしい発動機船が鼠色《ねずみいろ》のペンキの剝《は》げかかった横腹を不安気に上下させ乍《なが》ら浮いて居た。汀《みぎわ》には船を待つらしい五六人の人が寒むそうに佇《たたず》んで居た。波の襞《ひだ》は厚い板ガラスの断面の様にもり上っては痛《ひど》い音を立てて崩れた。白い泡がスーッと滑らかに砂地を滑って上って来ると、貝殻の層に達して急に炭酸水が沸騰《ふっとう》する様な音に変った。それが無数の形の異った貝殻の一つ一つ異った慄《ふる》えを感じさせた。私は茫然《ぼんやり》と波の運動を眺めて居る中に妙な圧迫を感じ初めた。帽子をとると指を髪の中に差し込んで乱暴に頭を掻《か》いて見た。何んだか頭の内側が痒《かゆ》い様な気がした。腫物《はれもの》が脳に出来る病気があるそうだ。自分のにもそんなものが何処《どこ》かに出来かかって居るのではないかしら――。痛いのはいいとして頭の中が痒くなっては堪《たま》らないと思った。

「出ますから乗って下さい」と船頭が命令する様に怒鳴った。

波を利用して船を押し出すと船頭は船に飛び乗った。海水に濡《ぬ》れた部分が半分色の変った足から、白く乾いた舟板の上に冷たそうな雫《しずく》がポタポタと滴《したた》る。ふと見ると脛《すね》に一尺許《ばか》り*の痛い紫色の疵跡《きずあと》がついて居る。それが痛々しい、厭な気を起させた。心《ひと》太丸に近づくと船頭は熊手の様なものを彼向《むこう》に引っかけた。真鍮《しんちゅう》の推進機と吃水《きっすい》線を塗ったペンキの赤い色とが水を透して美しく見えた。腹と腹とを近づけた二つの船の間で波が重そうないい音を立てて鳴った。

私は船室に下りないで船べりに駒下駄《*こまげた》を並べてその上に腰を下した。ガラス窓を嵌《は》め込んだ、交番の様なものが取って附けた様に船の中程に立って居る。屋根にヒョロ長い煙出しがある。交番の中で鐘が鳴った。ゴトゴトと機械の音が下からすると、煙出しから二つ三つの煙の輪が勢いよく飛び出して灰色の空に消えた。そのまま静かになる。ガラス窓が開いて青い服を着た男が首を出して煙草《たばこ》を喫《す》った。

漕《こ》ぎ戻って行く私達を乗せて来た和船が小さく見える。音の聞えない白い波の飛沫《しぶき》が砂鉄の敷き詰めた汀にパッパッと上った。漁夫が数珠《じゅず》繋《つな》ぎになって担《かつ》いで行く褐色の地引網が砂丘の下を這《は》って行く。船は動き出すと無暗《むやみ》に振動した。而《しか》も波があるわけではない。自分の機械でガタガタ慄えて居るのだ。ずい分気の利《き》かない話だと思った。大島通い*の汽船がかなり近い処を追い越して通った。太い汽笛を鳴らした。欄干に目白押しに並んでこちらを見下して居る旅客の間から、黄色いものがスーッと海に落ちた。誰か蜜柑《みかん》を落したのだ。横波を食った心太丸は身体を曲げてガタガタ慄え乍ら進んだ。岬《はな》を一つ廻ると山がすぐ海に迫って来る。前の年の九月の地震*で山崩れがあったらしく、何《ど》の山も赤い、生ま生ましい山肌を露《あら》わして居た。黄色い地層は脂肪の塊りの様に見えた。或る所では船頭の足の疵を思わせる様な紫の縞《しま》が織り込まれていた。この不気味な赤い縞は、雪空と黒曜石*の様に漆黒《しっこく》な山陰の海との間に挟まってズルズルと後方《うしろ》へずれて行った。

船の作る波が流氷の様に青白く光って海面に拡《ひろが》った。突然、その海の底に棲《す》んで居る魚の凍った様な肌が、生臭い匂《にお》いと一緒に脳髄にひやりと触れた。私は身慄いした。何時《いつ》の間にか先刻《さっき》の青服の男が、交番から首を出して居た。男は雪空を見上げて何か云った。船の上には誰も居ない、寒いので船室に下りて居るのだろう。私も急に寒くなった。それに頭痛がして来たので中へ這入《はい》ることにした。砂鉄のパラパラ落ちる駒下駄を抱えて、急な踏段を下った。莚《むしろ》を敷いた、薄暗い船室がある。周囲に船に酔った時の用意らしく、十五六の瀬戸引《*せとびき》の洗面器がずらりと掛けてあった。それが、船の振動で姦《かしま》しい音を立てて居た。顔色の悪い、繃帯《ほうたい》をした腕を首から吊《つる》した若者が石炭酸の匂いをさせて胡坐《あぐら》をかいて居た。その匂いが、船室を非常に不潔な様に思わせた。傍に、父親らしい瘦《や》せた爺《じい》さんが、指先きに皆穴があいた手袋で、鉄火鉢の辺《へり》につかまって居る。申し合わせた様に膝頭《ひざがしら》を抱えた二人連の洋服の男、一人は大きな写真機を肩から下げて居る、一人は洗面器と洗面器の間隙《かんげき》に頭を靠《もた》せて口を開けて居る。それから、柳行李《*やなぎごうり》の上に俯伏《うつぶ》した四十位の女、——これらの人々が、皆醜い奇妙な置物の様に黙って船の振動でガタガタ慄えて居るのだ。自分の身体も勿論《もちろん》、彼等と同じリズムで慄えなければならない。それが堪らなかった。然《しか》し自分だけ慄えない方法は如何《どう》しても発見出来なかった。丁度坐った尻《しり》の下にピストンを仕掛けられた様だった。袂《たもと》から敷島《*しきしま》を一本捜り出して、火を点《つ》けようとすると、手が慄えるので、煙草の先きがサクサクと灰の中にささる。不機嫌な顔をして、口を窄《すぼ》めて煙を吹き出した。すると意外にも煙はポッポッポッと輪を拵《こしら》えて勢いよく飛び出した。いくら静かに吹き出そうとしても、ポッポッポッと輪になってしまう。私は少し元気付いた。そして、交番の屋根の本物の煙出しを思い浮べ乍ら、煙草の遊戯を繰返した。一本喫い終ると、急いで煙草入を出して見たが、あと一本しか残って居ない。而も包紙が破れて居て空気が洩《も》った。そこへ唾《つば》をつけると折れてしまった。

船の振動がバッタリと止《や》む。人間達は、洗面器と一緒に静まり返った。船の水を切る気持ちのいい音が、鮮やかに船室に響いた。

小ぢんまりとした、湖水の様な入江に、鰹船《かつおぶね》や、白ッちゃけた和船が、雑然と、然し如何《いか》にも静かに浮いて居た。M*港の町は、震災当時の火事で、すっかり焼けて了《しま》って居た。蕭索《しょうさく》とした正面の山の斜面に、黄色いバラックが処々にかじり附いて居た。火事の灰で鉄の銹《さび》の様に染った汀を、清澄な水が浸して居た。子供が大勢、船から炭俵を下している。

私は、湯ヶ原*まで自動車*に乗った。焼け残った電柱や、自動車を見送る煤《すす》けた様な少年が、セルロイド*の窓を横切った。峠を越すと道は海に沿うて緩やかなカーブを作る。雪空の圧迫に堪え兼ねた様な、薄穢《うすぎたな》い漁夫の家が、道の右側に連続している。門口に置かれた菰《こも》には、牡蠣《かき》らしい貝殻が一つ一つ憂鬱《ゆううつ》な空の色を映して鈍く光っていた。過ぎて行く荷車や、犬や、通行人や色々のものが次々に眼に飛込んで来た。疲れた頭が見まいとすればする程、眼玉は逆《さか》った。荷車の輪と一緒にグルリグルリ廻っている藁《わら》の切れ、車を引いた男の顔から鉢巻の恰好《かっこう》まで見てしまう。電柱が通ると落書や広告を読む。私は苛々《いらいら》して非常な努力で四角なセルロイドから目を離した。

私と向い合せに車掌が坐っていた。目尻が少し下って頬骨の高い、子供の様な顔が、出来たての霜焼けの様に真赤だ。それが襟《えり》と袖口《そでぐち》に緑色の縁をとった、カーキ色の兵隊服を着ている。何処か外国の兵隊のおもちゃの様であった。

行手を見ると、往来に馬の尻がつき出している。自動車がそれをスレスレに追い越すとガタンとひどい音を立てて止った。馬が後ずさりをして衝突したのだ。車掌は首からぶら下げた小さな鞄《かばん》をヒョイと後に廻すと、周章《あわ》てて飛び下りた。蹄鉄《ていてつ》の音と一緒に車掌の詫《あや》まるらしい言葉と男の胴間《どうま》声《ごえ》が聞えた。

「ヤイ、ヤイ、車を見ねえか」、運転手が窓から乗り出して怒鳴った。蒼《あお》い顔に近眼鏡をかけている。やがて、曲った泥除《どろよ》けをガタガタさしていた車掌が車内に這入って来た。

「大体馬を往来におッ放しておく法があるもんか」、運転手は冷淡な調子で云った。

「往来におッ放して置く法はない」と車掌は同じ事を呟《つぶや》いた。まだ昂奮《こうふん》しているらしかった。

*盲縞《めくらじま》の上*被布でぶくぶくと着膨れた、汚いおかみさんが、自動車を呼び止めた。

「ジン公。めしあ未だだろ、これを持ってって食って来な」、おかみさんは、左手で抱えた大きなお鉢を、車掌の方へ差し出した。母親なのだ。車掌は、私の顔を偸《ぬす》み見て迷惑そうに顔を顰《しか》めた。

「いんだよ」

「いいから食ってきなよ、さあ」

母親と一緒に立っていた、車掌とよく似た、十位の女の子が、皹《ひび》の切れた手で信玄*袋をさげて乗って来た。

「学校まででいんだよ」、女の子は嗄《しゃが》れた声を出した。茶ッぽいグルグル巻の髪に花簪《はなかんざし》をチョコンとさしている。

兄貴は黙って外方《そっぽ》を向いた。

自動車は動き出した。母親は、お鉢を抱えて、未練らしく、何やら云いながらついて来たが、直ぐ後になった。車掌は何んだか悄気《しょげ》ていた。

額の無暗に広い、目の細い女中が給仕をした。その馬鹿々々しい善良な顔が私を悩ました。食慾は無かったし、話すのも億劫《おっくう》な気がして何んとなく不機嫌な顔をしていた私の傍で、女は一人でよく喋《しゃべ》った。私は女のだだっ広いおでこの内側に駝鳥《だちょう》の卵の様な、黄色い、イヤにツルツルした脳髄が這入っている事を想像した。女の喋る言葉が、次々にその中で製造されているなどと考えた。然し、知らぬ間に私は、地震で何処の温泉は湯が増えたとか、減ったとかと云う話に、骨を折って調子を合わせていた。一人になるとホッとした。私は*一閑張《いっかんばり》の机に肱《ひじ》をついて、机の上に映った電灯の姿を茫然《ぼんやり》眺めていた。気持ちの悪い倦怠《けんたい》を感じた。丁度、非常に空腹な癖に胸が焼けて何も食べられないと云う様な生理現象が頭の中で起っていた。

女中は床を敷きに来ると、「おやすみなさい」と丁寧にお辞儀をして障子を閉めた。――駝鳥の卵が眠る――私はもう滑稽《こっけい》な気はしなかった。廊下を遠ざかって行く草履《ぞうり》の音を聞いた。――俺の脳髄を出して見たら如何《ど》んなに醜い恰好をしているだろう――湯を使う音が、廊下が喇叭《らっぱ》の様な塩梅《あんばい》になって時々朗かに響いた。それもやがて途絶えた。私は原稿用紙を拡げた。

三年前*父が死んで間もなく、母が喀血《かっけつ》した。私は、母の病気の心配、自分の痛い神経衰弱、或る女との関係、家の物質上の不如意《ふにょい》、等の事で困憊《こんぱい》していた。私はその当時の事を書きたいと思った。然し書き出して見ると自分が物事を判然《はっきり》と視《み》ていない事に驚いた。外界と区切りをつけた幕の中で憂鬱を振り廻している自分の姿に腹を立てては失敗した。自分だけで呑《の》み込んでいる切れ切れの夢の様な断片が出来上ると破り捨てた。

*母は鎌倉に転地していたので、私は毎日七里ヶ浜に散歩に行った。其処に呼吸器病の療養所が二つ建っている。ガラス障子の嵌《はま》った、細長い棟が幾つも並行して砂丘の腹にへばり附いていた。前の年の冬の曇った日だった。懐手《ふところで》をして浜をブラブラしていた。（天気のいい日は太陽の反射で散歩は直ぐ疲れてしまうので曇っていた方がよかった。）*過酸化水素水の茶色の空壜《あきびん》がよく砂の上に目についた。病院のガラス障子の線が白く光っていた。そのガラスの嵌った細長い箱に閉じ込められた病人が、海の広い空気に、子供が乳首に吸い附く様に吸い附いている。——空気の断面が一人の病人の喉《のど》から這入った先きで二つに分れる突起を無数に造ってザラザラしている。——こんな事を考え乍らブラブラしていた。其時、灰色の海面にポッカリとスベスベした

頭を出している黄色い石を見た。帰っても妙にその石が頭についた。私は自分の憂鬱の正体を発見したと思った。友達が遊びに来た時、友達と一緒にその石を見るのが何んとなくイヤで避けて通った。そんな記憶が浮んだ。

知らぬ間に私は原稿用紙の上に未だ蝕《むしば》まれた穴の数まで覚えている石の恰好を幾つも書いていた。そして今では*神経病時代のそんな経験をたわいもない事として眺められるだけにはなっていると思った。

地震で建付《たてつけ》の悪くなった障子が柱との間に細長い三角形を黒く造っている。其処から静けさがガスの様に這入って来た。室の空気の密度が濃くなって行く様な気がした。私は机の上の懐中時計を耳に当ててその単調な音で、静寂からくる圧迫に僅《わず》かに堪え乍《なが》ら凝《じ》っと前の壁を視詰めていた。と、急にドキリとした。立ち上ろうとしてハッと浮かした腰を下ろした。鎌倉の家で、夜、壁を舐《な》めた事があった。それを思い出した。「もう舐めないぞ」と冗談の様に呟こうとしたが声が出なかった。私は何んとなく切ない、真面目な気持ちでじっと坐っていた。

床に横になると、舌の上に*ヂアールの白い塊りを二つ載せた。私はもう*カルモチンでは眠れなかった。二月程前、この薬を飲み過ぎて、翌朝縁側から足を踏み外して落ちた事があった。友達の兄の医者の処へ行って目の覚める薬を呉れと云うと薄荷《はっか》の様な水薬を呉れた。医者は「そんなものはもう止《や》め給《たま》え。心臓を悪くする。眠らせたり、覚ましたり、君はまるで自分の頭を玩弄《おもちゃ》にしているんだね」と云った。

然し仕方がない――俺の頭よ。許して呉れ――私は薬で苦がくなった口で呟いた。

――何んだか雨垂れの様な音がした。……


翌日は雪だった。目を覚ました時は竭《や》んでいたが、空は未だ降りたそうに曇っていた。

私は湯槽《ゆぶね》に寝そべっていた。風呂場のガラスの窓越しに、雪に覆《おお》われた電線が、重そうに弛《たる》んでいる。雀が来てとまった。雪がパッと散って黒い被覆線が露《あら》われた。雀はゴム鞠《まり》の様に膨らんでいた。温泉の白い湯気が時々電線と雀を茫《ぼや》けさせた。

私は、透明の湯を透《とお》して赤く血の色の浮んだ自分の体を見た。それから湯の面に突き出た憂鬱な頭の恰好を意識した。それは、やっとヂアールの毒から解放されて頑《かたく》なに沈黙していた。私は、後頭部を湯につけた。然し頭は湯の温かみを反撥《はんぱつ》した。何が起るか解《わか》らない、と云う様な不安がした。

(兎《と》も角《かく》、これを東京まで静かに運んで行かなければならない。然し帰った処で……だが、今夜又此処《ここ》に寝るのは堪らないからな)、ヤイヤイ云って旅行に出て来た癖に、もう帰って来たのかと家で云われるのを考えた。（馬鹿、そんな事は如何《どう》でもいいんだ――熱海*へでも行くかな、行ったってロクな事はないぞ――それとも……）、私は、苛々《いらいら》して来た。

（静かに、静かに）、私は、注意深く、労《いた》わる様に頭を湯槽の辺《へり》に乗せた。

歩いて、真鶴《*まなづる》まで行く積りで早めに宿を出た。昨日の自動車が往来に止っていた。兵隊服の車掌は私を見ると乗れと云った。

「早過ぎる様じゃありませんか」

「早過ぎはしません」、車掌はかじかんだ様な手で緑色の袖口を捲《まく》って大きな腕時計を見た。松葉杖《まつばづえ》をついた男が横から覗《のぞ》き込んで、車掌のに劣らない様な自分の安時計の蓋《ふた》をパタンと開けた。そして、

「四十分進んでる」と云った。

「船場の時計だから合ってます。進んでたって船は船場の時計で出るんだからね」、車掌は子供が癇癪《かんしゃく》を起した様な顔をした。船は陸を一と足離れればお終《しま》いなのだとか、彼方《あっち》で三十分や、四十分、間がなくては駄目だとか、と早口に喋った。喋り乍ら唾《つば》をジクジクロの両端に出した。

私は黙って歩き出した。

平地の雪は殆《ほとん》ど融けていたが、盆地を取り囲んだ山々は真白に染まっていた。それが山を非常に高い様に思わせた。街道の側《そば》に澄んだ小川が流れている。雪融けの水でシットリ濡《ぬ》れた岩を*鶺鴒《せきれい》が小さい黄色い弧を作ってピョイピョイ渡っていた。機械で木を切る音が透明な空気の中に響いた。鋸屑《のこぎりくず》の小山に斑《まだ》らに雪が消え残っていた。新鮮な木の香がした。其《そ》の何時《いつ》にないすがすがしさが、自分に如何してもそぐわない気がした。その癖すがすがしさは感じていた。丁度自分の脳髄をガラス張りの飾り箱に入れて、毀《こわ》れるか毀れるかと思い乍ら捧げて行く様な気持ちだった。然しいつの間にか、それは毀れていた。そして重い石塊《いしころ》に代っていた。

峠の下で自動車が私を追い越した。下ると松葉杖の男が立っていた。「とうとう歩きましたね」。男は私に声を掛けた。「船は出ちゃったんですよ。車掌の奴、あれから飯を食いやがったんです」。そして忌《い》ま忌ましそうに皺《しわ》を額に造った。（此《こ》の男は何を云っているんだろう――）、私は、間抜けた様子で男の顔を眺め、信玄袋を担《かつ》いで来た*赤帽の様に肩の上に乗っかった石塊を振った。

次の船は仲々出ない。私は赤い錆《さび》の様な汀《みぎわ》に添うて歩いた。下駄の歯が柔らかい砂地に喰い込む毎に海水が下から静かに滲《にじ》んだ。足元を見詰めて歩いて行く私の目にはそれは脳髄から滲み出る水の様に思われた。水が滲む、水が滲む、と口の中で呟き乍ら、自分の柔らかい頭の面《おもて》に、一と足一と足下駄の歯をさし入れた。狭い浜の汀は、やがて尽きた。私は引き返そうと思って振り返った。と、砂地に一列に続いた下駄の跡が目に映った。思いもよらぬものを見せられた感じに私はドキリとした。私はあわててそれを脳髄についた下駄の跡と一つ一つ符合させようと苛立《いらだ》った。私はもう一歩も踏み出す事が出来なかった。そのまま丁度傍にあった岩にへたばった——。茫然として据えた眼の末に松葉杖の男の虫の様な姿が私の下駄の跡を辿《たど》ってヒョコヒョコと此方《こちら》にやって来るのが小さく小さく見えた。

女とポンキン

半島の尖端《せんたん》である。毎日、習慣的に此処《ここ》に来る。

幾重にも重った波の襞《ひだ》が、夏、甲羅を乾した人間の臭《にお》いを、汀《みぎわ》から骨を折って吸い取って居る。鰹船《かつおぶね》の発動機が、光った海の面を、時々太鼓の様に鳴らした。透明過ぎる空気が、煙草《たばこ》を恐ろしく不味《まず》くして了《しま》う。前の晩に食べ残した南京《ナンキン》豆が袂《たもと》から出て来た。割れば醜い蛹《さなぎ》が出て来そうだ。私は、*琥珀《こはく》の中に閉じ込められて身動きも出来ない虫の様に、秋の大気の中に蹲《うずくま》って居た。

――気が付くと、*一尺許《ばか》りの、背の低い犬が、私の匂《にお》いを嗅《か》いで居た。妙な犬だ。毛が、五分刈にした坊主頭の様に短い。然《しか》も首から先きと、しっぽの尖端は、判然《はっきり》した別目《けじめ》を附けて、普通に毛が生えて居る。主人の悪戯《いたずら》に相違ない。私は、ちょっと彼の頭を撫《な》でてやった。

「ポンキン!」、よく透《とお》る女の声が響いた。犬は足元から、ばったを飛ばし乍《なが》ら馳《か》けた。水色の洋服に、真黒なジャケツを着た若い女が、小道に現れた。葉の疎《まば》らになった栗の樹の下で桃色の日傘がキリキリと廻転した。

女は、黙って私の直ぐ傍に腰を下すと、窄《すぼ》めた日傘を足元の土に刺した。手を放すと倒れかかるのを、殺し損った芋虫《いもむし》でも潰《つぶ》す様に、神経質に又刺す。日傘に引掛った＊練玉《ねりだま》の首飾りがクニャリと凹《へこ》んだ。私は、お河童《かっぱ》さんにした髪に半分かくれた女の蒼白《あおじろ》い横顔を見た。ブラッシの毛を植えた様な睫毛《まつげ》と、心持ち上を向いた薄い鼻だ。女は、両肱《りょうひじ》で顎《あご》を支えて、茫然《ぼんやり》海を眺めて居る。沈黙――。

ポンキンが、二人の間に割り込んで来て坐った。

「滑稽《こっけい》だ」、私は、呟《つぶや》いた。

「え、何？」、女は、支えた顔を素早くこっちに廻転さした。私は、思い掛けなかった。たのでちょっとドギマギし乍ら煙草を吹いた。

「面白い犬を持ってますね」

「これ狸《たぬき》よ」、女は、ポンキンの頭に手を置いた。ポンキンは、ちょっと頭を凹ました。

「バリカンで刈ってやったの、斯《こ》うするとライオンに見えるでしょう」

「成る程」

二人は、又黙った。断崖《だんがい》の下を、波頭が走る音が遠い機関車の蒸気の様だ。私は、膝《ひざ》の上の本を見るともなしに拡《ひろ》げた。

「それ何？」

「*弥次喜多」

「面白いの？」

「つまらない」

「当り前だわ」、女は、腹が立った様に言った。ジャケツのポケットから首を出した本を抜き出して、パラパラと頁《ページ》を繰ると、苛々《いらいら》した様子で又ポケットに捩《ね》じ込んだ。

「そんなもの芸術なもんか」、女は、独言の様に言った。

　私は黙って居た。（ナントきた八、今日はどっちの方へまごつくのだ）と、漫然と活字を眺めて居た目の前に、女の指環《ゆびわ》がキラリと光った。本は、私の手を放れて、海の方へケシ飛んだ。ハッとした私の眼玉がその行方を追った。白い抛物線《ほうぶつせん》が、風で弓なりに反《そ》って海に消えた。

「面白いことね」と、女は、俯向《うつむ》いたまま言った。ポンキンも、段々になった襟足《えりあし》を岸から突き出した。私は、その首を摑《つか》んだ。

「こいつ！」

「あ、いけない！」、女は、疳高《かんだか》い悲鳴を上げて、放り込もうとする私の手頸《てくび》を握った。油のないカサカサした生まぬるい手だ。冷い指環を、無気味に皮膚に感じた。私は、手を放した。

「ねえポンキンや」、女は、ポンキンを横抱きに、抱き上げた。ポンキンの五分刈の背中から、枯れた艾《よもぎ》の花が零《こぼ》れた。ポンキンは、頓狂《とんきょう》な顔をして外方《そっぽ》を向いた。

私は驚いた。

翌日である。快晴。

昨日の女かと思ったら、丈の短い荒い紺飛白《こんがすり》を着た十七八の男であった。顔色の悪い小さな顔に、縁無しの分厚な近眼鏡をかけて居る。男の顔は、どうかすると眼鏡だけに見えた。

「洋服を着て犬を連れた女が来ませんでしたか」、男は、私を見下し乍ら、訊《き》いた。

私は、その横柄《おうへい》な調子と、眼玉だけで泳いでいる支那金魚*の様な様子を不快そうに眺めた。

「犬じゃない、狸でしょう」、グスグスになった駒下駄《*こまげた》の鼻緒を、不恰好《ぶかっこう》な足の指に挟んで居る。

「犬でさあ」、男は、無表情な顔で答えた。

「来ませんでしたか？」

「来ません」

「チョッ、困っちゃゥ」、彼は、舌打ちして其処《そこ》へ蹲《しゃが》んだ。

「その人が如何《どう》かしたんですか」、私は、ぶきっちょに発音した。

「捜しているんです。親父が急に悪くなったものだから」、男は、のろのろと答えて暫《しばら》く黙って居たが、少し頭がいけないのだ、と附加えた。

女が、此《こ》の町の何処《どこ》かで、病気の親父と一緒に暮して居るという事実が妙な色彩で、私の頭に、這入《はい》って来た。洋服を着て五分刈の狸を愛している娘に対する心痛と憎悪《ぞうお》とで、親父も、母親も、支那金魚の様な顔になって了っているに相違ない。私は、恐ろしい馬鹿々々しさを感じた。それに、イヤな腹立たしさが混合した。

「お父さんがお悪いなら、早く帰ったらいいでしょう」

男は、帰って行った。私は男の後姿を眺め、彼の踵《かかと》と下駄なぞ眺めた。

夜、雨が降ったらしかった。蝕《むしば》んだ枯葉や、栗の毬《いが》が落ちた小道が黒く湿って居た。*赤の御飯《まんま》の花が美しく濡《ぬ》れていた。

女とポンキンが坐って居る。

「今日は」と女は言った。私は、黙って、憂鬱《ゆううつ》な目で彼等を眺めた。

「昨日、あなたを捜してましたよ」

「如何《ど》んな人？」

「支那金魚だ」、似ていると言おうとしたが止《や》めにした。

「弟でしょう、必度《きっと》」

「お父さんは如何なんです？」

「今日お葬式」

黙っていると女は、

「だって、ポンキンを一緒に連れてっちゃいけないと言うんだもの」と言った。

ポンキンは、置物の様に黙って何か考えて居る。

狸の寿命を十年として、此の女は、先《ま》ず自殺する事になるだろう、と私は考えた。

三人は黙った。

「あなた、タゴール*お好き」、女は、ポケットから一昨日の本を出した。私の脳髄は、女の言葉を反撥《はんぱつ》した。

「タゴールって――」、海は、燦然《さんぜん》として静かであった。私は断崖の下で鰕《えび》を釣る蕈《きのこ》*

の様な帽子を見た。

女は、膝の上に屏風《びょうぶ》の様に立てた本の上に顎を乗せて、「駄目ね」と言った。

「これ上げるからお読みなさい」、彼女は、本を私の膝の上に置いた。

「家にはまだ二冊あるからいいの」

私は、本を拡げて見た。頁が、方々切り抜いてある。余白だけ白く切り残された頁もある。

「こりゃ如何したんです」、私は、窓の様に開いた頁の穴に指を通してみせた。

「あ、そう、そう、いい処《ところ》だけ切り抜いたの」、女は、子供の折紙の様に畳んだ切り抜きを、ポケットから出して渡した。私は、本をポーンと、海に投げ込んだ。

「何するの」、女は、恐い顔をした。

「これがあれば構わない」、私は、切り抜きを女に見せた。

「ソオね」と女は頷《うなず》いた。私は少しばかり切ない気持ちになった。

今日は、波の音も響かない。

「あたし、気狂《きちが》いに見えるでしょうか?」、突然、女は言った。後の小道を散歩していたポンキンが、女の膝の彼向《むこう》側から首を出した。

「いいえ」

「嘘《うそ》つき！」、女は、私を睨《にら》んだ。

「嘘なんかつきはしない」

彼女は、私の視線を避ける様に横を向くと、「でも皆んなが気狂い、気狂い、と言う」と小さい声で言った。暫くの間、女は何か早口に呟いて居た。彼女の頬に、涙の線が光るのに気が附いた。私は、道に落ちた、真中の渋皮が雨に漂白された栗の毬に眼を転じた。

その時、私の背後で、ポンキンがゴソゴソと音をさした。突然、女は、「ポンキン、いけません！」と疳高い声を出した。見ると、キョトンとしたポンキンの前を、二尺許りのやまかがし*が、音も無く動いて居た。

ポンキンは、それに何か仕様としたものらしい。女主人と狸とは、互に睨み合った。私は、この瞬間、女の涙に光った、蒼白い、一所懸命な顔を、本当に美しいと思った。

其後、女にもポンキンにも会わなかった。間もなく私は、東京に帰って了ったから。

一と月程経《た》った。既に冬が近附いて居た。私は、又ここへ来た。

或る朝、私は、海岸を歩いて居た。前の晩の嵐《あらし》の名残りで、濁った海の面は、白い泡を吹いた三角波を、一面に作って居た。冷い、強い風を透して、黄色い壁の半島が慄《ふる》える様に見えた。月の様に白く浮き出した太陽の面を、黒雲の断片が、非常な速力で横切って居た。浜には濡れたセッター*の尻尾《しっぽ》の様な褐色の海草が続いた。風の中を、鳥の群れがヘナヘナ歪《ゆが》み乍ら舞った――。

　私は、彼方《かなた》から女とポンキンが歩いて来るのを見た。女は、黒の外套《がいとう》を着て、波の飛沫《しぶき》の白く漂う、蕭索《しょうさく》とした海岸を俯《うつむ》き乍ら、妙な曲線を描いて近附いて来た。彼女は、目に立って痩《や》せて居た。死んだ魚を思わせた。女は、気が附かないらしく、下を向いて行き過ぎた。其後、毛を刈って貰《もら》えなかったらしく、ポンキンの襟足は、段々がぼやけて見えた。ポンキンは、私を見上げた。その目は、確かに、私の顔を認めて居た。何か、秘密なものを見られた様な気がした。

「ポンキン！」と背後《うしろ》で女が呼んだ。ポンキンは、女の跡を追って駆けた。私は、彼等を見送った。ポンキンは、一寸《ちょっと》立ち止り、振り返って私を見た。途端、其の顔が、笑った様に思われ、私は、顔を背けた。

　私は冷い風の中で慄えた。私の足は、力なく濡れたセッターの尻尾を踏んだ。

からくり

或る日

俺《おれ》は「*ツェッペリン伯号世界一周」という活動写真をみていた。「ええ、画面をよく御覧になりますると、中央に於いて二隻《せき》の汽船が衝突して将《まさ》に沈没せんとしております」と*弁士が喚《わめ》く。*バルチック海で人しれず沈没しちまいたい処《ところ》を、たまたま通りがかりの風船に見つけられてしまったらしいのである。いい面《つら》の皮だ。幸いな事には弁士の声に見物一同一斉に眼を見張ったが、チョッピリ黒いお団子が見えただけで何が何やらわからない。「ええ、これがシベリヤの大森林、地質学などに興味をもたれる方々には実によだれの垂れそうな光景であります」と今度は意味を成さない様な事を言うと、大仏様のいぼいぼみたいなものが一面に現れる。「ツェッペリン伯号唯《ただ》一人の密行者」で、何んとかヘイ夫人という厭味《いやみ》な年増《としま》が、黒い小猫に頰ずりをしている。何んとか特派員がタイプライタアを叩《たた》いたり、アメリカの百万長者がうで玉子を食ったり、海が映ったり、雲で映らなくなったり、じゃがたら薯《いも》を並べた様なロッキイ山脈を難航したりするうちに、風船は凡《およ》そ世の義理人情を無視して、澄まして世界を一周して了《しま》った。「一見甚だ変哲もない写真でありますが、よくお味《あじわ》い下さった方々には、実に興味津々《しんしん》たる映画であったと信じます」と弁士がまことに当を得た弁解をすると、電気がパッとついて俺は見事にスカされた。俺はしょっちゅう世の中にスカされている男であるとは思っているが、これは俺の方から世の中をスカす傾向があるが為《ため》だと観念しているから別に腹も立たない。だが、鑑賞の世界では、鑑賞の世界などと判然しない言葉だが、おまけに虫の好かない言葉だが、豚だとか芸術だとかペンペン草だとか色事だとか凡そ世の種々な存在を、聊《いささ》かも行為する事なく眺めるという人の心をいうのである。この世界では、俺は生れてから何一つスカした覚えはない、豚が俺をスカさない様に俺は豚をスカさない。処が、芸術という名で包摂されている、人間のあらゆる意識的記号の戯《たわむ》れだけが、無闇《むやみ》と俺をスカすのは奇妙である。そして俺は大変苦《に》が苦がしい気持ちを味って了うのだ。成る程俺の頭は、本物の豚のしっぽが本物の豚のしっぽである様に、本物の芸術品が本物の芸術品である事を心得ている、又、俺の頭は、俺が生れた国の血にかけて、本物の豚のしっぽは本物の芸術品に較《くら》べて上等でも下等でもない事を承知している。だが、こんな事を承知する事は俺の苦が苦がしい気持ちを増しもしなければ減らしもしない。

俺は雑沓《ざっとう》の裡《うち》を行き乍《なが》ら、いつもの通り不幸であった。黒色がすべての輻射光線《＊ふくしゃ》を吸い込んで黒色である様に不幸であった。俺は俺の不幸をいつくしもうとは思わない。が、なるたけならば何時《いつ》までも、人々の指先きにつつかれる事なく（たとえその指が蠟《ろう》細工であろうとも）嚙《か》みしめた儘《まま》でいたいと念ずる。だが、生得＊さもしい俺の根性はなかなかそうはさせてくれない。俺は無意味に脅されて、一種抒情《じょじょう》的な奇蹟《きせき》を夢みて了う。又、神様も俺の根性は知っているから、世の最もささやかな風景にもこの奇蹟をかくして置くのであって、俺の発見には少しも手間がかからない。神様の方かそれとも俺の方か知る由《よし》もないが、兎《と》も角《かく》、どちらか一方の根性が曲っている事をうらめしく思い乍ら、俺は、水族館に這入《はい》り、地下室でお魚の泳ぐのを見て、二階で女の子が踊るのを見ようと心を定めた。

小屋に這入ろうとして懐《ふところ》をさぐってみると、一＊銭玉を五十銭玉だと信じていた為に、五銭足りなくなって這入れなかった。風船に乗って世界を一周する奴と、五銭足りなくてお魚と女の子の踊りが見られない奴との懸隔を、俺は暫《しばら》く馬鹿な顔をして思案した後、以前に経験もあった事だから、五銭玉位おちているだろうと、懐手をして地べたを見廻し乍ら、のろのろ歩き出す。

　何んの装飾も許さない解析の*螺階《らかい》を登り始めてから幾年になるだろう。遠い昔の様にも思われる、又つい昨日の事の様にも思われる。俺は予期した通り、自分の歪《ゆが》んだ面相に衝《つ》き当った許《ばか》りだ。この歪んだ面相は如何《いか》にも解析出来兼ねるとあきらめる時、俺は自分の運を摑《つか》んだと思い込む。そして、人々が俺の運を嘲笑《あざわら》う権利がある様に、俺は人々の運を嘲笑う権利があると思い込む。こんな時、俺に、自分の運を透してこの世を一色に塗り潰《つぶ》すことは如何にも容易である。例えば、俺が、*ヴァレリイの絶望した明晳《めいせき》も、*ブルトンの狂喜した感性も、たわいもなく同質な細胞だと認めて恥じない事は如何にも容易である。それにしても不幸のからくりは幸福のからくりに較べて比較にならぬ程入り組んでいるらしい。俺は俺の不幸の迷路に道を失っているのかもしれない、或る時俺の幸福の大道が俺を誑《たぶら》かした様に。とまれ、人は夢みる術《すべ》を知っている以上、夢の浪費を惜しむ事は許されまい。誑かされるのが生きる事ではない。生きる事が誑かされる事なのだ。この瓜《うり》二つに見える言葉は、俺には全く異った音を伝える様だ。

　俺はこんな痴呆《ちほう》の様な思案には倦《あ》き倦きしている、倦き倦きしていればこそ俺の頭は歩き乍ら勝手に痴呆の様に思案するのである。そして穴のあいた五銭玉発見の注意力は聊かも鈍らされはしないのだ。

うしろから俺の肩を叩くものがある。振り向くとXであった。（今は冬であるから、彼もまた外套《がいとう》を着て手袋をはめていた。）俺はもう五銭玉を捜す必要がなくなった事を残念に思った。彼は俺に*スタウトを二本のましてくれて、*レエモン・ラジゲの「*ドルヂェル伯爵《はくしゃく》の舞踏会」という小説を読めと言った。ラジゲというのは廿歳で死んだフランスの少年である。俺は大分以前この男の「*ディアブル・オオ・コオル」という小説を電車の中で読みとばした事を何んの感慨もなく思い出した。一体フランスなどという小説の立派な伝統のある国で、子供の癖に小説を書くなどとんでもない奴だ。日本という国は、これは又格別な国だと俺は思っている。生れてから世の中にいじめられた事もない子供が、*浮世を茶にしたがったり、最も単純な人情の機構も知らない子供が、社会科学で当代をしょって立ったり、山に登るとなぜ空気が冷くなるかという物理の問題も判然しない頭で、伝統を軽蔑《けいべつ》したり、娘っ子にからまれても法がつかなくなる癖に、*超現実主義などと飴《あめ》屋の旗みたいなものを鉢巻にさしてみたり、落語《はなし》に出てくる*香具師《やし》は、当節*でっち物なんか出しては仁が寄らないと一つ目小僧を捜しに出掛けるんだが、こいつを一つ目小僧の方で、当節はでっち物でなきゃ仁が寄らないと言っている。

Xは俺の話を聞いてつまらなそうな顔をした。俺も仕方がないから、つまらなそうな顔の真似をした。

「そいで、どうしても読まないというんだな」

「どうせスカされるんだ、いやなこった」

「じゃ勝手にしろ、馬鹿」

もちろん俺は、其夜《その》家に帰り、炬燵《こたつ》に火を入れ、南京《ナンキン》豆をたべ乍ら、ひそかにラジゲを読み始めたのである。一体がさもしい根性からだ。尤《もつと》も、どうせ退屈なのなら何を読んだって同じ事だし、又この際、この*ジャン・コクトオの*稚児《ちご》さんを決定的に軽蔑しておくのも悪くはあるまいと考えたのだ。

処が、思いもかけず俺はガアンとやられて了った。*電気ブランか女かでないと容易に働きださない俺の脳細胞は、のたのたと読み始めるや、忽《たちま》ち*バッハの半音階の様に均質な彼の文体の*索道に乗せられて、*焼刃のにおいの裡《うち》に、たわいもなく漾《ただよ》って了った。

俺は一気に（尤も俺はあんまり幸福になって途中で、本の上にだらしがなくよだれを垂らして暫く眠った）、夜明け近く「ドルヂェル伯爵の舞踏会」を出た。

俺は彼の舞踏会を出て、凡そ近代小説がどれもこれも物欲しそうな野暮てんに見えた。これ程的確な颯爽《さっそう》とした造型美をもった長編小説《ロマン》を、近頃嘗《かつ》て見ない。それにしても子供の癖に何んという取り澄し方だろう。やっぱり天才というものはあるものだ、世に色男がある様に。

想《おも》えば廿歳《はたち》で死んで了ったとは如何にもくやしい事である。ほかに死んでもいい奴が佃煮《つくだに》にする程いるものを。

だが、逆上《のぼせ》まい、俺は静かにしていなくてはならぬ。

彼が*神様の兵士等に銃殺されるのだと自分の死を予言した時、ジャン・コクトオに言った。「一つの色が漾っている。人間共がその色の裡にかくれている」と。コクトオがそんな人間共は追払って了った方がよくはないかと彼に訊《たず》ねると、「あなたには追払う事は出来ない、あなたには色が見えないのだから」と答えた、とこの小説の序文でコクトオは書いている。

彼の眼の前に揺曳《ようえい》した色は、人間の血液の*スペクトルだっただろうか、それとも彼の文体そのままに*ナトリウムのスペクトルの様な燻《いぶし》がかかっていたのだろうか、俺に知れよう筈《はず》はない。だが、俺は信ずるが、彼はある色を鮮やかに見たに相違ない、その色の裡に人間共がすべて裸形にされ、精密に、的確に、静粛に、*担球装置をした車軸の様に回転するのを見たに相違ない。神の兵士等に銃殺されたこの人物が垣間《かいま》みたものは、正しくこの世のからくりだったに相違ない、そして又恐らく同じあの世のからくりだったに相違ない。

俺は冷くなった炬燵に頬杖《ほおづえ》をつき、恐る恐る思案した。――俺を支えているものは俺自身ではなく、ただ俺の過去なのかもしれない。俺には何んの希望もないのだから。だけど、俺が俺の過去を労《いたわ》ろうとすればするほど、それは俺には赤の他人に見えて来る。――

俺は林檎《りんご》を二つ食い、水をのみ、一切が失われた様に思い、光が走る様な音を聞いた。

夜はとうに明けていた。俺は外に出た。雲が空をつつんで、人気のない街に、冷い強い風が吹いていた。俺は出掛けに門口で拾った山陰を旅行している従弟《いとこ》からの絵葉書を読んだ。

「こんな石段を二百四十七も登ると雪の中にケチな御堂があります。馬鹿みちゃった。もちろん名前なんかわからないが渡り鳥の大群が風で凹《へこ》んだり出っぱったりし乍《なが》らやんやん飛んで来ます。今、山のお湯にいます。お湯の中でチンポコが実に可愛《かわい》らしく見える。目下*大衆文芸を読破しつつあります。さよなら」

表をひっくり返すと、写真にはただただ芸もなく石段許り写っていた。俺は曇った寒空を見上げた。俺の眼はどうやら渡り鳥を捜そうとしたものらしい。

眠られぬ夜

むしむしと暑い晩であった。

舞台では、＊八重垣《やえがき》姫の人形が、花櫛《はなぐし》をきらめかせ、＊綸子《りんず》かなにかの白無垢《しろむく》で、踊っていた。私はもう充分に疲れていたのだが、なぜか眼は見る事を強いられていた。

＊上手《かみて》の泉水にかかった石橋に、ひょいと片足を載せる。銀色の褄《つま》が割れて、足は見えず、紅《あか》い裳裾《もすそ》が、ぱっと一杯に襞《ひだ》をつくる。うっとりする。途端に斜《はす》かいの身体がそのまま、すいっと白い弧線を描いて宙を横飛びになり、これも、竿《さお》の先きにとまって宙乗りをしている兜《かぶと》に追い縋《すが》る。兜の白髪が渦を巻き、金いろの前立《まえだて》がちかちかして、行く手の夜空には豆電気の狐火が、どろどろと一緒に悠々とむらがり揺れ、身をくねらしたお姫様が、重たそうな袂《たもと》の袖口《そでぐち》から、縫いぐるみの可愛《かわい》い手を出して、くりくりとちょっかいをする。そうだ、花櫛の下の顔は白い狐の顔であった。それは生きる事を断念した程無意味な面差しで、耳元まで裂けた口が胸が悪くなる程美しい。

――朱色の焔《ほのお》がちろちろする*肩衣《かたぎぬ》が、風を孕《はら》んだ帆の様に姿を現し、狐の顔が小さく小さくなって行き、花櫛は一つの星となり、帆桁《ほげた》の上に*文五郎《ぶんごろう》の禿《は》げたでこぼこ頭がにゅっと出る。やれ、夢は壊れたと思う間もなく、そのしたたかな顔が、口元に奇態な薄笑いを漂わせ、ぎらぎらと汗ばんで、途轍《とてつ》もなく大きく膨れて来る。――三味線の音を、じいいん、と、くたくたになった頭で聞くと、私は観念の眼でも閉じる様なあんばいに眼の蓋《ふた》をした。

もう何んにも見えなくなった私の眼の中に、小屋をつつんだ果しない梅雨の夜空が拡《ひろ》がった、明日も亦《また》あんな空か。――今朝、今年はじめて塩からとんぼを見た。ごろりと横になったつい鼻先きで、窓越しに、色艶《いろつや》の悪い椎《しい》の葉の中に、霧雨を避難したやつが、かさかさと、こんがらかっていた。あの塩からそうなお腹の色が好きだった。ぎんちょも、やんまも、みんな塩からになればよい、子供の時に、そう念じた事があったっけ。私はうつらうつらする。

梅雨という、誰にも同じ季節があり、御蔭《おかげ》で、誰のも同じ陰鬱《いんうつ》な頭の数々があり、その中の或る頭が、或る日、或る処《ところ》で、塩からとんぼなぞ見附けて了《しま》った、――言わば、こういう間の抜けた思いが、決定的な不快を目覚ます。私は梅雨の御蔭というやつを、頭の中で点検する、いやな事には、それが直ぐ見附かるのだ。脳の皮質は、じめじめした畳の表と寸分違わずじめじめしている、全く寸分違わず。それでもう充分だ。おでこを指で圧《お》して見て、殆《ほとん》ど物理的に正確な、一種堪え難い不快を味《あじわ》うに充分なのだ。季節に正確に攪拌《こうはん》された、私のこの頭に、凡《およ》そ世に氾濫《はんらん》する命題が何を意味する。だが死んでいるのは私なら、枕元《まくらもと》の畳が死んでいる様に死んでいるのは私なら、リトマス液の様な命題が、見知らぬ生命を持っていないとも限るまい、――ああ、青い空、だが、お前はその希《ねが》いの正確な発音を何処《どこ》から借りて来た。

私は頭を抱えて夢を見る。大変抽象的な夢を見る。覚めて、やれやれと思うのだから、それは夢には違いない、それ程何が何やらわからぬ夢を見る、いくつも、いくつも。色もない、音もない、凡そたよりにする記号のない夢から覚めて、ぐったりとする、――確かにやり切れない程入り組んだ計算をやらされていたが、――ふと、目が覚めたその時に、私は一つの結論を呟《つぶや》いていた、――「現実と夢とは、大変違っているようだが、よく見ると、重なった二枚の窓硝子《ガラス》を透かしている様に、おんなじもので、猶《なお》よくよくみると、ほんのちょっぴり食い違っている」――そうだ、違いない、だが、私はどうしてこんな答えを出して了ったか。どうもがいても埒口《らちくち》はみつからなかった。背景にはただ奥行きのない、風のない、空気もない様な、剝《は》げちょろけた空があり、見据えていると、なまぐさく口の中が乾いて来る。私は面を背け、腹立たしい程の感動で、この孤立した文句を呟く、――

私は大変先きを急いでいたので、乗合*に乗っていたのである。夏の真昼で、黄色っぽい、背の低い建物が両側にならび、アスファルトの路《みち》が油で、黒光りに光っている。ふと見ると、路面一杯に小豆を撒《ま》きちらかしている男がある。乗合が、パリパリッと、小豆色をした小豆をひいて過ぎた。小豆だからパンクする恐れはない、と、私は忙しい中を車の為《ため》にちょっと考えてやった。だが、どうやら豆が機械の中に飛び込んだらしく、エンヂンが妙な音を出す。ああ、そこまでは気が附かなかった、私は恥しく、顔を赧《あか》らめ、下りる事に決めて車掌をみると、そこにはいつの間にか、郵便ポストがあった。ポストが乗り込んで来る筈《はず》がないのだから、車掌がポストになったに相違ない、――私はいそいそと車掌の横っぱら辺りにある、細長い口をあけ、切符を落し、車を下りた、おや、車はさっきから止っていたのじゃないのかしら――、私は奇怪な不安に襲われて、たしかめようと努める途端に目が覚めた、今度はほんとに目が覚めた、その証拠には、――だが、諸君は信じまい。

私は溜息《ためいき》をつき、枕を直した。夢だったのか、あの大事な結論は夢の中にあったのか、これは取り返しのつかない事をして了った、それにしても夢の結論は、――私は車を下りたのさ。そして、――と、この時だ、全く了解し難い愚劣に私ははたと衝《つ》き当った、――「夢の結論は、覚めたという事である」と。――やれ、やれ、なんと無気味な事だろう。なに、ほんの人間の不器用だ、私は気を取り直そうとしたが無駄であった。風のない、空気もない、あの剝げちょろけの空がもう見えて了った、――と思ったら目が覚めた、と言わないで夢の話をしてごらん、――ああ、いやな事を捜り当てて了った。眠られぬ夜は、今夜限りじゃないものを。

――遠くで犬の泣く声がした。いいよ、いいよ、そんなに恐《こわ》がらなくてもいい、眼をつぶるんだ、二度と開けてはいけない、どうぞ、二度と眼をあきませんように。

――

青い海があり、左手には樺色《かばいろ》の岸が切り立って、その海の上に灰色の軍艦を斜かいにならべる、子供の時、毎晩眠る時のおまじないであった。その軍艦は四艘《そう》あって、ならべる時の遠近法が大変むずかしい。私はもうそのこつを覚えてはいなかった。うまくならぶ途端に私は眠ったのか知らん、それとも、それからまだ暫《しばら》く起きていたのかしらん、私は忘れた歌のつづきを思い出そうと、歌を繰りかえして歌ってみる様に、軍艦を動かした。

眠られぬ夜の海は、――眠*られぬ夜の海は、アメリイの乳房のようだ。そうそう、そんな文句があったっけ、アメリイって誰の女房なのか知らん、――そうだ、花櫛の下の顔は、白い狐の顔だった、それは、生きる事を断念した程無意味な面差しで、耳元まで裂けた口が、――いや、いや、思うまい。

おふえりや遺文

*Ma faim, Anne, Anne,
Fuis sur ton âne.
Rimbaud

ハムレット様。*

今は静かにあなた様にお呼びかけする事が出来るのです、……と、こんな風に申し上げただけで、もう*妾《わたし》は不思議な気持ちになってしまいます、あんまり思いもかけない変り方ですもの。それをこんなに空々しい程、静かな気持ちでいるのは如何《どう》した事だろう。

妾はこんな日が来るのを、前から知っていたのじゃないかしら、ひょっとすると生れない前から。何かしら約束事めいた思いがします。今迄《まで》に幾度となく、これとおんなじ気持ちになったような気がします。今度のも亦醒《またさ》めてしまうのか、そして又はじめからやり直さなければならないのかしらん。いや、いや、こんな静かな気持ちを空々しいように思うのが不思議なのだ、それだけです、そうでなくとも、そう決めて置きましょう。

妾はまだ何かに脅かされているのでしょうか。そんな筈《はず》はあるまい。明日はもうこの世にはいない身です。それを何が脅かすというのでしょう、誰が誑《たぶら》かす事が出来ましょう。もう安心です、今はみんな終った。何も彼《か》もが妾に背中を向けて、遠くの方に歩いて行きます。妾は落着いています。御覧なさい、妾のペンはちっとも慄《ふる》えてなぞおりません。こんなにしっかりと字を書いています。妾はただ何んとも口で言えない程悲しい。まるでお魚が一匹も棲《す》んでいない海みたいな妾の心が悲しいのです。でも悲しいなんて事はなんでもない、ほんとになんでもありますまい。でも悲しくなければ一体妾はどうしたらいいのでしょう、ああ、なんだかわけのわからない事を言っています。

ハムレット様。

今頃は何処《どこ》で何をしていらっしゃるか。なんでもイギリスの方へお立ちになったと聞きました。イギリスならば、幾日も海を渡っていらっしゃるのでしょう。それなら、今頃は船の上で、妾の事なぞ少し位は考えていらっしゃるか。妾の事なぞお考えにならなくてもいいのに。妾はあなたの事なんかちっとも考えてはおりません、朝から自分の身の上の事ばかり思っておりました。

それにしても、妾は何故《なぜ》こんなものを書き始めてしまったのだろう、何を書くともわからずに。今夜限りのこの夜を何を夢みて過すことがありましょう、この世の事は、みんな忘れ果てた様なうつろな心が、今更あなたを恋しいなどと思う筈はあるまいものを。ああ、妾は黙っていたい、こうして頑丈な樫《かし》の椅子《いす》に坐って、大きな机に肘《ひじ》をついて。若《も》しも苦しくなって来たら、いつもの通り耳に触ってみて耳の形をしらべてみたり、燭台《しょくだい》の彫り物の冷い凸凹《でこぼこ》を撫《な》でてみたりしていたい。だけどもうどうして妾にそんな力がありましょう。そんな力があるのなら、なにもそんな、……不思議な事だ。

妾にも子供の頃の楽しい夢があったとしても、それが一体今の妾に何んでしょう。この惨《みじ》めな心を透《とお》さずに、妾に何が思い出せましょう。誰のせいだか知らないが、ほんとに誰のせいだか知らないが、もう何にも要らなくなって了《しま》いました。思い出が楽しい程、阿呆《あほう》ではなくなったのかしら。いや、いや、何も彼にも、……妾の惨めな心の御機嫌を取っているのかと思えば馬鹿々々しい。今こそ妾はやっとわかった気がします。心というものは生き物です、到底、人間なんぞの手には合わない変な生き物です、あなただって、そうだ。妾だって、そうだ。みんな、知らないうちに、食い殺されて了うのです。

今朝、眼を覚ました時、それとも夕方だったかしら、そんな事はどうでもいい、朝だとか、夕方だとか、どうせ根も葉もない事です。いっそ目なんか覚まさなければよかったんです。

目を覚ました時、割れる様に頭が痛みました。眼のすぐ前に、はっきりと手だけが見えて、その手が白い雛菊《ひなぎく》といらくさの束を握っています。それを見ているのが、いやで、いやで、怺《こら》えきれない位いやなのです。だけど、どうしても眼を外らす事が出来ません、それとも、眼を外らしたら大変だと思っていたのかしら、眼を外らしたって、あとは真っ暗に決っていると思っていたのかしら、……止《よ》しましょう、どうせ書いたってうまく書ける筈もなし。何んでもないのです、ほんのつまらない事なのです。妾は気が違っていたのです。ほんとにおかしな事です。何んと言っていいやら、わかりません。きっと歌なんか歌っていたのでしょう、もっと恥しい事を、色んな事をしてたかもわからない、そりゃ妾だって、うすうす位は覚えてますけどね、そんな事、お聞きになるものじゃありません。

いくら気が違っても、肩から羽は生えてはくれなかった、妾はやっぱり、この世にいた、この世に引摺《ひきず》られていたのです。何んという穢《きた》ならしい、情けない事でしょう。でも、今はもう決った。決った上は平気です。平気でお話しはしますけど、これは内証なんです。

あの時の事を思うと泣きたくなります。ほんのちょっとした食い違いなのです。死ぬ程怺えていたのに、そのじっとしていた手が不意に動いてしまったのです。はっとして何んにもわからなくなりましたが、今度、目が醒めたら、眼の前にホレエショ様*が見えました。あんまり蒼《あお》い顔をしていらっしゃるので、驚いてお訊《たず》ねしようとすると、大きな掌で、頭を押えられました。見ると、妾の靴は泥だらけで、腰の上には花が挘《むし》られて一杯です。何んだか、おかしいので笑い出そうとすると、急に恥しくなって真っ赤になりました。妾は、あなたのお部屋にいたのです。ホレエショ様は、何かしきりに言っていらしたが、妾には何んにも聞えませんでした。涙が出て来ると一緒に、急に妾にはみんなわかりました。一度に、はっきりわかりました。そして、ふと死んだ方がいい、死のう、と、はっきり思いました。妾は大きな声で笑い乍《なが》ら、廊下に馳《か》け出しました。笑っているのはホレエショ様のような気がしてならないので、出来るだけ大きな声を出して笑って笑ったのです。何も、妾は気違いの真似をしようと思って笑ったわけではないのです。どうぞそれは信じて下さい。室に這入《はい》って鍵《かぎ》をかけて、それから……それから、こうして、もう夜で、こうして何やらわけもわからず書いています。あとは、夜明けを待てばいいのです。こうして字を並べていれば、その中《うち》に夜が明けます。夜が明けたら、夜が明けたらと妾は念じているのです。夜が明けさえすればみんなお終《しま》いになる。何故って、そうなったんだもの、はっきり、そうだと、わかるんだもの、どうぞうまく行きます様に。……………………………………………………………………

……………………………………………………………………おや、おや、点々ばかり書いていて、どうする気でしょう。女の手紙には、必度《きっと》、点々があるものだ、と、あなたはおっしゃる。ありますとも、点々だって字は字です。あなただって、気違いは気違いです。早くクロオディヤス様をお殺しになるがいい、妾は知りません、何んにも知りません。……ああ、あなたは何んと遠い処《ところ》で暮していらっしゃる。

どうしてこう苛々《いらいら》して来るのでしょう。妾は決してそんな積りじゃなかった。何んの為に、そうですとも、今となって、何んの為に妾は苛々しなければならないのか。それがどうしてもわかりません。妾は泣きます、悲しくはない、悲しくて誰が泣くものですか。
あなたには、おわかりになるまいが、泣く事だって、ちっともやさしい事ではないのです。善い事にしろ、悪い事にしろ、涙はいつも知らないうちに妾の心を決めてくれた。それこそ妾の覚えた奇態な修練です。誰にわかろうとも思えない。妾は、涙が妾の心をうまく掻雑《かきま》ぜてくれるのを待っています。

妾は何んでも待っている、無駄と知りつつ、知れば知る程、待っていた。これも、奇態なならわしです。妾はもう、一と足も動く事が出来ません、丁度、今朝見た花束の様に。ああ、そうだ、もしかしたら、あれは妾だったのです、きっとそうです、そんなら妾を握っていたのは誰の手だろう。あれは、あなたの手ではない、あなたの手はもっと大きい、そう、そう、あの時は鹿の皮の手袋をしてらした、新しい剣をお造りになった、青黒い山肌が見えて、風がちっともありません。鱗《うろこ》のないお魚が曲った草の上を歩いて行き、馬がいてあんまり馬の眼が黒いので、妾はびっくりした。黒い山があって、お魚がいて、馬がいて、……そんな、おまじないみたいなものをして、妾は子供の頃、毎晩、眠りに就いたのかもしれない。妾はもう、ほんとに寝なくちゃならない。

どうぞ、わけのわからぬ事を書いている、などとおっしゃらない様に。妾はきっと、自分の考えている事なぞ、ちっとも書いていないのに決ってます。まるで別な事を、と、言っても、何が別なのかも知りはしない……それは無理です、あなたは、妾が今、どんな気持ちでいるか御存じない。御存じなければ何をおっしゃっても無駄です、だから、無駄だと思って書いています。それに、もしかしたら、あなたにお話しする事だって、これっぱかしも、ないのかもわからない。どうやら妾は、こうして書いているのが頼りなのでしょう。あなたにお話でもしていなければ、どうしていいのか、わからないのでしょう。書くのを止《や》めたら、眼が眩《くら》んで了うかもわからないし、何が起るかもわからないし、死ぬ事だって出来なくなって了うかも知れない、折角《せっかく》、はっきりとお終いにしようと思っているのに。夜が明けたら、そう、夜が明けたら、それまでは、どうぞ、お喋舌《しゃべ》りが、うまく妾を騙《だま》していてくれます様に、こうして書いている字が、うまく嘘《うそ》をついてくれます様に、……

ずいぶん見窶《みすぼ》らしい希《ねが》いもあるものだ、こんな奇妙な希いを持つ為に、今まで暮して来たのだと思えば、ほんとに不思議な気がします……ええ、ええ、妾は何んにも信じてはいませんとも。どんな希いだって、持たされてみれば、おかしなものだ。何か希いのある人は仕合せです。仕合せな人は、みんなおかしな顔をしています。あなたにしても、誰にしても、別に妾よりましな希いを持っているわけではない、何も彼も空《むな》しい、そう、そう、あなたのお好きなお話しです、妾は飽き飽きする程、聞かされました。……空しいと、どうなんでしょう、何にもどうにもなってはくれない。言ってみたいだけなんです、あなたもそんな事を言ってみたいお方なのです。いいえ、妾だけは別です、別でちっともかまいません。

あなたの、そういうお好きなお話しをいつも上の空で聞いていると言っては、妾の事をお責めになった。妾は、ちゃんと聞いておりました。ただ、妾の顔が上の空だったのでしょう。それとも、何一つ空しいものはない様な顔をしていましたか。きっと、それがお気に触ったんでしょう。あなたは、何んでも妾の知らない事で腹をお立てになる。知らない振りをしてる、とおっしゃる。だけれども、知らないのと、知らない振りをするのとは、そんなに違った事じゃないのです。もしかしたら、まるで、おんなじ事なんです。そうだ、ほんとに、そう言ってやればよかった、尼寺*へ行けだなんて、あなたこそ死んでしまえばいいのです。

今になって、わかったってどう仕様もない、けれど、だけど、妾《わたし》には色んな事がわかりました。悲しい目に会うと、ふと心に浮んで来る様に、色んな事がわかるものです。この世は空しいという事も、今こそやっとわかりました。まるで生れた時から知っていた事の様にわかりました。と言っても、あなたには何やらおわかりになりますまい。

ああ、この世は空しい、……それは、あなたのお言葉じゃない、あなたの様に気難かしいお顔をしてお使いになる、言葉じゃない。誰の言葉でもない、人がいくら使っても、使い切れない風の様な、風の様に何処にでもある様な、何んの手応《てごた》えもない様な、得体の知れない言葉なんです。こんな仕様もないくらい易しい、変哲のない想《おも》いが、他にあるでしょうか。ほんと言えば、妾にはわかり過ぎていた事だったのです。だから、みんなが妾につらく当ったんです。そして妾はへまばかりして来たのです。

ああ、それに違いない。何んという顔だろう。何んという お芝居でしょう。何んと沢山な役者がこんがらかっていて、みんな何んという顔だろう。人間なぞは一人もいない、ええ、妾は、逃げます、妾に役は振られてはいません、二度と帰ろうとは思いません。幽霊ばかりが動いている、何んの心残りがあるものか。

……いくら言っても同じ事です。手応えはない、水の様に、風の様に、妾は何処に行けばいいのかしらん、……夜が明けたら、いや、いや、そんなに急ぐ事はない、妾はこうして書いている方へ行けばいい、書いている方へはこんで行かればそれでいい、でも何を書いたらいいのだろう。……言葉はみんな、妾をよけて、紙の上にとまって行きます。……一体、何んだろう、こんなものが、……こんな妙な、虫みたいなものが、どうして妾の味方だと思えるものか。妾は、もっと確かな顔をしたものにも、幾度も、裏切られて来た、例えば、……飽き飽きしました。ねえ、だから何か外の事を書きましょう、だから、書いたって書いたって、ほんとにどうしたらいいのだろう……ああ、妾は疲れた。疲れて、あの剝《は》げっちょろけた空が見える。あの空こそは……何んにも出来ない証拠です……

いやな気持ちになって、吐きそうになって来ました。でも大丈夫、妾は止めやしません、止めたら大変です。それは、あなたもわかって下さいますね、あなたはみんなわかって下さいます。

何をぼんやりしてたのだろう。そんな暇もない癖に……

妾は船縁《ふなべ》りから脛《はぎ》をぶらさげて、海の水の走るのを見ていました。妾は何処かに流されて行くに違いない、他に誰も乗っている人はいないのも解《わか》っていたし、この船は独りでにお魚を食べて動いている事も知っていたし、妾はもう諦《あきら》めていた。……真っ青な海の水は動いているともみえない位、早く走って、足の裏をすれすれに膨れ上るかと思うと、又、凹《へこ》んで船の底を掠《かす》めます。見ているのが怖《おそ》ろしくなって、上を見上げると、卵色のまん丸い帆があって、それがいくつもいくつも、順々に小さくなって重なって、空は在るのか無いのかわからない様な色に見えます。貝殻を重ねた様な帆は、じっと静かに少しも動きません。船が何処かに流れつかないうちに、死んでしまうかもわからない、それは、どっちにしてもかまわないけれど、ふと見ると、帆柱のてっぺんから梯子《はしご》を降りて来る人があります。よく見ると栗でした。毬《いが》のない、ただすべすべした茶色の栗が、ひょいひょいと梯子を降りて来ます。どうにも危い芸当で、今にも滑り落ちるかと息を殺して見ていましたが、見ていられなくなってうつ向くと、栗はとうとう無事で降りて来たとみえて、妾の直ぐ傍にいました。妾は逆上する程感動して、今でもその時の感動を忘れません、よかった、よかった、と栗に言いました。見ると、栗はやっぱり普通の栗で、やっぱり、思った通り茹《ゆ》でてあるので、妾は拾って食べましたが、食べながら、譬《たと》え様のない、いやな悲しい気持ちになりました。そんな夢をみた、子供の頃に。妾は今、どうしてか、その夢の事を思い出しています。そ今、夢から醒めた様にはっきりと。そしてあの時、夢の話をして、みんなから笑われた様に、今も誰かに笑われている様な気がしてならない。妾はみんなに笑われたので、口惜《くや》しくて泣き出した、泣いているうちに夢の中で栗を食べていた時と、ほんとうにおんなじ気持ちになって、あんまりおんなじ気持ちなので、妾はびっくりして、きょろきょろしたので、又みんなが笑いました。妾は忘れない。忘れろといっても、忘れてやらない、妾は今、茫然として繰返しているのです。いつも変らない妾がいた、今もこうして、栗の夢から醒めたばかしの妾がいる、この世は、妾を少しでも変える事が出来たでしょうか。

だけども、あんまり情けない、吾が身の見窶《みすぼ》らしさに慄《ふる》えているとは情けない。妾は一体、何処《どこ》で、どんな手出しをした事があるだろう、何を嫌だと言った事があるだろう、いつ、お前の手から逃げようとした、いつも言いなり次第になって来た、それをどうした事だろう。みんな夢です、夢でなくて何んだろう。大きな夢にこづき廻されて、妾は又、小さな夢で、その夢の一とかけらが、今、夢から醒めて、そうだ、妾はもう夢をみまいと思っている、笑いたければ笑うがいい、いくら笑っても妾を笑わせる事は出来ないのです、出来なければ笑ったってちっとも面白くはないでしょう。

妾にさわっては貰《もら》うまい、いえ、もう誰も妾をいじめる事は出来ない、鍵はかかっているし、第一、もうみんな寝ているし、妾一人が起きていて……何も彼《か》も妾のせいじゃなかった、妾のせいじゃなかった、誰かがそう言っています、さっきから頭の中に誰かが坐って、そう言っています。妾のせいじゃなかった、誰のせいでもなかった、……うるさい事です、妾は寝よう、ほんとうにもう寝よう、こん度こそは、ほんとうなのだろうか、毎晩、毎晩、眠って来たとは、不思議な事をして来たものです。そうしては夢をみた、いくつもいくつも、いや、いや、やっぱり誰かが頭の中に坐っています、ああ、いやな事だ、何んという、いやな疲れ方をして来るのだろう、何処まで行ったら夜が終ってくれるのか、いよいよとなったら、誰も助けに来てくれやしない、始末は自分でつけねばならぬ。……でも妾にはどうしても言いたい事がある、いいえ、気が違っても構わない、ちっとも構わない、死のうとして、そうだ、ええ妾は笑ってやります、笑ってやりますとも、それを人の気も知らないで邪魔する奴がいるんです。何処に、何処にでもいるがいい、妾には、わからない、わかろうとすれば、何も彼も壊れてしまいそうな気がします。今にも壊れそうなこんな心を後生大事《ごしょう》にだき乍《なが》ら、妾はあの世に行きたかない、あの世、あの世とは何んだろう、あの世だって、おんなじ景色をしているのじゃないかしら。晩《おそ》かれ、早かれ、気が附くんです、気が附いた途端に死んで了《しま》う人もある。気が附いて、びっくりして暫《しばら》く生きてる人もある。もしも、やっぱりそんな事だったら……

生きるか、死ぬかが問題だ、ああ、結構なお言葉を思い出しました。問題をお解きになるがいい、あなたのお気に召そうと召すまいと、問題を解く事と、解かない事とは大変よく似ている。気味の悪い程、よく似ています。いいえ、この世で気味の悪い事といったら、それだけだ。あとは、あとは何んの秘密もない人の世です。あなたの難かしいお顔だって、ほんの一とこまの絵模様だ、何んと仕合せなお顔でしょう、その仕合せなお方に、可愛《かわい》がられて、捨てられて、……どうせ、妾は子供なんです。何にも知らない子供です、そんなに幾度もおっしゃらなくともいい。妾は、あなたの様に悧巧《りこう》になる暇がなかった、なんにも覚える暇はなかった。その代り、色々な事を無理矢理に覚えさせられました。おっしゃる様に無邪気なのかもわからない、だけど、あなたにはわからない。無邪気が、どんなに悲しいものだか御存じなければ、無邪気だ、とおっしゃったって詮《せん》ない事だ。いじめられる人が、どんなに沢山のものを見ているのか、おわかりなければ、それは又別の事です。無邪気な頭だって、込み入っています、大変な入り組み様をしています。妾には、あなたの難かしいお言葉が辿《たど》れたためしはありません。だけども、あなたの難かしいお顔はちゃんと知っておりました。隅々までも知っています。妾は、あなたのお顔を見ている時ほど、忙しい思いをした事はありません。あなたの胸の四角な鎖を数えながら、何んという思いをした事だろう。妾の頭はわけの解らない、支え切れない程の思案で、いつも一杯になっていた。妾は仕方なく、ほんとに仕方がないので笑っていた。いいえ、もしかしたら、それが、あなたの欲しがってらっしゃる事だと解っていたからなんです。あなたは、いつも欲しがっていらした。いつも無邪気な顔をしている様に、妾にいい附けていらした。そしてあなたは、何もしては下さらなかった。なぜ、あなたはいつも横を向いていらしたのか、なぜ、妾の無邪気を育てては下さらなかった。何も彼も黙って見ていらしたのじゃありませんか。育てて下さったら、どうして妾は無邪気が悲しいものだなどと申しましょう。無邪気が、こみ入っている等と申しましょう。

妾は待っていた、あなたが、しろとおっしゃれば、妾には何んだって出来たのです、どんな恐ろしい事だって。妾は知っておりました。王様の亡霊の事だって、ホレエショ様をだまして聞きました。ああ、妾には、たった一つの事しか要らないのに、何んとあなたは沢山の夢を持っていらっしゃる。復讐《ふくしゅう》だとか、戦争だとか、あんな色々な御本だとか、それで、妾の様のものの、眼の色さえ読む事がお出来にならない。

でも、もしかしたら、あなたは何から何まで知っていらしたのかもわからない。あなたは、そんな迂闊《うかつ》な方じゃない、きっと、みんな御承知だったに違いない。もしもそうなら、妾に何を言う事がありましょう、何を言ってもわかっているとおっしゃるなら、何処に取りつく島がありましょう。ああ、あたし達は一体、何をして来たのでしょう。知り過ぎて、何も彼も知り過ぎて、あたし達はみんな滅茶滅茶にしてしまったのか。いえ、いえ、恋しい人の事を誰がぼんやりしていられよう。色んな事があったじゃありませんか、色んな事が、ねえ、思い出して下さいな、色んな事が、……ああ、お父様……

気を落ち着けて、泣かない様に。今となって泣く事も何もないのです。ほんとに、こんな事で、みんなお仕舞にする事が出来るのだ、つまらない事を思うまい、こんな静まり返った夜のなかで、妾一人が何をそわそわしているのでしょう。早く夜明けが来ればいい、夜が明けて一番はじめの雲が出たら、そうだみんな決っています。生きている事があんなにこみ入っているくせに、何んと簡単におしまいになる……妾は今、何かが解ったのかしら、そうじゃないのかしら。ほんとに果てなのかしら。……ああ、言葉は何にもおしまいにはしてくれない。思うまい、恐《こわ》がる事はない、眼をあけたまま、眠る人もあると言います、妾も眼をあけたまま眠ればいいのです。……死ぬ時に何か書き遺《のこ》す事のある人は仕合せです、仕合せだか、どうだか知らないが、それは妾の知らない人達だ、こうまで気持ちの白けるものか。妾だって、さようならぐらいは言い度《た》いものです、誰に、あなたにか、あなたにと言っては、口籠《くちごも》った、妾をつかまえる羂《わな》が、いつでも待っていた。今となって、どう足掻《あが》こうものでもない、ああ、いつまで、あなたがつき纏《まと》う、どこまで、あなたは妾をいじめたら気が済むのでしょう。ほんとに一人っ切りになれたと思っていたのに。どうして、一人っ切りではないのだろう。

何も彼もから遠く来て、何一つ欲しがるものもなくなった妾の心が、こんなに騒がしいものとは知らなかった。打っちゃっても、打っちゃっても、ぼんやりする行手には、どうしても妾の知らない妾がいます。行着いてみれば又、ぼんやりして又、妾がいて、ああ、又いやな事を考え出す。そのうちに、頭の内側が痒《かゆ》くなって来るんです。妾はなんでもわかっています、あの事の知らせなんです。これが、一人ぼっちの正体なんでしょう。一人ぼっちでいる事は、一体がうるさい事なんでしょう、だからみんな一人ぼっちになるのが恐いんでしょう、みんな生きているから悪いんです。だって妾は、まだ生きている、生きて、こうして字を書いているんですものね、よく説明してあげると、いいんだけど、もう、そんな暇がないから、御免なさいね、妾は平気です、何んだって平気です、*お父様の事だって平気です、あなたはお父様の事を、鼠《ねずみ》だ鼠だ、とおっしゃったそうですが、ほんと言えば、妾は蛙《かえる》だと思ったんです。そら、妾がお父様の髪の血を洗っていたでしょう。だって固まっているんだから、なかなかとれやしません。ひどくすれば毛が抜けるし、手は慄えるし、それにあんなに泣いているんですもの、だから水をじゃぶじゃぶこぼして了ったんです。蛙だと思って、びっくりして、いいえ、びっくりなんかしやしません、幾時《いつ》だったか、ころんだ時に、鼻のすぐ前に大きな蛙がいたんですもの、そりゃ、水瓶《みずがめ》をひっくり返した事は返したんです。それを、ホレエショ様みたいに恐い顔をして、妾を睨《ね》めつけなくてもいいのです。ほんとに意地悪な人です。ええそれから、花環《はなわ》をつくりに山へ行きました。あそこには、＊毛茛《きんぽうげ》が一杯咲いています。この大きな石に坐っていると、あなたがむこうのお城に馬でいらっしゃるのが見えました。すぐ杜《もり》にかくれてしまうけど、陽が一杯あたって、帽子と剣とが、よく光りました。急に、長い事、経《た》って、雲が来て、陽が翳《かげ》ると、暖まった石の匂《にお》いがして、いくら心の中で言ってみても言ってみても、空も、杜も、毛茛も、動かない、動かない、と思いました。ほんとに、あすこは、よく陽があたって、一杯陽があたって、……おや、おや、下の部屋でまるで妾みた様な人が、やっぱり何か書いていますよ、やっぱり、机の上で陽が一杯あたってなんぞ、と書いています。……ちょっと待って下さい。様子を見て来ます。

夢でもみていたのかしら、確かに誰かが出て行った。いや、そんな事を言ってる暇はない、急がなくちゃならない、ああ、もうじき夜明けが来る……月は出ているかしら、あの石垣の角の処に。芝草はいつもの通りに濡《ぬ》れていて、*茴《うい》香《きょう》の叢《くさむら》は、まだ花はつけてない、樫《かし》の森の真ん中に、丸い穴があって、噴水の先きが光っているだろう。みんな知っている。隅から隅まで知っているあの風景が、どうぞ、そのままでいる様に、何一つ壊れないでいる様に。覗《のぞ》いて見ようと思うけれど、やっぱり駄目、駄目な方がいい、大丈夫、思った通りです。あんまり思った通りで、きっと恥しい思いをして了う、……このままでいた方がいい、このまま、じっと閉じ込められていればいい、壁がどんなに厚くっても。……うしろに映った影を見てはいけない、天井にだって、いろんな見てはいけない影が動いている、それも、ちゃんと知っています。きっと霧が一杯に降っている、どうぞ、*小《お》田《だ》巻草《まきぐさ》の紫の花が、そのまま並んでいます様に……階段は外されたし、廊下も、きっと、もうなくなっているだろう。あれは何んとかいったっけ、何んとかいう島の洞穴から霧が出て来るのだそうだ、いや、無駄な事を考えまい。ちゃんと書きつけてみなくてはいけない。……飛び下りる。飛び下りればいいのだ、跣《はだし》で行こう、靴は履くまい。……足の裏が冷くて、目を醒ましたりなんぞしてはいけないよ。お前は、すぐ目を醒ますからいけない。靴は、だから靴は、あそこに置いときます。どうせ、誰かが履くに決っている。誰かが泣いたり、笑ったりするだろう。噴水の処の腰掛けにも、誰かが来て坐るでしょう、それを誰かが見つけても妾は知らない。どうせみんな誰かです、ああ、遠くまで来た、静かに、静かに……してなくちゃいけない、もう直ぐ夜が明けます、さあ、ちゃんと書きつけてみなくてはいけない。……こっちの方の石垣の角に、一番初めの雲が出る、赤い、馬の形をした、若《も》しも……そんな事はない、出ているに決ってます、それで、もう安心だ、右へ曲って、あの門は錆《さ》びているけど、じき開きます。そら、あなたが何んとかおっしゃった、黄色い石を割ると、何んとかいう小虫の化石がいる。そしたら、花環を、あの柳に掛ければいい、枝が水に漬かっていて、渦巻があるのも知っています、花環だって、ちゃんと揃《そろ》っています、雛菊《ひなぎく》に、いらくさに、毛莨《きんぽうげ》に、要らない花は、パン屋の娘にやりました。あの親父は、なんていう親父でしょう、曲りっ角のところで、妾にぶつかったりして、妾はパンは要らないと言ったんです、ほんとに言ってやったんです。……雛菊に、いらくさに毛莨に、パンなんか要らないんです、パンの事など書く閑《ひま》はない、もう、そんな暇はありません、もっと大事なことが一杯あるんです。ねえ、あなたは聞いて下さいますね、妾はあなたが恋しい、どうしても、恋しい、聞いて頂く事が一杯あるのです、一杯あって、こんなに忙しいのに、何もパンの事なんか、まるで狂気の沙汰《さた》です、いいえ、ほんとに気が狂っていたんです、嘘《うそ》はつきません、ほんとうです、前にもそんな事があったんです。だから、みんな出鱈目《でたらめ》です、前の方はお読みになってはいけない、だから堪忍《かんにん》して下さい、あなたは怒りはしませんね、だから堪忍して下さいと言っています、でも、もう大丈夫、気を取り直したから大丈夫です、花環だって、ちゃんと拵《こしら》えてあります、あなたのお机の上に、ほんとに妾は馬鹿で仕様がありません、あなたのお机の上に、ちゃんと置いてあるんです、今、すぐ取ってあげます、待ってて下さい、すぐ帰って来ますよ、馬車も待っています、そしたら、歌も歌ってあげます。

Xへの手紙

この世の真実を陥穽《*かんせい》を構えて捕えようとする習慣が身についてこの方、この世はいずれしみったれた歌しか歌わなかった筈《はず》だったが、その歌はいつも俺《おれ》には見知らぬ甘い欲情を持ったものの様に聞えた。で、俺は後悔するのがいつも人より遅かった。と俺は嘗《かっ》て書いた事がある。今君に少し許《ばか》り長い手紙を書こうと思う折からふとこの言葉を思い出した。どうもよくない傾向だと思う。以前書いた自分の言葉をふと思い出すなどとは、どうせ碌《ろく》なことではない。後悔するのがいつも遅い男、いずれ人間は自分の思っている程早く変るものではあるまい。

習慣が身についてこの方と言うよりも、自分の弱点がはっきりしてこの方と言った方がいいかも知れない。俺も人並みに自分の弱点から逃《のが》れようとはしなかった、逃れようとする処《どころ》か、どうこいつを可愛《かわい》がろうと心を砕いて来たに相違ないのだ。そして人並みに卅《さんじゅう》になって、はじめて自分の凡庸がしみじみと腹に這入《はい》った、と言えば君は俺になんの同情も感じまい。俺としても気が楽だ。

幾度見直しても影の薄れた自分の顔が、やっと見えだしたと思った途端、こいつが宿命的にあんまりいい出来ではない事を併せて見定めた。御蔭《おかげ》で（この御蔭でという言葉を忘れてくれるな）今の俺は所謂《いわゆる》余計者の言葉を確実に所有した。君は解《わか》るか、余計者もこの世に断じて生きねばならぬ。

或る苦労人に言わせると、「光陰矢の如《ごと》し」という諺《ことわざ》が、凡《およ》そ人間の発明した諺のうちで、一番いい出来だそうである。成る程何はともあれこの諺は極めて悲劇的である。悲劇的なものは、何はともあれ教訓的なのだろうと俺は思う。この諺は俺にはまだ少々見事すぎる、腹にこたえる程俺はまだ成熟していない様に思う。だが、甚だ教訓的なのだろうと思ってみただけで、既にこの身が恐ろしく月並みな嘆きのただ中にいる事を感ずるのに充分だ。

人間を支える一番大事な二つのもの、過去というものと虚栄というものと、この二つながらもはや俺には判然とした意味を失って了《しま》ったらしい様子である。いい年をして身の始末一つ出来ないなどと滑稽《こっけい》だよ、と人から言われる。俺も滑稽だと思う。ただ近頃滑稽という言葉の意味がだんだん判然しなくなったのには困っている、という様な具合で、何事につけ正確な意味を摑《つか》む事に、極度の困難を覚える近頃なのだ。再び言う、俺は今恐ろしく月並みな嘆きのただ中にある。

俺は元来哀愁というものを好かない性質《たち》だ、或《あるい》は君も知っている通り、好かない事を一種の掟《おきて》と感じて来た男だ。それがどうしようもない哀愁に襲われているとしてみ給《たま》え。事情はかなり複雑なのだ。已《や》むを得ず無意味な溜息《ためいき》なぞついている。人は俺の表情をみて、神経衰弱だろうと言う（この質問は一般に容易である）、うん、きっとそうに違いあるまい（この答弁は一般に正当である）と答えて後で舌を出す。そして舌はまさしく俺自身の為《ため》に出している事を思い、俺は満足するのだ。まさか度し難い男だなどと君は思うまい。俺は今君にこの哀愁其《その》他に就いて書き送ろうと思っている。俺の様な人間にも語りたい一つの事と聞いて欲しい一人の友は入用なのだという事を信じたまえ。――これは俺の手紙の結論だ。真っ先きに結論を書いて了《しま》ったが、人はよくこれを俺の詐術《さじゅつ》だと言って非難する（君も知っている通り、いつとは知らず俺は文学に関する批評文を製造して口を糊《のり》するまわり合わせとなっている）、だが俺にしてみればなんの事はない俺の不幸な性癖の一つに過ぎない。ここをよく了解して欲しいものだと思う。でなければ何故《なぜ》俺は陥穽を構えてこの世の真実を捕えようと云々《うんぬん》などという文句で、この手紙をはじめるだろう。逆説家だとか皮肉屋だとか、警句家だとか果てはブルジョア*文壇の擁護者だとかと、取るに足らぬ俺の雑文から世間は、と言っても口だけは無暗《むやみ》とへらない極めて限られた世間だが、世間は一体どんな怪物を作り上げたら気が済むのだろうか。俺は自分の不器用を省みて不思議な気持ちになる。同感する程阿呆《あほう》でもない代りには、腹を立てる程の己惚《うぬぼ》れもない、仕方がないから一種嫌な種類の汗をかいて黙っている。これはかなり憂鬱《ゆううつ》な事である。

俺は饒舌家《じょうぜつか》だそうだ、言葉の錬金術師*などと飛んでもなく勿体《もったい》ない事をいう人もある。人前で捏《こ》ね上げる程この俺に豊富に言葉が余っていてくれれば——俺はサント・ブウヴ*を読み乍《なが》ら吐息をつく。俺とても黙っていた方がましなくらいは承知している。だが口を噤《つぐ》んだ自分のみすぼらしさに堪える術《すべ》を知らないとすれば——。

俺に入用なたった一人の友、それが仮りに君だとするなら、俺の語りたいたった一つの事とはもう何事であろうと大した意味はない様である。そうではないか。君は俺の結論をわかってくれると信ずる。語ろうとする何物も持たぬ時でも、聞いてくれる友はなければならぬ。俺の理解した限り、人間というものはそういう具合の出来なのだ。

「今や私は自分の性格を空の四方にばら撒《ま》いた、これから取り集めるのに骨が折れる事だろう」とボオドレエルがどこかに書いていた。俺は今この骨の折れる仕事に取りかかっている。もう充分に自分は壊れて了っているからだ。苛立《いらだた》しい顔に会うごとに、なぜ君はもっと苛々してみないのか、とそう思う、今こそ俺はそう思ってやる。

俺が自分の言動とほんとうの自分とのつながりに、なんとは知れぬ暗礁《あんしょう》を感じはじめてから既に久しい。この暗礁を見極めようとする努力は、*畢竟《ひっきょう》俺の坐礁を促進するに過ぎぬ事に気がついたのも亦《また》近頃の事ではない。想《おも》えばそんな事は容易な仕事であった。ほんの心理の或る遠近法の問題であった。

人々はめいめい心の奥底に、多かれ少かれ自分の言動を映し出す姿見を一枚もっている。言う迄《まで》もなく私達の行動上の便利の為だ。別に俺には便利だとは思えないと感じ出したのはいつの事か知らないが、俺の持っている鏡は無暗と映りがよすぎる事を発見した時、鏡は既に本来の面目を紛失していた。このささやかな発見が、どんな苦痛と悪徳とを齎《もたら》すものであったか、俺に知れよう筈はなかった。

以来すべての形は迅速に映った、俺になんの相談もなく映し出される形を、俺は又なんの理由もなく眺めなければならなかった。なんのことわりもなくカメラ狂が一人俺の頭の中で同居を開始した。叩《たた》き出そうと苛立つごとに、彼は俺の苛立った顔を一枚ずつ撮影した。疲れ果てて観念の眼を閉じてみても、その愚かしい俺の顔はいつも眼前にあった。

複雑な抽象的な思案に耽《ふけ》っていようと、ただ単に立小便をしていようと、同じ様にカメラは働く。凡そ俺を小馬鹿にした俺の姿が同じ様に眼前にあった。俺にはこの同じ様にという事が堪えられなかった。何を思おうが何を為《し》ようが俺には無意味だ、俺はただ絶えず自分の限界を眼の前につきつけられている事を感じた。夢は完全に現実と交錯して、俺は自分の為《す》る事にも他人の言う事にも信用が置けなかった。この世に生きるとは咽《む》せかえる雑沓《ざっとう》を掻《か》き分ける様なものだ、而《しか》も俺を後から押すものは赤の他人であった。さまよい歩いて夜が来る、きれぎれの眠りは俺にも唯一《ゆいいつ》の休息ではあったが、又覚めねばならぬ眠りとはどうにも奇怪に思われた。

俺はこういう自分の経験が、先《ま》ず大概の人々には充分に合点がゆく事だとは思わない。こんな風に生きて行く事の不可能を知っていた、必度《きっと》病気というものにきまっている、生理学的医者に訊《たず》ねても、社会学的医者に訊ねても、病名ぐらいは教えてくれるだろうとは知っていた。だが俺もすべての病人と同様に、自分の病気が治るか治らないかより、先ず病名を聞くか聞かないかの方が大きな問題であった。君はこんな病気をわずらった事はあるまいが、この問題を了解する事は出来るだろう。これこそ病人の持つ唯一の価値だ。

右側に事件が起っていた時にはなんという事もなく左側を見た。言おうと思う事とはまるで別の事を言って平気でいた。電車のなかで突然隣りの男の髪を引っぱり度《た》い欲望が起きて仕方がないので彼に話しかけた。自分のすべての言動が俺には同じ様な意味をもった、つまり俺の眺める、いや否応《いやおう》なく眺めさせられる絵に過ぎなかった。人々は勿論《もちろん》俺の精神状態を疑ったが、まずい事には俺は又屢々《しばしば》正気らしく見えたらしい。

何故約束を守らない、何故出鱈目《でたらめ》をいう、俺は他人から詰《なじ》られるごとに、一体この俺を何処《どこ》まで追い込んだら止《や》めて呉れるのだろうと訝《いぶか》った。俺としては、自分の言語上の、行為上の単なる或る種の正確の欠如を、不誠実という言葉で呼ばれるのが心外だった。だがこの心持ちを誰に語ろう。たった一人でいる時に、この何故という言葉の物蔭で、どれ程骨身を削る想いをして来た事か。今更他人からお前は何故、と訊ねられる筋はなさそうなものだ。自分をつつき廻した揚句《あげく》が、自分を痛めつけているのかそれとも労《いたわ》っているのかけじめもつかなくなっているこの俺に、探る様な眼を向けた処でなんの益がある。俺が探り当てた残骸《ざんがい》を探り当てて一体なんの益がある。

俺は今でもそうである。俺の言動の端くれを取りあげて（言動とはすべて端くれ的である）、俺に就いて何か意見をでっち上げようとかかる人を見るごとに、名状し難い嫌悪《けんお》に襲われる。和やかな眼に出会う機会は実に実に稀《ま》れである。和やかな眼だけが恐ろしい、何を見られているかわからぬからだ。和やかな眼だけが美しい、まだ俺には辿《たど》りきれない、秘密をもっているからだ。この眼こそ一番張り切った眼なのだ、一番注意深い眼なのだ。たとえこの眼を所有することが難かしい事だとしても、人は何故俺の事をあれはああいう奴と素直に言い切れないのだろう。たったそれだけの勇気すら何故持てないのだろう。悧《り》巧《こう》そうな顔をしたすべての意見が俺の気に入らない。誤解にしろ正解にしろ同じように俺を苛立てる。同じように無意味だからだ。例えば俺の母親の理解に一と足だって近よる事は出来ない、母親は俺の言動の全くの不可解にもかかわらず、俺という男はああいう奴だという眼を一瞬も失った事はない。

俺は自分の感受性の独特な動きだけに誠実でありさえすればと希《ねが》っていた。希っていたというより寧《むし》ろそう強いられていたのだ。文字通り強いられていたのだ。強いられているだけで俺には充分だった。誠実という言葉にそれ以上の意味をなすりつける事は思いもよらなかった。誠実という言葉ばかりではない、愛だとか、正義だとか、凡そ発音する度に奇態な音をたてたがる種類の言葉を、なんの羞恥《しゅうち》もなく使う人々を、俺は今も猶《なお》理解しない。

ただ明瞭《めいりょう》なものは自分の苦痛だけだ。この俺よりも長生きしたげな苦痛によって痺《しび》れる精神だけだ。痺れた頭はただものを眺める事しか出来なくなる。俺は茫然《ぼうぜん》として眼の前を様々な形が通り過ぎるのを眺める、何故彼等は一種の秩序を守って通行するのか、何故樹木は樹木に見え、犬は犬にしか見えないのか、俺は奇妙な不安を感じて来る。俺は懸命に何かを忍んでいる、だが何を忍んでいるのか決してわからない。極度の注意を払っている、だが何に対して払っているのか決してわからない。君にこの困憊《こんぱい》がわかって貰《もら》えるだろうか。俺はこの時、生きようと思う心のうちに、何か物理的な誤差の様なものを明らかに感ずるのである。俺はこの誤差に堪えられない様に思う。俺は一体死を思っているのだろうか、それとも既に生きてはいないのだろうかと思う。眼を閉じると雪の様なものが降って来る、色もなく音もなく、だが俺は止めにしよう、どうもつくり話を書くのは得手じゃない。それにこれでも文学的描写の果敢《はか》無《な》さぐらいは俺も或る程度までは心得ている積りなのだ。

言うまでもなく俺は自殺のまわりをうろついていた。この様な世紀に生れ、夢みる事の速《すみや》かな若年期に、一っぺんも自殺をはかった事のない様な人は、余程幸福な月日の下に生れた人じゃないかと俺は思う。俺は今までに自殺をはかった経験が二度ある、一度は退屈の為に、一度は女の為に。俺はこの話を誰にも語った事はない、自殺失敗談くらい馬鹿々々しい話はないからだ、夢物語が馬鹿々々しい様に。力んでいるのは当人だけだ。大体話が他人に伝えるにはあんまりこみ入りすぎているというより寧ろ現に生きているじゃないか、現に夢から覚めてるじゃないかというその事が既に飛んでもない不器用なのだ。俺は聞手の退屈の方に理窟《りくつ》があると信じている。一度は退屈の為に、一度は女の為に、今から想えばたわいもない。だが、この苦しかったには相違なかったが、徹頭徹尾嘘《うそ》っぱちだった愚かしい経験によって、腹に這入った事がある。自殺して了った人間というものはあったが、自殺しようと思っている人間とは自体意味をなさぬ、と。海水を呑《の》み過ぎた為だとか、汽車に切断された為だとか、様々の為によって亡軀《なきがら》となった何処其処《どこそこ》の男とか女とかがあったという、恐ろしく単純な明瞭な事実があるに過ぎない。人は女の為にも金銭の為にも自殺する事は出来ない。凡そ明瞭な苦痛の為に自殺する事は出来ない。繰返さざるを得ない名附けようもない無意味な努力の累積《るいせき》から来る単調に堪えられないで死ぬのだ。死はいつも向うから歩いて来る。俺達は彼に会いに出掛けるかも知れないが、邂逅《かいこう》の場所は断じて明されてはいないのだ。

俺はだいぶ早口に喋《しゃべ》っている様だ、俺に言葉を選ぶ暇がない事を許し給え。兎《と》も角《かく》も俺は生きのびた。そうだ兎も角もだ。兎も角もなどとなんとうまい言葉を人間は発明したろう。要は現在が語り難い様に過去は語り難い、殊《こと》に精神のうちの出来事は。今飛び去っているものは捉《とら》え難いし、既に飛び去って了ったものは形を変えて今飛び去っている。

俺は今も猶《なお》絶望に襲われた時、行手に自殺という言葉が現れるのを見る、そしてこの言葉が既に気恥しい晴着を纏《まと》っている事を確め、一種憂鬱な感動を覚える。そういう時だ、俺が誰でもいい誰かの腕が、誰かの一種の眼差しが欲しいとほんとうに思い始めるのは。


突然だが俺《おれ》はあの*女とは別れた。結局はじめから惚《ほ》れてなんぞいなかったのだ、と俺も人並みに言ってみたいものだと思う。一と頃の文士というものは、よくそんな事を言いたがっていたものだ。案外これは文学批評上重大なデ*エタムになるかも知れない。それは兎も角、俺としては何かしら後悔に似た感情が起ったと思った時には、既に充分に惚れていたと言った方がいい。別れた今でも充分に惚れている、誰でも一ったん愛した女を憎む事は出来ない。尤《もっと》も俺もようやく合点した、女との交渉は愛するとか憎むとかいう様な生易しいものじゃない。

俺は君に自分と女とのいきさつを報告する気はない。俺は恋愛小説を書く才能を持ってはいないし、それに自分のしでかした事件の顚末《てんまつ》を克明に再現しようという、或る種の人々の持っている奇妙な本能を持っていない。要するに過ぎて了った事だ、ふとそう思うだけで俺は自分の過去を語る事がどうにも不可能なように思われて来る。俺のして来た経験の語り難い部分だけが、今の俺の肉体の何処かで生きている、そう思っただけで心は一杯になって了うのだ。どうやら俺は、自分の費して来た時間の長さだけに愛着を感じている様な気がする、たとえその内容がどうあろうとも。俺は別れた女に愛着を感ずるというよりも寧ろ、女が俺に残して行った足跡に就いて思案している。

俺は女と暮してみて、女に対する男のあらゆる悪口は感傷的だという事が解《わか》った。勿論こんな不器用な言葉は使いたくはない、だがお前の女との生活を説明してみろと言われようが、描写してみろと言われようが、乃至《ないし》は歌ってみろと言われたとしても、俺はやっぱり同じ答弁をするだろう。俺は今重ねて来た経験からまっすぐに飛び出して来たこの一つの感慨をどうしようもないのだ。

俺はよく考える。俺達は皆めいめいの生ま生ましい経験の頂に奇怪に不器用な言葉を持っているものではないのだろうか、と。ただそういう言葉は当然交換価値に乏しいから手もなく置き忘れられているに過ぎない。若《も》しそういう言葉を取り集めてはっきり眺め入る事が出来るとすれば、俺達は皆言葉というものが人間の表現のうちで一番高級なものだと合点する様になるのではないだろうか。とまれ小説を書こうと思って書かれた小説や、詩を書こうと思って書かれた詩の氾濫《はんらん》に一切の興味を失って了《しま》った今、俺は他人のそういう言葉が、俺の心に衝突してくれる極めて稀れな機会だけを望んでいると言っていい。

言葉というものは、人々の頭に滲透《しんとう》して限りなく多様な抵抗を受ける電流の様なものだ。この抵抗こそ言葉というものの現実的な意味である。抵抗を少しも受けない言葉は、必ずしも人間の口から発音される必要はあるまい。俺は信ずるが、所謂《いわゆる》公式というものは単に退屈なだけではない、そんなものは全然この世にない。あった処《ところ》でいずれ市場で買える代物《しろもの》だ、而《しか》も飛んでもない安物でなければ、無暗《むやみ》な贅沢《ぜいたく》品にきまっている。こんな事を言うと或る人には誇張と響くだろう、比喩《ひゆ》と取られるかもわからない。だが俺にはそんな洒落気《しゃれけ》はない。公式などというものはこの世にない、断じてない、これこそ俺が重ねて来た結論だ。久しく頭の中にはあったが、近頃になってやっとこれが言い切れる。そして今まで何一つ為《し》て来なかったが多少は成熟して来た事を感ずる、併せて多少の疲労をと言いたいが、それは少々馬鹿々々しい。

女は俺の成熟する場所だった。書物に傍点をほどこしてはこの世を理解して行こうとした俺の小癪《こしゃく》な夢を一挙に破ってくれた。と言っても何も人よりましな恋愛をしたとは思っていない。何も彼《か》も尋常な事をやって来た。女を殺そうと考えたり、女の方では実際に俺を殺そうと試みたり、愛しているのか憎んでいるのか判然しなくなって来る程お互の顔を点検し合ったり、惚れたのは一体どっちのせいだか訝《いぶか》り合ったり、相手がうまく嘘をついて呉れないのに腹を立てたり、そいつがうまく行くと却《かえ》ってがっかりしたり、――要するに俺は説明の煩《はん》に堪えない。

今日想像力を失ったブルジョアは恋愛に対して当然鈍感だが、この鈍感につけこんで恋愛を軽蔑《けいべつ》する*プロレタリヤは又ブルジョア的である、という様な論議に俺は大した興味を持ってはいない。いずれにせよ俺は恋愛が馬鹿々々しい様な口吻《こうふん》を洩《もら》す人間には、青年にしろ老人にしろ同じ様な子供らしさを感ずる。いずれ今日の社会の*書割《かきわり》は恋愛劇には適さない、だが俺に気になる問題は、適すにせよ適しないにせよ恋愛というものは、幾世紀を通じて社会の機械的なからくりに反逆して来たもう一つの小さな社会ではないのかという点にある。

俺は恋愛の裡《うち》にほんとうの意味の愛があるかどうかという様な事は知らない、だが少くともほんとうの意味の人と人との間の交渉はある。惚れた同士の認識が、傍人の窺《うかが》い知れない様々な可能性をもっているという事は、彼等が夢みている証拠とはならない。世間との交通を遮断《しゃだん》したこの極めて複雑な国で、俺達は寧ろ覚め切っている、傍人には酔っていると見える程覚め切っているものだ。この時くらい人は他人を間近かで仔細《しさい》に眺める時はない。あらゆる秩序は消える、従って無用な思案は消える、現実的な歓《よろこ》びや苦痛や退屈がこれに取って代る。一切の抽象は許されない、従って明瞭な言葉なぞの棲息《せいそく》する余地はない、この時くらい人間の言葉がいよいよ曖昧《あいまい》となっていよいよ生き生きとして来る時はない、心から心に直ちに通じて道草を食わない時はない。惟《おも》うに人が成熟する唯一《ゆいいつ》の場所なのだ。

女はごく僅少《きんしょう》な材料から確定した人間学を作り上げる。これを普通女の無智と呼んでいるが、無智と呼ぶのは男に限るという事をすべての男が忘れている。俺の考えによれば一般に女が自分を女だと思っている程、男は自分は男だとは思っていない。この事情は様々の形で現れるがあらゆる男女関係の核心に存する。惚れるというのは言わばこの世に人間の代りに男と女とがいるという事を了解する事だ。女は俺にただ男でいろと要求する、俺はこの要求にどきんとする。

これ程簡明素朴な要求が、男にとって極めて難解なものだとは奇っ怪な事である。俺にはどうしても男というものは元来夢想家に出来上っている様な気がする。彼が社会人として常日頃応接しなければならない様々の要求の数がどれ程に上ろうとも、一体彼はこれ程生き生きとした要求に面接する機会が他に一度でもあるだろうかと俺は訝ってみるのだ。彼の知的な夢がどれ程複雑であろうとも、女のたった一言の要求に堪えないとは。だが男は高慢だから（女の高慢などは知れたものだ）ちょっと面喰《めんくら》うがすぐこれは単なる女の魅力だと高をくる。そのうちに一種の不安を感じて来る。気が附いた時には戦は了《おわ》っている。

例えば次の様な平凡な感受性の状態がある。

女は男の唐突な欲望を理解しない、或《あるい》は理解したくない（尤もこれは同じ事だが）。で例えば「どうしたの、一体」などと半分本気でとぼけてみせる。当然この時の女の表情が先ず第一に男の気に食わないから、男は女のとぼけ方を理解しない、或はしたくない。ムッとするとかテレるとか、いずれ何かしら不器用な行為を強いられる。女はどうせどうにでもなってやる積りでいるんだからこの男の不器用が我慢がならない。この事情が少々複雑になると、女は泣き出す。これはまことに正確な実践で、女は涙で一切を解決して了う。と女に欲望が目覚める。男は女の涙に引っかかっていよいよ不器用になるだけでなんにも解決しない。彼の欲望は消える。男は女をなんという子供だと思う、自分こそ子供になっているのも知らずに。女は自分を子供の様に思う、成熟した女になっているのも知らずに。

こういう処に俺は何かしらのっぴきならない運動を認める。女の仮面や嘘は女の独創であり、言わば女の勇気だとしても、逆に男の智慧《ちえ》にとっては、女の勇気は堪えられない程の虚飾に充《み》ちている。こういう事情に就いて男も女も明瞭《めいりよう》な意識を決して持ってはいない、持ち得ない。それでいて何故に二人の邂逅する場所にはいつものっぴきならない確定した運動があるのか。俺にはこの言わば人と人との感受性の出会う場所が最も奇妙な場所に見える。たとえ俺にとって、この世に尊敬すべき男や女は一人もいないとしても、彼等の交渉するこの場所だけは、近附き難い威厳を備えているものの様に見える。敢《あ》えて問題を男と女との関係だけに限るまい、友情とか肉親の間柄とか、凡《およ》そ心と心との間に見事な橋がかかっている時、重要なのはこの橋だけなのではないのだろうか。この橋をはずして人間の感情とは理智とはすべて架空な胸壁ではないのか。人がある好きな男とか女とかを実際上持っていない時、自分はどういう人間かと考えるのは全く意味をなさない事ではないのか。

近代人の自我は解体しているという事が、単なる比喩に過ぎないとしても、凡そ自我とは橋を支えるに足りる抵抗をもった品物では恐らくあるまい。

俺はニイチェの言葉を思い出す、「私にとって人情とは他人に同感する処に存しない、他人に同感する事を忍耐する点に存する」と。彼の忍耐と彼の愛との間にどんなひらきがあったのだろうか、或はそれは全く同じものであったのか。俺には判然しない。俺は依然として俺の孤独を感じている。

すべての書物は伝説である。定かなものは何物も記されてはいない。俺達が刻々に変って行くにつれて刻々に育って行く生き物だ。俺は近頃ニイチェを読み返し、以前には書いてあった文字が少しも見当らないのに驚いている。極端につくり話を嫌悪《けんお》する資質を持ちながら、不幸にも一流小説家の眼力を合わせ持たされた彼の運命が、今思いも掛けず俺を捕えて放さない。彼の一見抽象的に見える言葉は、とくと見るとどれも矛盾錯雑した現実の事物に固着している。彼は理智によっても感情によっても批判していない。理智によって批判せよ、感情に従って批判するなとはこの世で決して守られない規則に過ぎぬと休みなく叫んでいる様だ。人々が彼の上に捏《こ》ね上げた超人*という土偶は、彼自身が捏ね上げた土偶に過ぎなかった。この二律背反的性格の持主が、極めて自然に強いられた衛生無害な仮説に過ぎなかった。彼はこの仮説を実証しようとして、益々《ますます》この仮説から遠ざかった。

超人という言葉に人間という言葉がとって代った。人間という符牒《ふちよう》*を社会という符牒が追い抜いた。ここに何か深い仔細《しさい》があるのなら、彼が今もなお読むに堪えるという処にも何か深い仔細がある筈《はず》だ。惟《おも》うにあらゆる時代を通じてこの二つの事情は対立している。だが必ずしもいつの時代にも平衡を得ているとは限らない。

今日では誰も彼も歴史だ歴史だと喚《わめ》いている。世の中を料理するには、こいつを時間の方向に添うて切るのが一番正しいというのである。だが俺としてはこの世は結晶体の様に、いつも結晶面に添うて割れるものではあるまいと思っている。誰も彼もが歴史の波に流される、併《しか》し誰も彼も自分の浮力は守っているものだ。成る程時間の矢は一つしかない、俺はこれをそれて歩くことは出来ない。それにしても、俺が年をとって行く道と世間が年をとって行く道とは、いつも交錯していると俺の生活感情は教えてくれるのはどうした事か。言うまでもなく錯覚には相違あるまい、だが人はこの錯覚を信じないで一体何をなし得よう。人間とはこの錯覚を強いられ、この十字路に棲《す》む最も傷つき易《やす》い生き物ではないのか。

個人主義*という思想を俺は信用しない、凡その明瞭な思想というものが信用出来ない様に。だが各人がそれぞれの経験に固着した他人には充分に伝え難い主義を抱いて生きているという事は、信じる信じないの問題ではない、個人の現実的状態だ。ある階級はある階級へ、ある世紀はある世紀へ、それぞれ充分には伝え難い主義を抱いて生きている。この無暗な紛糾を理智は整理するかもしれないが、理智は紛糾を整理するだけの目的で人間に与えられたものだとは俺には考えられない。

整理する事は解決する事とは違う。整理された世界とは現実の世界にうまく対応する様に作り上げられたもう一つの世界に過ぎぬ。俺はこの世界の存在を或は価値を聊《いささ》かも疑ってはいない、というのはこの世界を信じた方がいいのか、疑った方がいいのか、そんな場所に果しなく重ね上げられる人間認識上の論議になんの興味も湧《わ》かないからだ。俺の興味をひく点はたった一つだ。それはこの世界が果して人間の生活信条になるかならないかという点である。人間がこの世界を信ずる為《ため》に或は信じない為に、何をこの世界に附加しているかという点だけだ。この世界を信ずる為に或は信じない為に、どんな感情のシステムを必要としているかという点だけだ。一と口で言えばなんの事はない、この世界を多少信じている人と多少信じていない人が事実上のっぴきならない生き方をしている、丁度或るのっぴきならない一つの顔があると思えば、直ぐ隣りに又改変し難い一つの顔がある様なものだ。俺はこれ以上魅惑的な風景に出会う事が出来ないし想像する事も出来ない。そうではないか、君はどう思う。

ニイチェだけに限らない、俺はすべての強力な思想家の表現のうちに、屢々《しばしば》、人の思索はもうこれ以上登る事が出来まいと思われる様な頂をみつける。この頂を持っていない思想家は俺には読むに堪えない。頂まで登りつめた言葉は、そこで殆《ほとん》ど意味を失うかと思われる程慄《ふる》えている。絶望の表現ではないが絶望的に緊迫している。無意味ではないが絶えず動揺して意味を固定し難い。俺はこういう極限をさまようていの言葉に出会うごとに、譬《たと》えようのない感動を受けるのだが、俺にはこの感動の内容を説明する事が出来ない。だがこの感動が俺の勝手な夢だとは又どうしても思えない。

正確を目指して遂《つい》に言語表現の危機に面接するとは、あらゆる執拗《しつよう》な理論家の歩む道ではないのか。どうやら俺にはこれは動かし難い事の様に思われる。われわれの伝統は、西洋の伝統に較《くら》べて、この言語上の危機に面接してただこの危機だけを表現して他を顧みない思索家を、なんと豊富に持っているかと俺は今更の様に驚くのだ。卓抜な思想程消え易い、この不幸な逆説は真実である。消え易い部分だけが、思想が幾度となく生れ変る所以《ゆえん》を秘めている。俺は屢々思想の精髄というものを考えざるを得ない。

こういう感慨は今日感傷固陋《ころう》の誹《そしり》を免れまいとは思っている。思想の精髄などという言葉の気に食わない人々が沢山いる事も知っている。だがこの気に食わない人々は一体どんな思想を頼みとしているのか。この頼みとする思想にも亦《また》極く少数の人々にしか明かされないその精髄というものがない筈はない。若《も》しも無いなら、若しもそれは隅々まで明瞭に組上ったシステムだとするなら、何故にこれを廻《めぐ》る信徒等は果しない論争をくりかえすか。いや何故に果しない論争が事実上俺の眼の前にあるのか。而《しか》も相手の思想が自分の思想に似ていれば似ている程、最も詭計《きけい》に充ちた論戦を演じなければならないのか。奇妙な事である。

くどい様だが許し給《たま》え、俺の言う事は何も格別な事柄ではない。その限り俺の言う事を文字通り信じ給え。この世に思想というものはない。人々がこれに食い入る度合《どあい》だけがあるのだ。だからこそ、言葉と結婚しなければこの世に出る事の出来ない思想というものには、危機を孕《はら》んだその精髄というものが存するのだ。この精髄こそ思想の真の部分だとするならば、人間の思想史というが本当の思想史とは一体何を意味するか。これは俺を苦しめる大きな疑問の一つである。だが俺はこの疑いの底でひそかに信じている。若しこの本当の思想史というものを人が編み出す事が出来たとしたら、恐らくそれは同じ様な恰好《かっこう》をした数珠玉《じゅずだま》をつないだ様に見えるだろうと。凡そ真の思想とは本能に酷似している。これを感得する時は驚く程簡明だが、これを説明しようと思えば忽《たちま》ち無暗《むやみ》な迷宮と変ずるものではあるまいかと。これを人間の仕事だと考えれば成る程われわれの手に余る不可能事だが、これが人間の一種の想《おも》いだとしてみれば断じて架空事ではない。人の生命の或る現実的な面である。今日嫌われている神とか永遠とかいう言葉程長生きする言葉はない。何故かというと、こういう種類の高等言語には、一般に人々が苦もなく考えている様な明瞭な対象はもともと無いからだ。人の或る種の想いを最も巧みに形容した形容詞だからだ。大衆はその感情の要求に従って、その棲む時代の優秀な思想家の思想を読みとる。

だから彼等はこれに動かされるというより寧《むし》ろ自ら動く為に、これを狡猾《こうかつ》に利用するのだ。だから思想史とは実は大衆の手によって変形された思想史に過ぎぬ。そこに麗々しく陳列されているすべての傑物の名は、単なる悪い洒落《しやれ》に過ぎぬのだ。この大衆の狡猾を援助する為に生れた一種不埒《ふらち》な職業を批評家というのなら、彼等がいつも仮面的であるのは又已《や》むを得ない。

逆に、どんな個人でも、この世にその足跡を残そうと思えば、何等かの意味で自分の生きている社会の協賛を経なければならない。言い代えれば社会に負けなければならぬ。社会は常に個人に勝つ。思想史とは社会の個人に対する戦勝史に他ならぬ。ここには多勢に無勢的問題以上別に困難な問題は存しない。「犬は何故しっぽを振るのかね」「しっぽは犬を振れないからさ」。この一笑話は深刻である。

ある時代のある支配的な思想と、これに初動を与えたある独創的個人とはまさしく緊密につながり合っている。今日人々は何故にこのつながりだけを語って、この間に越え難いひらきが又同時に在る処を語らないか。流行に過ぎない。すべての流行は幻である、だが不幸にしてすべての幻は尤《もっと》もらしい。これは恐らく、自然はもともと正直者だが、嘘《うそ》つきには嘘をつくだけの狡猾は失っていない正直者だという複雑な事情に由来する。

われわれの社会的本能が、孤独というものを嫌悪し恐怖するというが、事実は寧ろなんとは知れぬわれわれの嫌悪や恐怖が孤独という幽霊を作りあげて、これと戦っていると言った方が当っている。影との戦に過ぎないのだ。社会のあるがままの錯乱と矛盾とをそのまま受納する事に堪える個性を強い個性という。彼の眼と現実との間には、何等理論的媒介物はない。彼の個人的実践の場は社会より広くもなければ狭くもない。こういう精神の果しない複雑の保持、これが本当の意味の孤独なのである。社会は殻に閉じこもった厭人家《えんじんか》や人間廃業者等を少しも責めない、その癖いつも生ま身を他人の前に曝《さら》している様な潑剌《はつらつ》とした個性には、無理にも孤独人の衣を着せたがる。何故だろう。俺にはこの算術はかなり明瞭に思われる。社会は己れを保持する為に、一種非人間的な組織を持たざるを得ないし、多数の人々がこの機構にからまれて浅薄な関係を結び合い、架空な言葉を交換し合う強い習慣をどうにも出来ないからだ。社会は人々の習慣によって生きる。社会革命とは新しい習慣をあらたに製造する事だ。これが凡そ習慣というものが気に入らない或る個人の革命を嫌悪する所以《ゆえん》なのだ。金銭《かね》は生き物だという、つまり人間とは多少は金銭《かね》に似ているという意味である。

2+2=4とは清潔な抽象である。これを抽象と形容するのも愚かしい程最も清潔な抽象である。この清潔な抽象の上に組立てられた建築であればこそ、科学というものは、飽くまでも実証を目指す事が出来るのだし、又事実実証的なのである。この抽象世界に別離するあらゆる人間の思想は非実証的だ、すべて多少とも不潔な抽象の上に築かれた世界だからだ。だから人間世界では、どんなに正確な論理的表現も、厳密に言えば畢竟《ひっきょう》文体の問題に過ぎない、修辞学の問題に過ぎないのだ。簡単な言葉で言えば、科学を除いてすべての人間の思想は文学に過ぎぬ。現実から立ち登る朦朧《もうろう》たる可能性の煙に咽《む》せ返る様々な人の表情に過ぎない。世に謂《い》う詩とか小説とか其《その》他芸術という名を冠せられたすべての人間表現はこの様々な表情中の一表情である。俺《おれ》がこの一表情に最も心をひかれるのは、この一種の表情を命とする人々は、己れの仕事がやくざな抽象を土台としている事を知りながら、仕事の結果は反対に人間の現実的な体験を直接に暗示しているものでなければならぬと感じている人々だからだ。この仕事に実際上携わっていても、この苦痛をつぶさに語っている人は極めて稀《ま》れだ。ましてやその余の表情に摑《つか》みかかっている人々は、己れの仕事の前提の不潔さ加減すら知りはしない。ここに現実と科学との間にはさまれて、錯雑を極めた半ちくな世界、言わば一つの擬実証的世界が成立する。ある時代の支配的思想とはこの世界を宰領するに過ぎないのである。

今日既に老衰した資本主義の社会機構は、老衰の故《ゆえ》に不必要な数々の詭計を弄《ろう》し、又この詭計の故にいよいよ不必要に複雑となった。誰ももうこれ以上この複雑に堪えられない。堪え切れないでもっと簡明なもっと人間的な社会機構の到来を熱望している。この熱望は正当である。だがこういう時期に生れる支配的思想は当然極端に政治的であり、又その故に殆ど解きほごし難い欺瞞《ぎまん》に充ちている事も動かす事が出来ない。政治とは理論の仮面を被《かぶ》った一種の賭博《とばく》である。ここには正当な意味で質の問題も量の問題もない。正当な意味で正しさもなければ嘘もない。或る同じ傾向の感情が政治的に矛盾した様々な教義となって現れる。或る一つの政治的教義が、生活的に矛盾した様々な感情を満足させる。

俺達は今何処《どこ》へ行っても政治思想に衝突する。何故うんざりしないのか、うんざりしてはいけないのか。社会の隅々までも行き渡り、誰もこれを疑ってみようとは思わない。ほんの少しでも遠近法を変えて眺めてみ給え。これが、俺達の確実に知っている唯《ただ》一つの現実、限りない瑣事《さじ》と瞬間とから成り立った現実の世界に少しも触れてはいない事に驚く筈だ。この思想の材料となっている極めて不充分な抽象、民族だとか国家だとか階級だとかいう概念が、どんなに自ら自明性を広告しようと或は人々がこの広告にひっかかろうと、人間は嘗《かつ》てそんなものを一度も確実に見た事はないという事実の方が遥《はる》かに自明である。

政治の取扱うものは常に集団の価値である。何故か（この何故かという点が大切だ）。個人の価値に深い関心を持っては政治思想は決して成り立たないからだ。ここにこの思想の根本的な或は必至の欺瞞がある。この必至の欺瞞の為に、政治は自然の速度を加減しようという人間的暴力によって始り乍《なが》ら、いつも人間を軽蔑《けいべつ》する物質的暴力となって終るのである。

俺は人間の暴力を信ずるが物質の暴力を信じない。だから俺は政治の理論にも実践にもなんの積極的熱情を感じないのだ。俺はどんな党派の動員にも応じない。俺は人を断じて殺したくないし人から断じて殺されたくない。これが唯一つの俺の思想である。だから必度《きっと》流れ弾にあたって犬の様に死ぬだろう。流れ弾なら何処から打ち出した弾であろうと同じ事だ。人々は俺を懐疑派と言うかも知れぬ、だが俺にしてみれば俺は単に素朴なのだ。卑怯者《ひきょうもの》と呼ぶかも知れぬ、だが俺としては、単に忍耐しているだけなのだ。併《しか》し俺が俺のこの唯一の思想にたよって政治というものの性格を嫌悪《けんお》するのを誰も妨げまい。更に又この政治の性格を思ってみた事のない＊八卦屋《はっけや》的予言者の群れが、己れの優越を悪疫《あくえき》の様に人々にうつしている風景を嫌悪するのを誰も妨げまい。

嘗て俺の精神が必要以上に多忙だった時、俺は自分の頭の中にカメラ狂を一人同居させた。今日の世を横行する火を望まないプロメテ*達は、俺には寧ろカメラそのものに見える。自分の姿を映した事もなければ映す事も出来ない。思想や感情を懐中から煙草《たばこ》の様にとり出してはふかしている。彼等の唯一《ゆいいつ》の頑固な信条は、物事はなるたけ遠くから眺める方が正確に見えるという事であるらしい。いっその事二百万キロ米《メートル》程離れてみてはどうだろうかとよく俺は考える。ゲエテも豚のしっぽも同じ様に見えてずい分深刻だろうと思う。

そうだ俺は君にこの手紙を書いている事をどうやら忘れている様だ。君はここまで読んで来てくれているのだろうか。俺はよく話しながら誰に話しているのか忘れて了《しま》う、惟《おも》うにこれは俺の精神の余儀ない疲れのする業《わざ》だ。

俺には今遅々として明瞭《めいりょう》になろうとしている事がある。それは社会は決して俺を埋めつくす事は出来ぬ、だが俺は俺自身に対して、絶えずアリバイを提供していなければならぬという事だ。社会のあらゆる表現は決して捕える事の出来ぬ錯乱の証左である。だがこの証左を悟る精神は又愚劣に充《み》ちている、と。

人は愛も幸福も、いや嫌悪すら不幸すら自分独りで所有する事は出来ない。みんな相手と半分ずつ分け合う食べ物だ。その限り俺達はこれらのものをどれも判然とは知っていない。俺の努めるのは、ありのままな自分を告白するという一事である。ありのままな自分、俺はもうこの奇怪な言葉を疑ってはいない。人は告白する相手が見附からない時だけ、この言葉について思い患《わずら》う。困難は聞いてくれる友を見附ける事だ。だがこの実際上の困難が、悪夢とみえる程大きいのだ。誰も彼もが他人の言葉には横を向いている。迂闊《うかつ》だからではない、他人から加えられた意見を、そのまま土台とした意見を捨てきれないからだ、土台とした為に無意味なほど頑固になった意見を捨てきれないでいるからだ。誰も彼もがお互に警戒し合っている、騙《だま》されまいとしては騙し合っている。

俺が生きる為に必要なものはもう俺自身ではない、欲しいものはただ俺が俺自身を見失わない様に俺に話しかけてくれる人間と、俺の為に多少は生きてくれる人間だ。

「虚栄のうちで書くという虚栄が一番苦痛に溢《あふ》れている」

「苦痛であることは弁解にはならぬ」

「弁解ではない事実なのだ」

「事実なら猶更《なおさら》許すことが出来ない」

君とこんな会話をかわした事がある、何時《いつ》の事だったかもう忘れて了った、どっちがどっちの言葉を言ったのかももう忘れて了った。だが君も俺も自分で言った言葉のほんとうの意味をその頃はまだ知らなかった。今も俺達は同じ会話をとりかわす事は出来る、併し俺達はもう昔の様な表情はしまい。人はただ人に読まれるという口実の為に命をかけねばならぬ。そしてそれは楽しい事でもなければ悲しい事でもない。そうではないか、君はどう思う。

君くらい他人から教わらず他人にも教えない心をもった人も珍らしい。そういう君が自分でもよく知らない君の天才が俺をうっとりさせる。君の心のこの部分が、その他の部分とうまく調和しなくなっている時、特に君は美しい。決して武装したことのない君の心は、どんな細かな理論の網目も平気でくぐりぬける程柔軟だが、又どんな思い掛けない冗談にも傷つかない程堅い。冗談に傷つくというのは妙な言葉だが、俺はまともな言葉にはいくらでも言い逃《のが》れを用意している癖に、ほんの瑣細《ささい》な冗談口に気を腐らせる人々には飽き飽きする程出会っているのだ。俺には口の減らない人をへこませるくらい容易な事はない。

俺は別に君を尊敬してはいない、君が好きだというだけで俺にはもう充分に複雑である。言わばそれは俺自身に対する苦痛だが、又快い戦なのだ。それにしても世間には尊敬すべき人物がちと多過ぎる。大臣だとか大学者だとか大小説家だとか。彼等が尊敬獲得の為に、知っていて或は知らないで呈出する様々な材料は、傍人にとっては言う迄《まで》もない事、彼等自身にとってもほんの偶然事の堆積《たいせき》にすぎないのではないか。ここにも解き難い社会の謎《なぞ》の一つがある。だが俺はもう止《よ》そう。謎は何処にでもある。恐らく謎を語ろうとする事は、これを製造する事に他なるまい。

たとえ社会が俺という人間を少しも必要としなくても、俺の精神はやっぱり様々な苦痛が訪れる場所だ、まさしく外部から訪れる場所だ。俺は今この場所を支えているより外、どんな態度もとる事が出来ない。そして時々この場所が俺には一切未知なものから成り立っている事をみて愕然《がくぜん》とする。或る兵士は隣りにいた戦友の首が弾丸に飛ばされた途端、傍の蓄音機がその代りに乗っかったのを眼のあたり見て以来、自分の肩の上に乗っているものは蓄音機に相違ないと信じ始めたそうだ。この発狂は正確である。俺は毎朝顔を洗う時鏡を見てはよく考える、誰もこんな風には俺の顔を眺めてはいない、と。

この感じは一種の夢に酷似している、この夢は忽《たちま》ち俺の眺める人々の上に拡《ひろが》る。そこに漂うものは、悲しくもない時の涙やおかしくもない時の笑いや、苦痛が唯一の神となった顔、不安の余り幸福を強いられた顔、涙をさそう虚偽や見るも汚《けが》らわしい正義や、発狂的理論、心に滲《し》み入る眼差し、さては単なる不器用な腕、――俺は人々の鼻の高さが決して一様ではない事を確めようと、一つ一つ撮《つま》んでみなければならない様な想《おも》いを強いられる。

君は解《わか》ってくれるだろう、瑣事のもつ果しない力を見まいとする人達に立ち交って、こういう夢を見つづけるのはかなり苦しい事だということを。俺は人々が覚め始めようという点を狙《ねら》って眠り始めねばならない。時々俺はこの夢の揚げる光にもうこれ以上堪え切れないと感ずる。忽ち夢は変貌《へんぼう》して、俺は了解し難い無頓着《むとんじゃく》に襲われる。大気の中に穴があいている様に、世間にも人々の心がなんにも支える必要のない溜《たま》*りがある。俺は堪えきれなくなるとそういう溜りに出かけて行く。どんな事にでも目的というものを定めた上でなければ、なんの行動も出来ない人々が、目的を見失いに集って来る。俺は不器用な眼附きで彼等を眺める。俺は反対に一つの目的を恢復《かいふく》する為にここに来たのではなかったか。だが俺の姿はなんと彼等によく似ている事だろう。悲し気な音楽は鳴り渡り、様々な言葉は煙草の煙と一緒に立ち登り、天井にぶつかり、――俺はその行方については一切知らぬ。運動知覚を一様に整調されて幸福を感じた面々が、ただ一ったんさまよい出た栖処《すみか》には永遠に帰れない様な顔をして酒を呑《の》んでいる。

突然俺は前でコップを手にしている男が亡霊に過ぎない事を見る。何故に彼の姿は驚く程人間に酷似しているのか。或は人間があういう具合に運動する為には一体滑車と歯車を幾つ必要とするのか。いやそれよりも何故俺はあいつと奇妙に同じ様な恰好《かっこう》をした生き物なのか、というより寧ろ何故他人というものが、そこら辺りにちょろちょろしていなければならないのか、――俺は結論として欠伸《あくび》をする、そして俺が少しも眠くない事を確める。

耳もとで誰かがささやく、――何故お前はもっと遠い処に連れて行って貰《もら》わないのか。お前の考えている幸福だとか不幸だとか、悲劇だとか喜劇だとか、なんでもいい、お前が何かしらの言葉で呼んでいる人生の片々は、お前がどんなにうまく考え出した形象であろうとも、そんなものは本当のこの世の前では、――さあなんと言ったらいいか、いやお前は何故大海の水をコップで掬《すく》う様な真似をしているのだ、――何故お前はもっと遠い処に連れて行って貰わないのだ。――囁《ささや》きはやがて俺を通過して了う。そして俺は単に落ち著いているのである。

俺は今すべての物事に対して微笑している。ただ俺にもよく解らない深い仔細《しさい》によって、他人には決してそうは見えないのだ。

ではさよなら。君が旅から帰る日に第一番に溜りで俺と面会しよう。俺は早くから行って君を待っている。だが俺が相変らず約束をうまく守れない男でいる事を忘れてくれるな。俺は大概約束を破って了う様な事になるだろうと心配している。だけど君はどうしても来てくれなくてはいけない。俺は君の来てくれる事を信じているのだから。

ではさよなら、——最後に一番君に言いたい事、どうか身体を大事にしたまえ。

夏よ去れ

心明かすな
夏よ去れ
眼を閉ぢて
目蓋《まぶた》はかろし
蜘蛛《くも》の糸
雨には切れず
切れぎれに
惑ふわれかな

夏草よ
光をあげよ

海行かば
水脈《みを》は晃《きら》めく
今日もまた
空は美し
鏽色《さびいろ》の蝦網《えびあみ》のべて
指またに
水掻《みづか》きつくり
風に乗り
何を嘆きし
曇り日の
雲の裏行く
はだけたる胸
汗ばめる腹
風は死に
黝《くろ》き山肌

鱗《うろこ》ある
魚を乗せて
野の草の
靡《なび》くは何ぞ

あゝ　夏よ去れ
心明かすな
棲《す》みつかぬ
季節《とき》よ
失せ行け
切れぎれに
惑ふわれかな

秋

よく晴れた秋の午前、*二月堂に登って、ぼんやりしていた。欄干に組んだ両腕のなかに、猫のように顎《あご》を乗せ、大仏殿の*鴟尾《しび》の光るのやら、もっと美しく光る銀杏《いちょう》の葉っぱやら、甍《いらか》の陰影、生駒《いこま》の山肌、いろんなものを眼を細くして眺めていた。廿《にじゅう》年ぶりである。人間は、なんと程よく過去を忘れるものだ。実にいろいろな事があったと思うのも亦《また》実に程よく忘れているというその事だ。どうやら俺は日向《ひなた》の猫に類している。

御堂《みどう》の脇《わき》の庫裡《くり》めいた建物で、茶屋をやっている。天井も柱もすすけ切って、幾つも並んだ茶釜《ちゃがま》が黒光りしている。脂《あぶら》と汗で煮しめたような畳の上に、午前の浄《きよ》らかな陽が一杯に流れ込んでいる。ここにはよく昼寝に来たものだ。壁に、古ぼけた絵馬がいくつもかかっている。その中に、「博奕《ばくち》勝負等者《は》終身禁止」というのがあったが、「酒妾《しょう》等者満七ヶ年禁止、何某敬白」と下に但書《ただしがき》が付いているのが何んだかおかしくて堪《たま》らなかった事をよく覚えている。茶を呑《の》み乍《なが》ら見上げると、まだある。花札が燃え上り、前で色男が仔細《しさい》らしい顔で、やっぱり合掌していた。ちっともおかしくならない。それは、寧《むし》ろ謎《なぞ》めいて見える。

この茶屋は、夏は実に涼しいのである。私は、毎日のように、ここに来ては、*般若《はんにゃ》湯《とう》を一本、恐ろしく塩からい雁《がん》もどきの煮しめを一皿註文《ちゅうもん》し、ひっくり返ってプルウストを読んでいた。特にプルウストを好んでいたわけではない。本と云えば、それだけしかなかったのだ。当時、私は、自分自身に常に不満を抱いている多くの青年の例に洩《も》れず、心の中に、得体《えたい》の知れぬ苦しみを、半ば故意に燃やし続けていた。その為《ため》に何事にも手が附かず、会う人にはひどく退屈で暇な振りをしていた。プルウストに熱中していた伊吹武彦君*に、たまたま京都で会った時、彼は土産物でも持たすように、*厖大《ぼうだい》な著作の初めの二冊を、私に持たした。そして、どういう結果になったかと言えば、プルウストからただ般若湯と雁もどきを連想する始末である。覚束《おぼつか》ない語学力で、ぎっしり詰った活字を辿《たど》って行く事は、あたかも人生のほんのささやかな一とかけらも無限に分割し得るという著者の厄介な発見を追うのにふさわしいように思われたが、いつもやがて気持ちのいい眠りが来た。夏は終り、プルウストも二巻目の中程で終った。以来、プルウストを開いてみた事がない。高級な文学が甚だ低級に読まれるという世の通例を私は実行したまでの事だ。恥しがるにも及ぶまい。この通例の全く逆も亦屢々《しばしば》起り得るのだ。

「失われし時を求めて」――気味の悪い言葉だ、とふと思う。私はそれを、頭の中でキイのように叩《たた》いてみる。忽《たちま》ち、時間というものに関する様々な取りとめのない抽象的観念が群がり生じた。ああ、こりゃいけない、順序がまるで逆ではないか、プルウストは、花の匂《にお》いを吸い込む事から始めた筈《はず》である。私は、舌打ちして煙草《たばこ》を吹いた。思いも掛けず、薄紫の見事な煙の輪が出来て、ゆらめき乍ら、光の波の中を、静かに渡って行った。それは、まるで時間の粒子で出来上っているもののように見え、私は、光を通過するその仄《ほの》かな音色さえ聞き分けたような思いがした。不思議な感情が湧《わ》き、私は、その上を泳いだ。

時間というものが、私達の*認識の先天的形式であろうが、*第四次元という世界の計量的性質であろうが、どうでもいい事だ。そういう曖昧《あいまい》さの少しもない、そう考えるより他にどうしようもない観念を、じっと黙って考えているなどという芸当は、誰にも出来ない。やがて私達は、どうでもいい事だと呟《つぶや》くだろう。ある種の観念があって、その合理的明瞭化《めいりようか》の極まるところ、それは私達には、どうでもいいものと化する。これは、どうでもいい事ではあるまい。*アウグスチヌスが、*「告白」のなかで、時間の理解から時間の信仰に飛び移ったのは其処《そこ》だ。彼が言ったように、時間は人間の霊魂の中から、いつまで経っても出て行く事は出来まい。

「失われし時を求めて」というアイロニイ*は、作者当人が一番よく知っていたであろう。万人にとっては、時は経《た》つのかも知れないが、私達めいめいは、蟇口《がまぐち》でも落すような具合に時を紛失する。紛失する上手下手が即《すなわ》ち時そのものだ。そして、どうやら上手に失った過去とは、上手に得る未来の事らしい。「失われし時を求めて」という斬新《ざんしん》な小説が現れたと世人が考えた時、作者にしてみれば、或る奇妙な告白、死だけが止める事の出来る告白で、余命を消費しようという決心をした、そういう事だったかも知れない。確かに、この人には、人並みはずれて豊かな或る内的な機能があって、決して外には現れない喜びや悲しみを、限りなく生産していたに違いない。そしてその事は、汲《く》み尽し得ない意識を不断に汲む事を強制されている、という意識を伴っていたに相違ない。決して外に出たがらぬ意識とは、覚めていて見る一種の夢であり、その限り、私の意志に無関係な外物の如《ごと》く運動するからだ。期待と思い出の入り乱れるうちに、あらゆる心像が衝突し或《あるい》は結合する。そういう世界が、わが意ならずもいよいよ拡大し深化する事に堪えているうちに、この天才には、凡《およ》そあり得べき心理学の総体の如きものが感じられたかも知れない。と言うよりも、それは寧《むし》ろ彼自身の全未来の姿の如きものとなって現前しなかったろうか。やり切れない予感だ。自殺して了《しま》えばよいのである。小説家的才能という呪《のろ》われた特権が、それを阻《はば》んだ。そこに窮余の一策があったから。何はともあれ、やがて来る死が確実にけりを附けてくれる「告白」が。

無論、みんな私の勝手な空想である。いや、空想が私に相談なく勝手に動くのである。空想力の貧弱を嘆ずべき理由はない。「私の夢」なぞというものがないように「私の空想」などというものはない。少くともそう信じなければ「私」というものは何者であるかわからぬ。天才どもは、みんなどうかしている。だが、待て待て。これは好都合だが凡庸な論法だ。空想に食われたプルウストは、何も鬼に食われたわけではあるまい。空想の自動的運動は、その抽象性による。してみると*悟性とは空想の精華だという事にならないか。すると、一つの考えが突然閃《ひらめ》いた、無論自動的にである。認識の先天的形式とは、カントの窮余の一策だったに違いない。彼には、*形而上学《けいじじょうがく》の不可能というやり切れない予感があった筈である、と。

私は、何時《いつ》の間にか、大仏殿の裏側を通り、正倉院の前の池のほとりを歩いていた。変哲もない池だが、その面は、秋の色とでも言うより他はない不思議に微妙な色合いをしていた。私は、どうにかしていまわしい空想から逃れたかった。*転害門《てがいもん》を抜け、わびしい裏通りの、黄色っぽい一本道を、私は、まるで徒歩競走でもするように、どこまでも歩いた。だが、どうもうまくいかないらしかった。

今日の科学は、万物流転《るてん》に関する驚くべき絵図を描いた。疑う余地のなかった物質の幾つかの基本性質が崩れ去った事は誰も知っている。物質の構造は、意識の構造より変化に富んでいないとは誰にも言えなくなった。空想が人間を追う、「私」を追い詰める。宇宙の無秩序が、精神の無秩序に、よく釣合う事に我慢がならなくなった時、例えば「*光の円錐《えんすい》体」という窮余の一策が生れる。それはよい。だが、そういう具合で果しがないという事は、何んと忌《い》ま忌ましい事か。人間の発明品とは、すべて窮余の策であろう。大発明ほどそうかも知れない。大いに窮するには大いなる才が要る。それはそうかも知れない。が、科学や哲学や芸術に関するすべての発明品に共通な、一番基本的な性質とは、或る形式上の秩序、何か秩序めいたものがそこに現れているという事に過ぎないのではないか。それは、発明者の「私」という奇怪な現存に何んの関係があるのであろうか。芸術家達は百年ほど前から自己表現などという言葉を使い出したが、どうも大した意味があるようにも思えない。「私」の表現なんていうものはない。そんな事は誰にも出来ない。歴史とは、無数の「私」が何処《どこ》かへ飛び去った形骸《けいがい》である。

町は尽き、道は稲田の中をつづく。私は、相変らず大いそぎで歩いていた。私が信じているただ一つのものが、どうしてこれ程脆弱《ぜいじゃく》で、かりそめで、果敢《はか》なく、又全く未知なものでなければならないか。空想は去り、苦しく悲しい感情が胸を満たした。その形は、揺れ動く稲田の波であるようにも、その上を横切る雲の影、その上をヘナヘナ舞う鳥のようにも思われた。道ばたの石灯籠《いしどうろう》に牛が繫《つな》がれていた。いい黒い色をして、いい恰好《かっこう》をしている。コーンビーフになる牛は知らないが、君ならよく知っているよ。日本人は千年も前から君を描いて来た。だが、今日は失敬する。森が見える。*海龍王寺の森ではないか。行かなくても、わかっている。松の木が五六本立って、時間のお化けのような経堂《*きょうどう》が、人気もないところで、荒れているのだ。私はただ急いでいた。

様々なる意匠

懐疑は、恐らくは叡智《えいち》の始めかも知れない、然《しか》し、叡智の始る処《ところ》に芸術は終るのだ。
アンドレ・ジイド*

1

吾々《われわれ》にとって幸福な事か不幸な事か知らないが、世に一つとして簡単に片付く問題はない。遠い昔、人間が意識と共に与えられた言葉という吾々の思索の唯一《ゆいいつ》の武器は、依然として昔乍《なが》らの魔術を止《や》めない。劣悪を指嗾《*しそう》しない如何《いか》なる崇高な言葉もなく、崇高を指嗾しない如何なる劣悪な言葉もない。而《しか》も、若《も》し言葉がその人心眩惑《げんわく》の魔術を捨てたら恐らく影に過ぎまい。

私は、ここで問題を提出したり解決したり仕様とは思わぬ。私はただ世の騒然たる文芸批評家等が、騒然と行動する必要の為《ため》に見ぬ振りをした種々な事実を拾い上げ度《た》いと思う。私はただ、彼等が何故《なにゆえ》にあらゆる意匠《いしょう》を凝らして登場しなければならぬかを、少々不審に思う許《ばか》りである。私には常に舞台より楽屋の方が面白い。この様な私にも、やっぱり軍略は必要だとするなら、「*搦手《からめて》から」、これが私には最も人性論的法則に適《かな》った軍略に見えるのだ。

2

文学の世界に詩人が棲《す》み、小説家が棲んでいる様に、文芸批評家というものが棲んでいる。詩人にとっては詩を創《つく》る事が希《ねが》いであり、小説家にとっては小説を創る事が希いである。では、文芸批評家にとっては文芸批評を書く事が希いであるか？　恐らくこの事実は多くの*逆説を孕《はら》んでいる。

「自分の嗜好《しこう》に従って人を評するのは容易な事だ」と、人は言う。然《しか》し、尺度に従って人を評する事も等しく苦もない業《わざ》である。常に生き生きとした嗜好を有し、常に溌《はつ》剌《らつ》たる尺度を持つという事だけが容易ではないのである。人々は人の嗜好というものと尺度というものとを別々に考えてみる、が、別々に考えてみるだけだ、精神と肉体とを別々に考えてみる様に。例えば月の世界に住むことは人間の空想となる事は出来るが、人間の欲望となる事は出来ない。*守銭奴《しゅせんど》は金を蓄《た》める、だから彼は金を欲しがるのである。人は可能なものしか真に望まぬものである。これが恰《あたか》も嗜好と尺度との論理関係である。生き生きとした嗜好なくして、如何にして溌剌たる尺度を持ち得よう。だが、論理家等の忘れがちな事実はその先きにある。つまり、批評という純一な精神活動を嗜好と尺度とに区別して考えてみても何等《なんら》不都合はない以上、吾々は批評の方法を如何に精密に論理附けても差支《さしつか》えない。だが、批評の方法が如何に精密に点検されようが、その批評が人を動かすか動かさないかという問題とは何んの関係もないという事である。例えば、人は恋文の修辞学を検討する事によって己れの恋愛の実現を期するかも知れない、然し斯《か》くして実現した恋愛を恋文研究の成果と信ずるなら彼は馬鹿である。或《あるい》は、彼は何か別の事を実現してしまったに相違ない。

嘗《かつ》て主観批評或は印象批評の弊害という事が色々と論じられた事があった。然し結局「好き嫌いで人をとやかく言うな」という常識道徳の或は礼儀作法の一法則の周りをうろついたに過ぎなかった。或は攻撃されたものは主観批評でも印象批評でもなかったかも知れない。「批評になっていない批評」というものだったかも知れない。「批評になっていない批評の弊害」では話が解《わか》りすぎて議論にならないから、という筋合いのものだったかも知れない。兎《と》も角《かく》私には印象批評という文学史家の一術語が何を語るか全く明瞭《めいりょう》でないが、次の事実は大変明瞭だ。所謂《いわゆる》印象批評の御手本、例えばボオドレエルの文芸批評を前にして、舟が波に掬《すく》われる様に、繊鋭な解析と潑剌たる感受性の運動に、私が浚《さら》われて了《しま》うという事である。この時、彼の魔術に憑《つ》かれつつも、私が正《まさ》しく眺めるものは、嗜好の形式でもなく尺度の形式でもなく無双の情熱の形式をとった彼の夢だ。それは正しく批評ではあるが又彼の独白でもある。人は如何にして批評というものと自意識というものとを区別し得よう。彼の批評の魔力は、彼が批評するとは自覚する事である事を明瞭に悟った点に存する。批評の対象が己れであると他人であるとは一つの事であって二つの事でない。批評とは竟《つい》に己れの夢を懐疑的に語る事ではないのか！

ここで私はだらしの無い言葉が乙《おつ》に構えているのに突き当る、批評の普遍性、と。だが、古来如何なる芸術家が普遍性などという怪物を狙《ねら》ったか？　彼等は例外なく個体を狙ったのである。あらゆる世にあらゆる場所に通ずる真実を語ろうと希ったのではない、ただ個々の真実を出来るだけ誠実に出来るだけ完全に語ろうと希っただけである。ゲエテが普遍的な所以《ゆえん》は彼がすぐれて国民的であったが為だ、彼が国民的であった所以は彼がすぐれて個性的であったが為だ。*範疇《はんちゅう》*的先験的真実ではない限り、あらゆる人間的真実の保証を、それが人間的であるという事実以外に、諸君は何処《どこ》に求めようとするのか？　文芸批評とても同じ事だ、批評はそれとは別だという根拠は何処にもないのである。最上の批評は常に最も個性的である。そして独断的という概念と個性的という概念とは異るのである。

方向を転換させよう。人は様々な可能性を抱いてこの世に生れて来る。彼は科学者にもなれたろう、軍人にもなれたろう、小説家にもなれたろう、然し彼は彼以外のものにはなれなかった。これは驚く可《べ》き事実である。この事実を換言すれば、人は種々な真実を発見する事は出来るが、発見した真実をすべて所有する事は出来ない、或る人の大脳皮質には種々の真実が観念として棲息《せいそく》するであろうが、彼の全身を血球と共に循《めぐ》る真実は唯《ただ》一つあるのみだという事である。雲が雨を作り雨が雲を作る様に、環境は人を作り人は環境を作る、斯く言わば弁証法的*に統一された事実に、世の所謂宿命の真の意味があるとすれば、血球と共に循る一真実とはその人の宿命の異名である。或る人の真の性格といい、芸術家の独創性といい又異ったものを指すのではないのである。この人間存在の厳然たる真実は、あらゆる最上芸術家は身を以《も》って制作するという単純な強力な一理由によって、彼の作品に移入され、彼の作品の性格を拵《こしら》えている。

芸術家達のどんなに純粋な仕事でも、科学者が純粋な水と呼ぶ意味で純粋なものはない。彼等の仕事は常に、種々の色彩、種々の陰翳《いんえい》を擁して豊富である。この豊富性の為に、私は、彼等の作品から思う処《ところ》を抽象する事が出来る、と言う事は又何物を抽象しても何物かが残るという事だ。この豊富性の裡《うち》を彷徨《ほうこう》して、私は、その作家の思想を完全に了解したと信ずる、その途端、不思議な角度から、新しい思想の断片が私を見る。見られたが最後、断片はもはや断片ではない、忽《たちま》ち拡大して、今了解した私の思想を呑《の》んで了うという事が起る。この彷徨は恰も解析によって己れの姿を捕えようとする彷徨に等しい。こうして私は、私の解析の*眩暈《げんうん》の末、傑作の豊富性の底を流れる、作者の宿命の*主調低音をきくのである。この時私の騒然たる夢はやみ、私の心が私の言葉を語り始める、この時私は私の批評の可能を悟るのである。

　私には文芸批評家達が様々な思想の制度をもって武装していることを兎や角いう権利はない。ただ鎧《よろい》というものは安全ではあろうが、随分重たいものだろうと思う許りだ。然し、彼等がどんな性格を持っていようとも、批評の対象がその宿命を明かす時まで待っていられないという短気は、私には常に不審な事である。

　扨《さ》て今は最後の逆説を語る時だ。若し私が所謂*文学界の独身者文芸批評家たる事を希い、而も最も素晴しい独身者となる事を生涯の希いとするならば、今私が長々と語った処の結論として、次の様な英雄的であると同程度に馬鹿々々しい格言を信じなければなるまい。

「私は、バルザックが『人間喜劇』*を書いた様に、あらゆる天才等の喜劇を書かねばならない」と。

3

マルクス主義文学*、——恐らく今日の批評壇に最も活躍するこの意匠の構造は、それが政策論的意匠であるが為に、他の様々な芸術論的意匠に較《くら》べて、一番単純明瞭なものに見えるのであるが、あらゆる人間精神の意匠は、人間たる刻印を捺《お》されているが為に、様々な論議を巻き起し得るのである。

ギリシアの昔、詩人はプラトンの「共和国」*から追放された。今日、マルクスは詩人を、その「資本論」*から追放した。これは決して今日マルクスの弟子達の文芸批評中で、政治という偶像と芸術という偶像とが、価値の対立に就いて鼬鼠《いたち》ごっこをする態《てい》の問題ではない。一つの情熱が一つの情熱を追放した問題なのだ。或る情熱は或る情熱を追放する、然し如何なる形態の情熱もこの地球の外に追われる事はない。そして地球の外には追われないという事を保証してくれるものは、又この無力にして全能なる地球以外にはないのである。

私は「プロレタリヤの為に芸術せよ」*という言葉を好かないし、「芸術の為に芸術せよ」という言葉も好かない。こういう言葉は修辞として様々な陰翳を含むであろうが、竟に何物も語らないからである。国家の為に戦うのと己れの為に戦うのとどちらが苦しい事であるか？　同じ事だ。人に「プロレタリヤの為に芸術せよ」と教えるのは「芸術の為に芸術せよ」と教えるのと等しく容易な事であるが、教えられた芸術家にとっては、どちらにしても同じ様に困難な事である。

凡《およ》そあらゆる観念学*は人間の意識に決してその基礎を置くものではない。マルクスが言った様に、「意識とは意識された存在以外の何物でもあり得ない」*のである。或る人の観念学は常にその人の全存在にかかっている。その人の宿命にかかっている。怠惰も人間のある種の権利であるから、或る小説家が観念学に無関心でいる事は何等差支えない。然し、観念学を支持するものは、常に理論ではなく人間の生活の意力である限り、それは一つの現実である。或る現実に無関心でいる事は許されるが、現実を嘲笑《ちょうしょう》する事は誰にも許されてはいない。

若し、卓《すぐ》れたプロレタリヤ作者の作品にあるプロレタリヤの観念学が、人を動かすとすれば、それはあらゆる卓れた作品が有する観念学と同様に、作品と絶対関係に於いてあるからだ、作者の血液をもって染色されているからだ。若しもこの血液を洗い去ったものに動かされるものがあるとすれば、それは「粉飾した心のみが粉飾に動かされる」という自然の狡猾《こうかつ》なる理法に依《よ》るのである。

卓れた芸術は、常に或る人の眸《まなざし》が心を貫くが如《ごと》き現実性を持っているものだ。人間を現実への情熱に導かないあらゆる表象の建築は便覧《マニユエル》に過ぎない。人は便覧《マニユエル》をもって右に曲れば街へ出ると教える事は出来る。然し、坐った人間を立たせる事は出来ない。人は便覧《マニユエル》によって動きはしない、事件によって動かされるのだ。強力な観念学は事件である、強力な芸術も亦《また》事件である。かかる時、「プロレタリヤ運動の為に芸術を利用せよ」と、社会運動家達が、*その運動の為に芸術という事件を利用せんとするのは悧巧《りこう》である。彼等は芸術家に「プロレタリヤ社会実現の目的意識を持て」と命令する。何等かの意味で宗教を持たぬ人間がない様に、芸術家で目的意識を持たぬものはないのである。目的がなければ生活の展開を規定するものがない。然し、目的を目指して進んでも目的は生活の把握であるから、目的は生活に帰って来る。芸術家にとって目的意識とは、彼の創造の理論に外ならない。創造の理論とは彼の宿命の理論以外の何物でもない。そして、芸術家等が各自各様の宿命の理論に忠実である事を如何《いかん》ともし難いのである。この外に若し目的意識なるものがあるとすれば、毒にも薬にもならぬものである。毒にも薬にもならぬものを、吾々は亡霊とさえ呼ぶ労はいらない。

「時代意識を持て」ということも、マルクス主義文学の論議と共に屡々《しばしば》言われる言葉である。如何なる時代もその時代特有の色彩をもち音調をもつものだ。しかしそれは飽く迄《まで》も色彩であり音調であって、吾々が明瞭に眺め得る風景ではない。吾々の眼前に明瞭なものは、その時代の色彩、その時代の音調の産んだ様々な表象の建築のみである。世紀がその最も生ま生ましい神話を語るのは、吾々がその世紀の渦中にあって最も無意識に最も溌剌《はつらつ》と行動している時に限る。私はアルマン・リボオ*の言葉を想《おも》い出す。「人体の内部感覚というものは、明瞭には、局部麻酔によって逆説的に知り得るのみだ」と。恐らく十九世紀文学の最大の情熱の一つである自意識というものをもって実現し、又これによって斃死《へいし》したボオドレエルは、正にリボオの言を敢行した天才であった。私は所謂時代意識なるものが二十世紀文学の一情熱となるのかどうか知らない。まして二十世紀が二十世紀のボオドレエルを生むかどうかを知らないが、時代意識というものが自意識というものとその構造を同じくするという事は明瞭な事である。時代意識は自意識より大き過ぎもしなければ小さすぎもしないとは明瞭な事である。

扨て次は「芸術の為の芸術」*という古風な意匠である。古風といっても矢鱈《やたら》に古風なものではない、ギリシアの芸術家等が、或はルネサンスの芸術家等が、こんな言葉を理解した筈《はず》はないからである。

「自然は芸術を模倣する」*という信心《キュルト》は、例えば恐らくスタンダアルが、その「赤と黒」*によって多くのソレリアンの出現を予期したが如く、芸術家の正しい信心《キュルト》ではあろうが、芸術が自然を模倣しない限り自然は芸術を模倣しない。スタンダアルはこの世から借用したものを、この世に返却したに過ぎない。彼は已れの仕事が世を動かすと信ずる前に、已れが世に烈《はげ》しく動かされる事を希《ねが》ったのだ。故《ゆえ》に、「芸術の為の芸術」とは、自然は芸術を模倣するという如き積極的陶酔の形式を示すものではなく、寧《むし》ろ、自然が、或は社会が、芸術を捨てたという衰弱の形式を示す。人はこの世に動かされつつこの世を捨てる事は出来ない、この世を捨てようと希う事は出来ない。世捨て人とは世を捨てた人ではない、世が捨てた人である。ある世紀が有機体として潑剌たる神話を有する時、その世紀の芸術家達に、「芸術の為の芸術」とは了解し難い愚劣であろう。ある世紀が極度に解体し衰弱して何等の要望も持つ事がないとしたら又芸術も存在しない。

現代は建設の神話を持っているのか、それとも頽廃《たいはい》の神話を持っているのか知らないが、私は日本の若い*プロレタリヤ文学者達が、彼等が宿命の人間学をもって其《そ》の作品を血塗らんとしているという事をあんまり信用していない。又、若い知的*エピキュリアン達が自ら眩惑《げんわく》する程の*神速な懐疑の夢を抱いているという事もあんまり信用してはいない。

諸君の精神が、どんなに焦躁な夢を持とうと、どんなに緩慢に夢みようとしても、諸君の心臓は早くも遅くも鼓動しまい。否《いな》、諸君の脳髄の最重要部は、自然と同じ速度で夢みているであろう。この人間性格の本質を、諸君が軽蔑《けいべつ》する限り、例えば井原西鶴の如き*アントロポロジイの達人が、諸君を描いて「当世何々気質《かたぎ》」と呼ぼうとも諸君に文句はないのである。

4

芸術の性格は、この世を離れた美の国を、この世を離れた真の世界を、吾々《われわれ》に見せて呉れる事にはなく、そこには常に人間情熱が、最も明瞭《めいりょう》な記号として存するという点にある。芸術の有する永遠の観念というが如きは美学者等の発明にかかる妖怪《ようかい》に過ぎず、作品が*神来《しんらい》を現そうと、非情を現そうと、気魄《きはく》を現そうと、人間臭を離るべくもない。芸術は常に最も人間的な遊戯であり、人間臭の最も逆説的な表現である。例えば天平の彫刻は、人の言うが如く非個性的だが、非個性的という事は非人間的という事にはならない。天平人等は、己れの作品をこの世から決定的に独立したものとしようと企図したのではない、唯、個性というが如き観念的な近代人の有する怪物を、彼等は知らなかったに過ぎない。吾々が彼等の造型に動かされる所以《ゆえん》は、彼等の造型を彼等の心として感ずるからである。

人は芸術というものを対象化して眺める時、或る表象の喚起するある感動として考えるか、或る感動を喚起する或る表象として考えるか二途しかない。ここに恐らくあらゆる学術中の月たらず美学というものが、少くとも芸術家にとっては無用の長物である所以《ゆえん》がある。観念的美学者は、芸術の構造を如何様《いかよう》にも精密に説明する事が出来る、なぜなら彼等にとって結局芸術とは様々な芸術的感動の総和以外の何物も意味してはいないからだ。実証的美学者等は、芸術がこの世に出現する法則に就いて如何様にも正確な図式を作る事が出来る、何故《なぜ》なら、彼等にとって芸術とは人間歴史が生む様々な表現技術の一種に他ならない為《ため》である。然《しか》し芸術家にとって芸術とは感動の対象でもなければ思索の対象でもない、実践である。作品とは、彼にとって、己れのたてた里程標に過ぎない、彼に重要なのは歩く事である。この里程標を見る人々が、その効果によって何を感じ何処《どこ》へ行くかは、作者の与《あずか》り知らぬ処である。詩人が詩の最後の行を書き了《おわ》った時、戦の記念碑が一つ出来るのみである。記念碑は竟《つい》に記念碑に過ぎない、かかる死物が永遠に生きるとするなら、それは生きた人が世々を通じてそれに交渉するからに過ぎない。

人の世に水が存在した瞬間に、人は恐らく水というものを了解したであろう。然し水をH_2Oをもって表現した事は新しい事である。芸術家は常に新しい形を創造しなければならない。だが、彼に重要なのは新しい形ではなく、新しい形を創《つく》る過程であるが、この過程は各人の秘密の闇黒である。然し、私は少くとも、この闇黒を命とする者にとって、世を貨幣の如く、商品の如く横行する、例えば、「写実主義*」とか「象徴主義*」とかいう言葉が凡そ一般と逕庭*《けいてい》ある意味を持つという事は示し得るだろう。

神が人間に自然を与えるに際し、これを命名しつつ人間に明かしたという事は、恐らく神の叡智《えいち》であったろう。又、人間が火を発明した様に人類という言葉を発明した事も尊敬すべき事であろう。然し人々は、その各自の内面論理を捨てて、言葉本来のすばらしい社会的実践性の海に投身して了《しま》った。人々はこの報酬として生き生きした社会関係を獲得したが、又、罰として、言葉は様々なる意匠として、彼等の法則をもって、彼等の魔術をもって人々を支配するに至ったのである。そこで言葉の魔術を行わんとする詩人は、先《ま》ず言葉の魔術の構造を自覚する事から始めるのである。

子供は母親から海は青いものだと教えられる。この子供が品川*の海を写生しようとして、眼前の海の色を見た時、それが青くもない赤くもない事を感じて、愕然《がくぜん》として、色鉛筆を投げだしたとしたら彼は天才だ、然し嘗《かつ》て世間にそんな怪物は生れなかっただけだ。それなら子供は「海は青い」という概念を持っているのであるか？　だが、品川湾の傍に住む子供は、品川湾なくして海を考え得まい。子供にとって言葉は概念を指すのでもなく対象を指すのでもない。言葉がこの中間を彷徨《ほうこう》する事は、子供がこの世に成長する為の必須な条件である。そして人間は生涯を通じて半分は子供である。では子供を大人とするあとの半分は何か？　人はこれを論理と称するのである。つまり言葉の実践的公共性に、論理の公共性を附加する事によって子供は大人となる。この言葉の二重の公共性を拒絶する事が詩人の実践の前提となるのである。中天にかかった満月は五寸*に見える、理論はこの外観の虚偽を明かすが、五寸に見えるという現象自身は何等の錯誤も含んではいない。人は目覚めて夢の愚を笑う、だが、夢は夢独特の影像をもって真実だ。フロオベルはモオパッサンに「世に一つとして同じ樹はない石はない」と教えた。これは、自然の無限に豊富な外貌《がいぼう》を尊敬せよという事である。然しこの言葉はもう一つの真実を語っている。それは、世の中に、一つとして同じ「世に一つとして同じ樹はない石はない」という言葉もないという事実である。言葉も亦各自の陰翳《いんえい》を有する各自の外貌をもって無限である。虚言も虚言たる現象に於いて何等の錯誤も含んではいないのだ。「人間喜劇」を書こうとしたバルザックの眼に、恐らく最も驚くべきものと見えた事は、人の世が各々異った無限なる外貌をもって、あるが儘《まま》であるという事であったのだ。彼には、あらゆるものが神秘であるという事と、あらゆるものが明瞭であるという事とは二つの事ではないのである。如何なる理論も自然の皮膚に最も瑣細《ささい》な傷すらつける事は不可能であるし、又、彼の眼にとって、自然の皮膚の下に何物かを探らんとする事は愚劣な事であったのだ。そういう人には、「写実主義」なる朦朧《もうろう》たる意匠の裸形は明瞭に狂詩人ジェラル・ド・ネルヴァル*の言葉の裡《うち》に存するではないか、「この世のものであろうがなかろうが、私が斯《か》くも明瞭に見た処《ところ》を、私は疑う事は出来ぬ」と。かかる時、「写実主義」とは、芸術家にとっては、彼の存在の根本的規定を指すではないか、彼等が各自の資質に従って、各自の夢を築かんとする地盤を指すではないか。

扨《さ》て、私はもう少し解析を進めよう。吾々の心の裡のものであろうが、心の外のものであろうが、あらゆる現象を、現実として具体として受け入れる謙譲は、最上芸術家の実践の前提ではあろうが、実践ではない。彼の困難は、この上に如何なる夢を築かんとするかに存するのであって、恐らく或る芸術的稟質《ひんしつ》には自明とも見えるそういう実践の前提という様な安易なる境域には存しない。

「写実主義」という言葉に凡そ対蹠的に使われている「象徴主義」という言葉がある。一体美学者等の使用する象徴《サンボル》という言葉ほど曖昧《あいまい》朦朧とした言葉も少い。例えば比喩《ひ ゆ》と象徴と、或は記号と象徴との相違を明らかにする如何なる理論があるか？　美学者等の能弁は、比喩は影像による概念の表現で、象徴は影像による概念の印象の表現である等々を語る。では、例えばポオ*の有名な「鐘楼の悪魔*」は比喩でもなければ象徴でもないだろう。又、象徴は存在と意味とが合致した内的必然性をもった記号である、等々を語る。だが結局象徴とは上等な記号である、という以上を語り得ない。而《しか》もある記号を上等にするか下等にするかはこれを見る人々の勝手に属する。

一八四九年、エドガア・ポオの死と共に、その無類の冒険、詩歌からあらゆる夾《きよう》雑《ざつ》物を取り去り、その本質を決定的に孤立させようとした意図は、ボオドレエルによって継承され、マラルメの秘教に至ってその頂点に達した。人はこの文学運動を「象徴主義《サンボリスム》」と呼んだのである。然し、この運動は、絶望的に精密な理智達によって戦われた最も知的な、言わば言語上の唯物主義[*]の運動であって、恐らく彼等にとっては「象徴主義」などという名称は凡そ安価な気のないものに見える態のものだったのである。浪漫派音楽家ワグネル[*]、ベルリオズ[*]等が音によって文学的効果を狙《ねら》った事を彼等は逆用し、文字を音の如き実質あるものとなし、これを蒐集《しゅうしゅう》して音楽の効果を出そうとした。もう少し精密に言えば、彼等が捉《とら》えた、或は捉え得たと信じた心の一状態は、音楽の如く律動して、確定した言葉をもっては表現出来ないものであった。各自独立した言葉の諸影像が、互に錯交して初めて喚起され得るが如き態のものであった。然し音楽は、最も厳正に規定された楽器を通じて現れる。而も吾々の耳は楽音《がくおん》と雑音とを截然《せつぜん》と区別する構造を持っている。音の純粋は、言葉の猥雑《わいざつ》朦朧たる無限の変貌に較《くら》ぶべくもない。而もなお、彼等が言葉の形像のみによって表現さるべき音楽的心境があると信じた処に、彼等の不幸があり、或は彼等の栄光があった。

そこで、彼等の心情に冷淡な人々には、作品の効果が朦朧としているという理由で、芸もなく「象徴主義」と呼ばれたのである。然し、彼等は、唯《ただ》、己れの心境を出来るだけ直接に、忠実に、写し出そうと努めたに過ぎぬのだ。マラルメの十四行詩《ソンネ》[*]は最も鮮明な彼の心の形態そのものである。それが朦朧たる姿をとるのは、吾々がそれから何物かを抽象しようと努めるが為である。マラルメは、決して象徴的存在を求めて新しい国を駆けたのではない、マラルメ自身が新しい国であったのだ、新しい肉体であったのだ。かかる時、彼等の問題は正しく最も精妙なる「写実主義《レアリスム》」の問題ではないか。

故《ゆえ》に、象徴とは芸術作品の効果に関して起る問題であって作者の実践に関して起る問題ではないのである。そこで、私は、作品の効果の生む作品の象徴的価値なるものの役割も、結局大したものではない所以を点検しよう。だがこの事実の発見には何等の洞見も必要としない。人々はただ生意気な顔をして作品を読まなければいいのである。

小説は問題の証明ではない。証明の可能性である。大小説は常に、先ずその溌剌《はつらつ》たる思想感情の波をもって吾々を捕えるであろう。然し若《も》し吾々が欲するならば、この感動が冷却し晶化した処に様々な問題或は様々な問題の解決の可能性を発見し得るのである。そして或る作品がその裡に如何なる問題を蔵するか判別出来ぬほど生動していればいる程、この可能性は豊富なのである。作品の有する象徴的価値なるものは、この可能性の一形式に過ぎない。「ドン・キホオテ」は人間性という象徴的真理の豪《ごう》奢《しゃ》な衣を纏《まと》って、星の世界までも飛んで行くだろう。然し私には、檻《おり》に入れられたドン・キホオテと、悲しげに従って行くサンチョ*との会話が、どんなにすばらしい生ま生ましさで描かれているかを見るだけで充分だ。「神曲」*が、どんなに生身のダンテの優しい、或は兇暴《きょうぼう》な現実の夢に貫かれているかを見るだけで充分である。

霊感という様なものは、誠実な芸術家の拒絶する処《ところ》であろう。彼等の仕事は飽く迄《まで》も意識的な活動であろう。詩人は己れの詩作を観察しつつ詩作しなければなるまい。だが弱小な人間にとって悲しい事には、彼の詩作過程という現実と、その成果である作品の効果という現実とは、截然と区別された二つの世界だ。詩人は如何にして、己れの表現せんと意識した効果を完全に表現し得ようか。己れの作品の思いも掛けぬ効果の出現を、如何にして己れの詩作過程の裡に辿《たど》り得ようか。では、芸術の制作とは意図と効果とをへだてた深淵《しんえん》上の最も無意識な縄戯《*じょうぎ》であるか？　天才と狂気が親しい仲である様に、芸術と愚劣とは切っても切れぬ縁者であるか？

恐らくここに最も本質的な意味で技巧の問題が現れる。だが、誰がこの世界の秘密を窺《うかが》い得よう。たとえ私が詩人であったとしても、私は私の技巧の秘密を誰に明かし得よう。

5

私は*マルキシズムの認識論を読んだ時、*グウルモンの言葉を思い出した。「ニイチェという男は奇態な男だ。気違いの様になって常識を説いただけだ」と。私はこの単純ないや味を好かないが、私はただ次の平凡な事が言いたい。

脳細胞から意識を引き出す*唯物論も、精神から存在を引き出す*観念論も等しく否定したマルクスの*唯物史観に於ける「物」とは、飄々《ひょうひょう》たる精神ではない事は勿論《もちろん》だが、又固定した物質でもない。*認識論中への、素朴な*実在論の果敢な、精密な導入による彼の唯物史観は、現代に於ける見事な人間存在の根本的理解の形式ではあろうが、彼の如《ごと》き理解をもつ事は人々の常識生活を少しも便利にはしない。換言すれば常識は、マルクス的理解を自明であるという口実で巧みに回避する。或は常識にとってマルクスの理解の根本規定は、美しすぎる真理である。或は飛躍して高所より見れば、大衆にとってかかる根本規定を理解するという事は、ブルジョアの生活とプロレタリヤの生活とを問わず、精神の生活であると肉体の生活であるとを問わず、彼等が日々生活する事に他ならないのである。現代人の意識とマルクス唯物論との不離を説くが如きは形而上学《けいじじょうがく》的酔狂に過ぎない。現代を支配するものはマルクス唯物史観に於ける「物」ではない、彼が明瞭に指定した商品という物である。バルザックが、この世があるが儘だと観ずる時、あるが儘とは彼にとって人間存在の根本的理解の形式である。だが彼の理解を獲得する事は、人々の生活にとっては最も不便な事に相違ないのである。更に一歩を進めれば、バルザックが「人間喜劇」を書く時、これを已れの認識論から眺めたら、已れが「人間喜劇」を書く事も亦《また》あるが儘なる人の世のあるが儘なる一形態に過ぎまい。而も亦、已れが「人間喜劇」を書く事から眺めたら、已れの人間理解の根本規定は蒼然《そうぜん》として光を失う概念に過ぎまい。このバルザック個人に於ける理論と実践との論理関係はまたマルクス個人にとっても同様でなければならない。更に一歩を進めて、この二人は各自が生きた時代の根本性格を写さんとして、已れの仕事の前提として、眼前に生き生きとした現実以外には何物も欲しなかったという点で、何等異る処はない。二人はただ異った各自の宿命を持っていただけである。

世のマルクス主義文芸批評家等は、こんな事実、こんな論理を、最も単純なものとして笑うかも知れない。然し、諸君の脳中に於いてマルクス観念学なるものは、理論に貫かれた実践でもなく、実践に貫かれた理論でもなくなっているではないか。正に商品の一形態となって商品の魔術をふるっているではないか。商品は世を支配するとマルクス主義は語る、だが、このマルクス主義が一意匠として人間の脳中を横行する時、それは立派な商品である。そして、この変貌は、人に商品は世を支配するという平凡な事実を忘れさせる力をもつものである。

私は、最後に、私の触れなかった、二つの意匠に就いて、看過された二つの事実を拾い上げよう。「*新感覚派文学」と「*大衆文芸」というものである。

私は、ブルジョア文学理論の如何なるものかも、又プロレタリヤ文学理論の如何なるものかも知らない。かような怪物の面貌を明らかにする様な能力は人間に欠けていても一向差支えないものと信じている。現代に於ける観念論の崩壊は、マルクスのもつ明瞭な観念によって捕えられた。所謂《いわゆる》「新感覚派文学運動」なるものは、観念の崩壊によって現れたのであって、崩壊を捕えた事によって現れたのではない。それは何等積極的な文学運動ではない。文学の衰弱として世に現れたに過ぎぬ。これは一種の文学に於ける*形式主義の運動とも言えるが、又、一種の形式主義の運動、十九世紀の所謂象徴派の運動とは全くその本質を異にするものである。彼等象徴派詩人等を動かした*浪漫派音楽は、彼等に最も精妙な文学的観念を与えた。そこで彼等は己れの文学的観念の弱少を嘆き、その精錬を断行した時、己れの観念に比して文字の如何にも貧弱なる事を見たのである。今日「新感覚派文学者等」を動かすアメリカ派音楽は、彼等に何等文学的観念を与えない、否、凡そ観念と名づくべきものは何物も与えない。映画が人間に視覚的存在となる事を強要する様に、音楽は人に全身耳となれと命ずる。そこで彼等は凡そ観念なるものの弱小を嘆いて、これを捨てようとした。この時、已れの観念の弱小に比べて、文字は如何に強力なものと見えたか。

これと凡そ反対な方向をもつと少くとも私に思われるものは「大衆文芸」というものである。「大衆文芸」とは人間の娯楽を取扱う文学ではない、人間の娯楽として取扱われる文学である。文学を娯楽の一形式としようと企図するなら、今日の如く直接な生理的娯楽の充満する世に、人間感情を一ったん文字に変えて後、文字によって人間感情の錯覚を起させんとするが如き方法は、最も拙劣だ。而も今日「大衆文芸」が繁栄する所以は、人々は如何にしても文学的錯覚から離れ得ぬ事を語るものである。私は遠い昔から、人々が継承した、「千一夜物語」*の如く夜々了《おわ》る事を知らない物語という最も素朴な文学的観念の現代に於ける最大の支持者たる「大衆文芸」に敬礼しよう。

***

私は、今日日本文壇の様々な意匠の、少くとも重要とみえるものの間は、散歩したと信ずる。私は、何物かを求めようとしてこれらの意匠を軽蔑《けいべつ》しようとしたのでは決してない。ただ一つの意匠をあまり信用し過ぎない為《ため》に、寧《むし》ろあらゆる意匠を信用しようと努めたに過ぎない。

私小説論

1

「私は、嘗《かつ》て例もなかったし、将来真似手《まねて》もあるまいと思われることを企図するのである。一人の人間を、全く本然の真理に於《お》いて、人々に示したい。その人間とは、私である。

ただ私だけだ。私は自分の心を感じ、人々を知って来た。私の人となりは私の会った人々の誰とも似ていない、いや世のあらゆる人々と異っていると敢《あ》えて信じようと思う。偉くないとしても、少くとも違っている。自然の手で私が叩《たた》き込まれた型を、自然は毀《こわ》す方が善かったか悪かったか、それは私の本を読んでから判定すべき事だ。(中略)数限りない人々の群れを私の周囲に集めてくれ給《たま》え、人々が私の告白をきき、私の下劣さに悲鳴をあげ、私のみじめさに赤面せん事を。彼等が各自、同じ誠意をもって、貴方《あなた》（自然）の*帝座の下に、その心をむき出しにして欲しい。若《も》し勇気があるなら、たった一人でも、貴方に言う人があって欲しいものだ、私はあの男よりはましだった、と」

これは、人も知る通り、*ルッソオの「*レ・コンフェッシオン」の書き出しである。これらの言葉の仰々しさはしばらく問うまい。又、彼がこの前代未聞の仕事で、果して自分の姿を正確に語り得たか、語り得なかったか、それも大して問題ではない。彼が晩年に至って、「*孤独な散歩者の夢想」のなかで、嘗て自然の帝座に供えた自分をどのような場所まで追い詰めたかを僕等はよく知っている。僕がここで言いたいのは、このルッソオの気違い染《じ》みた言葉にこそ、近代小説に於いて、はじめて私小説なるものの生れた所以《ゆえん》のものがあるという事であって、第一流の私小説「*ウェルテル」も「*オオベルマン」も「*アドルフ」も「懺悔《ざんげ》録」冒頭の叫喚無くしては生れなかったのである。

自分の正直な告白を小説体につづったのが私小説だと言えば、いかにも苦もない事で、小説の幼年時代には、作者はみなこの方法をとったと一見考えられるが、歴史というものは不思議なもので、私小説というものは、人間にとって個人というものが重大な意味を持つに至るまで、文学史上に現れなかった。ルッソオは十八世紀の人である。では、わが国では私小説はいついかなる叫びによって生れたか。西洋の*浪漫主義文学運動の先端を切るものとして生れた私小説というものは、わが国の文学には見られなかったので、*自然主義小説の運動が成熟した時、私小説について人々は語りはじめたのであった。

「芸術が真の意味で、別な人生の『創造』だとは、どうしても信じられない。そんな一時代前の、文学青年の誇張的至上感は、どうしても持てない。そして只《ただ》私に取っては、芸術はたかが其《その》人々の踏んで来た、一人生の『再現』としか考えられない」

「例えばバルザックのような男が居て、どんなに浩瀚《こうかん》な『*人間喜劇』を書き、高利貸や貴婦人や其他の人物を、生けるが如《ごと》く創造しようと、私には何だか、結局、作り物としか思われない。そして彼が自分の製作生活の苦しさを洩《も》らした、片言隻語《へんげんせきご》ほどにも信用が置けない。『他』を描いて、飽く迄《まで》『自』を其中に行き亙《わた》らせる。――そう云う偉い作家も、或《ある》いは古今東西の一二の天才には、在るであろう。(中略)が、それとて他人に仮託した其瞬間に、私は何だか芸術として、一種の間接感が伴い、技巧と云うか凝り方と云うか一種の都合のいい虚構感が伴って、読み物としては優《まさ》っても、結局信用が置けない。そう云う意味から、私は此《この》頃或る講演会で、こう云う暴言をすら吐いた。トルストイの『戦争と平和』も、ドストイエフスキイの『罪と罰』も、フローベルの『ボヴリイ夫人』も、高級は高級だが、結局偉大なる通俗小説に過ぎないと。結局、作り物であり、読み物であると」

これは久米正雄氏*が、大正十四年に書いた時評からの引用である。僕はこの久米氏の意見が卓見だと思ったから引用したのではない。併《しか》しこの一文は見様によってはまことに興味あるものである。というのは、これは久米氏一個の意見ではなく、恐らく当時多数の文人達が、抱いていたというよりは寧《むし》ろ胸中奥深くかくしていた半ば無意識な確信を端的に語っているものと見られるからだ。私小説論とは当時の言わば純粋*小説論だったのである。

久米氏の意見の当否は別としても、率直な氏の言葉は一つの抜き差しならぬ事実を語っている。それは、西洋一流小説が通俗読み物に見えて来たというまさしくそういう点まで、わが国の自然主義小説は爛熟《らんじゅく》したという事で、このわが国の私小説が遭遇した特殊な運命を、この私小説論議者が思いめぐらさなかった事は仕方がなかったとしても、今日広い視野を開拓したと自信する批評家達が、何故こういう大切な点を見逃しているのであろうか。見逃しているから、今時私小説論でもあるまいという無意味な表情をしているのである。わが国の近代文学史には、こういう特殊な穴が方々にあいている。僕等は批評方法について、西洋から既にいやというほど学んだのだ。方法的論議から離れて、そういう穴に狙《ねら》いをつけて引金を引くべき時がもうそろそろ来ている様に思われる。

フランスでも自然主義小説が爛熟期に達した時に、私小説の運動があらわれた。バ*レスがそうであり、つづくジイドもプルウストもそうである。彼等が各自遂《つい》にいかなる頂に達したとしても、その創作の動因には、同じ憧憬《どうけい》、つまり十九世紀自然主義思想の重圧の為《ため》に形式化した人間性を再建しようとする焦燥があった。彼等がこの仕事の為に、「私」を研究して誤らなかったのは、彼等の「私」がその時既に充分に社会化した「私」であったからである。

ルッソオは「懺悔録」でただ己れの実生活を描こうと思ったのでもなければ、ましてこれを巧みに表現しようと苦しんだのでもないのであって、彼を駆り立てたものは、社会に於ける個人というものの持つ意味であり、引いては自然に於ける人間の位置に関する熱烈な思想である。大事なのは「懺悔録」が私小説と言えるかどうか（この事は久米氏も既に論じている）という事ではなく、彼の思想はたとえ彼の口から語られなくても、彼の口真似はしなかったにせよ、ゲエテにも、セナンクウルにも、コンス*タンにも滲《し》み込んでいたという事だ。彼等の私小説の主人公等がどの様に己れの実生活的意義を疑っているにせよ、作者等の頭には個人と自然や社会との確然たる対決が存したのである。つづいて現れた自然主義小説家達はみな、こういう対決に関して思想上の訓練を経た人達だ。だから彼等にとって、実証主義思想に殉じ「他」を描いて「自」に徹するという仕事は、久米氏の考える様に、決して古今東西の一二の天才の、という様な異常な稀有《けう》な仕事ではなかったのである。

*わが国の自然主義文学の運動が、遂に独特な私小説を育て上げるに至ったのは、無論日本人の気質という様な主観的原因のみにあるのではない。何を置いても先《ま》ず西欧に私小説が生れた外的事情がわが国になかった事による。自然主義文学は輸入されたが、この文学の背景たる実証主義思想を育てるためには、わが国の近代市民社会は狭《きょう》隘《あい》であったのみならず、要らない古い肥料が多すぎたのである。新しい思想を育てる地盤がなくても、人々は新しい思想に酔う事は出来る。ロシヤの十九世紀半ばに於ける若い作家達は、みな殆《ほとん》ど気狂《きちが》い染みた身振りでこれを行ったのである。併しわが国の作家達はこれを行わなかった。行えなかったのではない、行う必要を認めなかったのだ。彼等は西欧の思想を育てる充分な社会条件を持っていなかったが、その代りロシヤなどとは比較にならない長く強い文学の伝統は持っていた。作家達が見事な文学の伝統的技法のうちに、意識しているにせよしないにせよ、生きていた時、育つ地盤

のない外来思想に作家等を動かす力はなかったのである。完成された審美感に生きている作家等にとって、新しい思想を技法のうちに解消する事より楽しい事はない、又自然な事はない。わが国の自然主義作家達は、この楽しい自然な仕事を最も安全に遂行出来る立場に置かれていた。誤解してはならない、安全にとは無論文学の理論乃至《ないし》実践上安全にという意味であって、彼等の実生活が安全であったというのではない。「今までは私は天ばかり見てあこがれていた。地のことを知らなかった。全く知らなかった。浅薄なるアイデアリスト*よ。今よりは已れ、地上の子たらん、獣のごとく地を這《は》うことを屑《いさぎよ》しとせん、徒《いたず》らに天上の星を望むものたらんよりは――」と田山花袋*は、モオパッサンの短篇集に目覚めた時に書いた。モオパッサンの何が花袋を目覚ましたのか。モオパッサンの悲惨な生涯でもなかったし、作者の絶望でも孤独でもなかった。彼の天上を眺めず地上を監視する斬新《ざんしん》な技法が花袋を酔わしたのである。

フランスのブルジョアジイ*が夢みた、あらゆるものを科学によって計量し利用しようとする貪婪《どんらん》な夢は、既にフロオベルに人生への絶望を教え、実生活に訣別《けつべつ》する決心をさせていた。モオパッサンの作品も、背後にあるこの非情な思想に殺された人間の手に成ったものだ。彼等の「私」は作品になるまえに一っぺん死んだ事のある「私」である。彼等は斬新な技法を発明したが、これは社会生活も私生活も信じられなかった末、発明せざるを得なかったもので、フロオベルの「マダム・ボヴァリイは私だ」、という有名な言葉も、彼の「私」は作品の上で生きているが現実では死んでいる事を厭《いや》でも知った人の言葉だ。

ゾラは彼等とは全く別の道を進んだ様に見える。彼は時代思想を憎悪《ぞうお》する代りに、進んでこれに愛著《あいちゃく》したが、これが為にその私生活上の「私」を見失った点は、彼等と同様である。当時、時代思想を生活の為に巧みに利用した人は無数にいたであろうが、時代思想の記念碑を建てる為には、ゾラの様に、思想に憑《つ》かれて、身を亡《ほろ》ぼす人を要したのである。この点フロオベルと「ボヴァリイ」との関係は、ゾラと「*クロオド」との関係と異るところはない。

こういう作家等の思想上の悪闘こそ、自然主義文学を輸入したわが国の作家等に最も理解し難いものであった。「徳川文学の感化も受けず、*紅露二氏の影響も受けず、従来の我文壇とは殆ど全く没関係の著想、取扱、作風を以《もつ》て余が製作を初めた事に就ては必ず其本源がなくてはならぬ。其本源は何であるかと自問して、余は*ワーヅワースに想到したのである」と*独歩は書いた。少くとも明治後半以来のわが作家等はみな自分のワーズワースによって仕事をしたのである。めいめいが自分の好きなワーズワースを持っていた。ゾラをモオパッサンをフロオベルを。これはくどい様だが、次の様な事を意味する。わが国の作家達は、西洋作家等の技法に現れている限りの、個別化された思想を、成る程悉《ことごと》く受入れたには違いなかったが、これらの思想は、作家めいめいの夢を育てたに過ぎなかった。外来思想は作家達に技法的にのみ受入れられ、技法的にのみ生きざるを得なかった。受取ったものは、思想というより寧ろ感想であった。そして、それは大変好都合な事であった。

実生活に訣別したモオパッサンの作品が、花袋に実生活の指針を与え、喜びを与えた。この事情、わが国の近代私小説のはじまりである「蒲団《ふとん》」*の成立に関する奇怪な事情に、後世私小説論の起った秘密があるのだが、この秘密の構造は少くとも原理的には甚だ簡明なのである。どんな天才作家も、自分一人の手で時代精神とか社会思想とかいうものを創《つく》り出す事は出来ない。どんなつまらぬ思想でも、作家はこれを全く新しく発明したり発見したりするものではない。彼は既に人々のうちに生きている思想を、作品に実現し明瞭化《めいりょうか》するだけである。思想が或る時は物質の様に硬く、或る時は人間の様に柔らかく、時代の現実のうちに生きている時、作家にとって思想とは正当な敵でもあり友でもあるのだ。花袋がモオパッサンを発見した時、彼は全く文学の外から、自分の文学活動を否定する様に或《あるい》は激励する様に強く働きかけて来る時代の思想の力を眺める事が出来なかった。文学自体に外から生き物の様に働きかける社会化され組織化された思想の力という様なものは当時の作家等が夢にも考えなかったものである。こういう時に「天上の星」を眺める事を禁止された彼が、自分の仕事に不断の糧《かて》を供給してくれるものとして、己れの実生活を選び、これに新しい人生観を託して満足した事は当然なのである。以来小説は、作者の実生活に膠着《こうちゃく》し、人物の配置に、性格のニュアンスに、驚くべき技法の発達をみせた。社会との烈《はげ》しい対決なしで事をすませた文学者の、自足した藤村*の「破戒」に於ける革命も、秋声*の「あらくれ」に於ける爛熟も、主観的にはどの様なものだったにせよ、技法上の革命であり爛熟であったと形容するのが正しいのだ。

私小説が所謂《いわゆる》心境小説に通ずる所以も其処《そこ》にある。実生活に関する告白や経験談は、次第に精錬され「私」の純化に向う。私小説論とは当時の文人の純粋小説論だと言った意味もそこに由来する。

鷗外と漱石とは、私小説運動と運命をともにしなかった。彼等の抜群の教養は、恐らくわが国の自然主義小説の不具を洞察していたのである。彼等の洞察は最も正しく芥川龍之介によって継承されたが、彼の肉体がこの洞察に堪えなかった事は悲しむべき事である。芥川氏の悲劇は氏の死とともに終ったか。僕等の眼前には今私小説はどんな姿で現れているか。

2

「夢殿の救世《ぐせ》観音を見ていると、その作者というような事は全く浮んで来ない。それは作者というものからそれが完全に遊離した存在となっているからで、これは又格別な事である。文芸の上で若《も》し私にそんな仕事でも出来ることがあったら、私は勿論《もちろん》それに自分の名などを冠《かぶ》せようとは思わないだろう」

これは志賀直哉氏が昭和三年の創作集の為に書いた序言であるが、私小説理論の究極が、これ程美しい言葉で要約された事は嘗《かつ》て無かったのである。氏が今後「自分の名などを冠せようとは思わ」ぬ作品を書くかどうかはここで重要な事ではない、それよりもこの様な感慨に到達した後の氏の久しい沈黙は何を意味するのか。

花袋が、モオパッサンに、日常実生活の尊厳を学んで以来、志賀直哉氏ほど、強烈に且《か》つ堂々と己れの日常生活の芸術化を実行した人はない。氏ほど日常生活の理論がそのまま創作上の理論である私小説の道を潔癖に一途《いちず》に辿《たど》った作家はいなかった。氏が夢殿観音を前にして感慨に耽《ふけ》る時、氏の仕事は行く処《ところ》まで行きついたのである。純化された日常生活は、嘗て孕《はら》んでいたその危機や問題を解消してしまった。氏は自分の実生活を相手には、はや為《な》す事はない、為す必要がない。この作家の沈黙の底には、作者が自分の沈黙をどの様に解釈しているにせよ、実生活をしゃぶり尽した人間の静《せい》謐《ひつ》と手近かに表現の材料を失った小説家の苦痛が横《よこた》わっている筈《はず》である。

己れの作品に作者の名を冠せまいとは、又フロオベルの覚悟であった。「芸術家たるものは、彼はこの世に生存しなかった人だと後世に思わせる様に身を処さねばならぬ」と。併《しか》し彼が「不幸を逃れる唯《ただ》一つの道は、芸術に立籠《たてこ》り、他は一切無と観ずるにある。僕は富貴にも恋にも慾にも未練がない。僕は実際生活と決定的に離別した」と書いたのは廿四歳の時である。実生活上の危機を救おうとする希《ねが》いが、そのまま創作のモチフとなり得、而《しか》もこれが為に作品の完璧《かんぺき》性が聊《いささ》かも損われた事がなかったという志賀氏の場合との奇妙な対比に注意してみるといい。

無論志賀氏の場合は極端な例で、氏の潔癖が作家道に於ける危機を露骨にしているのだが、前に述べたわが国の私小説の誕生に際して播《ま》かれた種は、成熟するにつれてこの様な危機に近づかねばならなかった。志賀氏の場合に顕著なのは、氏が播かれた種を一途に成熟させた作家だからに過ぎぬので、自然主義の洗礼によって仕事を始めた作家達はみなこの危機に出会い、それぞれその始末を強いられている。島崎氏の様に歴史物に心魂を打ちこむ事によって危機を征服している人もあり、正宗*氏の様に感想的批評文の制作により危機を横目に睨《にら》んでいる人もあり、又徳田氏の様に異常な生活力に物を言わせて、実生活の赴くがままにまかせる事により、却《かえ》って自在な制作態度を得んとしている人もある。

大正時代、多くの作家達が、さまざまな角度から、明治以来の私小説に対してあげた反抗は、人のよく知る処である。＊白樺《しらかば》派、＊新思潮派、＊早稲田派、＊三田派、と反抗の声は種々雑多であったが、従来の私小説の決定的な否定の声は何処《どこ》にも聞かれなかった。廿四歳で実生活に別れを告げたと宣言しなければならなかったフロオベルの小説理論に戦慄《せんりつ》を感じた人は恐らく無かったのである。これらの人々の反抗に共通した性格は、依然として創作行為の根柢《こんてい》に日常経験に対する信頼があった事だ、日常生活が創作に夢を供給する最大なものであった事だ。反抗は消極的なものであった、即《すなわ》ち、日常生活を、各自が、新しく心理的に或は感覚的に或は知的に解釈し操作する事が反抗として現れたのである。無論こういう見方で、異った多くの個性的な仕事を割り切る事は困難だが、これらの不徹底な反抗が、従来の私小説の辿った同じ運命を様々なかたちで辿らざるを得なかった事に間違いはない。みな日常生活上の理論と創作上の理論とが相剋《そうこく》する危機に出会ったのである。

例えば菊池寛氏や久米正雄氏が、従来の客観小説に抗する最も聡明《そうめい》な才能ある作家として登場しながら、後年通俗小説に仕事の場所を見出《みいだ》すに至ったのも、作家的良心の弛緩《しかん》とか衰弱とかいう妙なものでは恐らくない。少くともそういう解釈は感傷的な解釈である。両氏が純文学を捨てるに至った根柢には、日常生活こそ純文学の糧であると信じざるを得なかった一方、日常生活の芸術化そのものに疑念があったという極めて正当な矛盾があったのである。日常生活の知的な解釈によって仕事をはじめた両者の新しい自覚は、成熟するにつれて、客観的と言われて来た従来の私小説が隠していた一種のロマンティスム、久米氏の言葉によれば、「生活の救抜」の為に創作しようとする願望と食い違って来た。己れの日常生活の芸術化に文学の道を求めるについて、菊池氏にあっては、氏の健康な常識がそういう仕事の世界の狭隘《きょうあい》を感じ、久米氏では特に氏の明るい豊かな感性が、そういう仕事の生む悲劇や苦痛を厭《いと》った。両氏が文学の純粋性を犠牲にして、通俗文学によって文学の社会化を試みるに至ったのは、作家意識の上からというより寧《むし》ろまことに自然な事の成行きであった。久米氏に最近「純文学余技説」(「文藝春秋」四月号)というものがある。「近頃流行の、逆説的効果を狙《ねら》った意味ばかりでなく、鳥渡《ちょっと》した正論だと思うから」と氏は断って、純文学が生活者の余技なる所以《ゆえん》を説いている。純文学を職業化しなければならぬという考えが先ず間違っていると氏は言う。職業化した文学に立派な文学があるかないかという事実問題は別として、純文学には外部から強制されない自律性が存するというのなら正論である。次に、生活者の余技としてその心境を語るのが純文学なら、生活を犠牲にしても純文学を志すとは愚かであると氏は説いているが、これもこういう愚かな覚悟で文学をやった人の文学が立派であったかなかったかという事実問題を別にして、*衣食足りて栄辱を知るぐらいの意味なら正論だ。併し興味あるのは、今日の新しい作家達が、こういう正論を素直には受取れない事情の下に、文学活動を強いられているという点だ。時の流れは奇怪である。久米氏の生活という概念と現代の新しい作家達の生活という概念とはずい分大きなひらきがある。そこのところが注意を要する。「純文学余技説」の説く理窟《りくつ》の如《ごと》きは何物でもない、というより寧ろ、あの短文には理窟は語られてはいない。生活の芸術化乃至《ないし》は私小説の純粋化を果さなかった久米氏の往時の夢のつづきがある。生活者としての自覚が純文学者としての自覚を遥《はる》かに乗越えた時、「夜半夢醒《さ》めて、心身寒き時」夢のつづきを「余技」なる言葉で捕えた人の述懐があるのだ。

*谷崎氏、*佐藤氏も自然主義的私小説に反抗した最も聡明な作家であった。両者の文学上の動きに浪漫派という名札が普通貼《は》られているが、無論これは、生活を感覚的に叙事的に解釈した文学と、心理的に抒情《じょじょう》的に解釈した文学との形容詞に過ぎない。谷

崎氏が最近「盲目物語」以来創作の態度なり技法なりに大改革を断行したのは周知の事だが、「中央公論」五月号で*生田長江《ちょうこう》氏が、谷崎氏が新しく提唱した古典主義の技法論が、近代小説の技法論として不完全であり薄弱である事を真正面から論じている文章を読み、一向面白くもなかったが妙な気がした。ああいう論文は一見真正面から論じている様に見えて、実は相手を無理に引き寄せての口説《くぜつ》の様なもので、谷崎氏が自分で坐っている場所や姿は、これは又別なのは無論、応用しようとする新しい技法が近代小説の技法論としていかがなものくらいの事を心得ていなくては、ああいう大改革の断行は覚束《おぼつか》ない。問題は氏の技法の完全不完全にあるのではなく、凡《およ》そ近代小説というものに対する興味を谷崎氏が失った或は失ってみせたという処が肝腎だ。一体谷崎氏が生田氏の忠言を納《い》れて、技法の修繕になぞ取りかかられたら、読者は迷惑するのだが、幸いそういう事は起り得ない。谷崎氏の最近の革命は、評家の忠言なぞ納れる納れないという筋合いのものではなく、実生活を味《あじわ》い尽した人の自《おのずか》らなる危機の征服であり、退引《のっぴき》きならない爛熟《らんじゅく》である。又、言ってみればこの作者も遂《つい》にそこまで社会に追いつめられたのだ。「蓼《たで》喰う虫」に見られる様に、日常生活をあれ以上純化する事が氏に可能であったかどうか考えて見るがいい。近代小説の手法がどうのこうのという様な問題ではないのである。

佐藤氏の創作理論は既に抒情され尽した已れの生活に向って為すところを知らない。氏はこの危機を脱しようと幾つかの長編を書いたが成功しなかった。今や混乱した周囲の人間世界に対して城府*を設け、夢を歴史に仰ぐべきか否《いな》かという問題が氏を襲っている様に見える。この推察は当らないとしても、少くとも氏の内的理論には、昔日《せきじつ》の感傷性が失われた代り昔日のすこやかさも亦《また》ないとは言えよう。

*マルクシズム文学が輸入されるに至って、作家等の日常生活に対する反抗ははじめて決定的なものとなった。輸入されたものは文学的技法ではなく、社会的思想であったという事は、言って見れば当り前の事の様だが、作家の個人的技法のうちに解消し難い絶対的な普遍的な姿で、思想というものが文壇に輸入されたという事は、わが国近代小説が遭遇した新事件だったのであって、この事件の新しさということを置いて、つづいて起った文学界の混乱を説明し難いのである。

思想が各作家の独特な解釈を許さぬ絶対的な相を帯びていた時、そして実はこれこそ社会化した思想の本来の姿なのだが、新興文学者等はその斬新《ざんしん》な姿に酔わざるを得なかった。当然批評の活動は作品を凌《しの》いで、創作指導の座に坐った。この時ほど作家達が思想に頼り、理論を信じて制作しようと努めた事は無かったが、亦この時ほど作家達が已れの肉体を無視した事もなかった。彼等は、思想の内面化や肉体化を忘れたのではない。内面化したり肉体化したりするのにはあんまり非情に過ぎる思想の姿に酔ったのであって、この陶酔のなかったところにこの文学運動の意義があった筈はない。

彼等は単に既成作家等や既成文壇を無視したばかりではない、自分等のなかにあるあらゆる既成的要素を無視した。これは結局、同じ行為であるが、こういう行為に際して、人は自分の表情を読み取り難い。併し彼等は読み取り難いのを気に掛けなかった、掛けたら彼等に行為は不可能であった。彼等は誤っていたか、いなかったか。彼等は為さざるを得なかった事を為したまでだ。

自然主義作家等がその反抗者等とともに、全力をあげて観察し解釈し表現した日常生活が、新しく現れた作家等によって否定されたのは、彼等が従来の日常生活を失ったからではなく、彼等の思想が、生活の概念を、日常性というものから歴史性というものに改変する事を教えたからである。彼等は改変された概念を通じてすべてのものを眺めた。眺める事は取捨する事であり、観察とは即ち清算を意味した。*彼等は自己省察を忘れたのではない。省察に際して事毎《ことごと》に小市民性を暴露するが如き自己は、省察するに足りなかったのである。感情も感覚も教養もこれを新しく発明しようとする冒険乃至は欺瞞《ぎまん》を、清算という合言葉が隠した。

マルクシズム作家達が、己れの観念的焦燥に気が附かなかった、或は気が附きたがらなかったのは、この主義が精妙な実証主義的思想に立っている事を信じたが為《ため》であり、その文学理論の政治政策化を疑わなかったのは、この主義が又一方実践上の規範として文学の政治的指導権を主張していたが為だ。ここにプ*ロレタリヤ文学とマルクシズム文学とは違うという名論さえ起った所以のものがあったのは周知の事である。

彼等の信じた小説手法はリアリズムであった。評家等は、彼等のリアリズムが所謂《いわゆる》ブルジョア・リアリズムと異る、いや異らなくてはならぬ所以を力説したが、作家等には当然な事だが、人間学的人間と社会学的人間と区別して描く事はおろか、そんなものが見えた筈もなかった。在来のリアリズムに反抗した大正期の作家達が、苦心経営した小説手法は悉く《ことごと》無視され、近代リアリズム誕生以来の手法であった心理的手法すら、殆ど《ほとん》利用されない作品が氾濫《はんらん》した。農村を工場をと題材が豊富になるにつれて、手法は貧弱になった。ここに作家実践上の公式主義を排すという名説が現れたのも周知の事だ。

併しここにどうしても忘れてはならない事がある。逆説的に聞えようと、これは本当の事だと僕は思っているが、それは彼等は自ら非難するに至った、その公式主義によってこそ生きたのだという事だ。理論は本来公式的なものである、思想は絶対的普

遍的な性格を持っていない時、社会に勢力をかち得る事は出来ないのである。この性格を信じたからこそ彼等は生きたのだ。この本来の性格を持った思想というわが文壇空前の輸入品を一手に引受けて、彼等の得たところはまことに貴重であって、これも公式主義がどうのこうのという様な詰らぬ問題ではないのである。

成る程彼等の作品には、後世に残る様な傑作は一つもなかったかも知れない、又彼等の小説に多く登場したものは架空的人間の群れだったかも知れない。併しこれは思想によって歪曲《わいきょく》され、理論によって誇張された結果であって、決して個人的趣味による失敗乃至は成功の結果ではないのであった。

わが国の自然主義小説は*ブルジョア文学というより封建主義的文学であり、西洋の自然主義文学の一流品が、その限界に時代性を持っていたに反して、わが国の私小説の傑作は個人の明瞭《めいりょう》な顔立ちを示している。彼等が抹殺《まっさつ》したものはこの顔立ちであった。思想の力による純化がマルクシズム文学全般の仕事の上に現れている事を誰が否定し得ようか。彼等が思想の力によって文士気質なるものを征服した事に比べれば、作中人物の趣味や癖が生き生きと描けなかった無力なぞは大した事ではないのである。

3

最近横光利一氏の「*純粋小説論」が文壇の人々を騒がせた。文章が心理的に書かれていた為に、色々面倒な議論をまき起した様子であるが、ああいう問題を抜け目なくはっきり論ずる事は先《ま》ず不可能と見た方がいい様だ。併《しか》し、「純粋小説論」に現れた一種の思想或《あるい》は憧憬《どうけい》は、余程以前からこの作者の胸に往来していたもので、決して思い附きから書かれたものではない。ただ氏は自分の思想を開陳する為にいろいろ勝手な新語を思い附いたままで、この辺のもつれを弁別する事は誰の手にもあまるのである。

純粋小説の思想は言う迄《まで》もなくアンドレ・ジイドに発した。一体ジイドが現代のフランス文学界で、極めて重要な位置を占めるに至った所以《ゆえん》は、その強烈な自己探求の精神にあった。「*地の糧《かて》」の序文に彼は書いた。「私が、これを書いたのは文学に恐ろしく風通しの悪さを感じている時であった。文学を新しく大地に触れさせ、文学にただ素足のままで土を踏ませる事が焦眉《しょうび》の急だと私には思われたのだ」と。「地の糧」の発表されたのは一八九七年だ。わが国の文壇がモオパッサンに驚嘆する数年以前の

事である。花袋はモオパッサンによって文学に素足のままで土を踏ませる急務を覚《さと》ったのであるが、彼の素足とジイドの素足とのへだたりを云々《うんぬん》する必要があるだろうか、というより、自然主義小説が広大な社会小説として充分に客観化し成熟した時、文学の風通しの悪さを慨嘆せざるを得なかった当時のジイドの心が僕等にほんとうに納得が行くだろうか。

十九世紀の実証主義思想は、この思想の犠牲者として「私」を殺して、芸術の上に「私」の影を発見した少数の作家達を除いては、一般小説家を甚だ風通しの悪いものにした。個人の内面の豊富は閑却され、生活の意欲は衰弱した時にあたって、ジイドはすべてを忘れてただ「私」を信じようとした。自意識というものがどれほどの懐疑に、複雑に、混乱に、豊富に堪えられるものかを試みる実験室を、自分の資質のうちに設けようと決心した。客観的態度だとか科学的観察だとかいう言葉が作家達の合言葉となって、無私を軽信する事が文学を軽信する所以であった様な無気力な文壇の惰性のなかで、彼は一人で逆に歩き出した。彼の鮮やかな身振りは、眼を文学以前の自己省察に向ける事を人々に教えたのである。

花袋が文学を素足のままで土の上に立たせるについて決心した事は、人生観上の理想主義と離別する事であり、この離別は彼には文学の技法上に新しい道を発見させ、

この発見が又私生活を正当化する理論ともなったのだが、ジイドにあっては事情が悉く違うのである。彼が文学の素足を云々する時、彼は在来の文学方法に反抗したのでもなければ、新しい文学的態度を発見したのでもない。凡そ文学というものが無条件には信じられぬという自覚、自意識が文学に屈従する理由はないという自覚を語ったのだ。花袋が「私」を信ずるとは、私生活と私小説とを信ずる事であった。ジイドにとって「私」を信ずるとは、私のうちの実験室だけを信じて他は一切信じないと云う事であった。これらは大変異った覚悟であって、ここに、わが国の私小説家等が憑《つ》かれた「私」の像と、ジイド等が憑かれた「私」の像とのへだたりを見る事が出来ると思う。

わが国の私小説家達が、私を信じ私生活を信じて何んの不安も感じなかったのは、私の世界がそのまま社会の姿だったのであって、私の封建的残滓《ざんし》と社会の封建的残滓との微妙な一致の上に私小説は爛熟《らんじゅく》して行ったのである。ジイドが「私」の像に憑かれた時に置かれた立場は全く異っている。過去にルッソオを持ち、ゾラを持った彼には、誇張された告白によって社会と対決する仕事にも、「私」を度外視して社会を描く仕事にも不満だったからである。彼の自意識の実験室はそういう処《ところ》に設けられたのであって、彼は「私」の姿に憑かれたというより「私」の問題に憑かれたのだ。個人

の位置、個性の問題が彼の仕事の土台であった。言わば個人性と社会性との各々に相対的な量を規定する変換式の如《ごと》きものの新しい発見が、彼の実験室内の仕事となったのである。

彼の仕事は大戦前後の社会不安のうちに、芸術の造型性に就いて絶望した多くの若い詩人作家達の間に、着実に成熟して行った。彼ほど不安というものを信じて、不安のうちに疲れを知らず文学の実現をはかった作家はない。彼は実験室をあらゆるものに対して開放した。様々の思想や情熱が氾濫して収拾出来ない様な状態に常に生きながら、又そういう場所が彼には心地よい戦慄《せんりつ》を常に与えてくれる創造の場所である事を疑わなかった。僕がジイドを読んでいつも驚くのはこういう不安定な状態に対するいかにも執拗《しつよう》な愛著であって、この愛著があってこそ彼の不安は観念上の喜劇にも遊戯にも堕さなかったのだし、彼の不安の文学に一種精力的な楽天主義が感じられるのもその為だ。

彼はディレッタントでも懐疑派でもない、言わば極度の相対主義の上に生きた人だ。或る確定した思想に従っても、或る明瞭な事物に即しても彼には仕事は出来なかった。「自然派の小説家達は人生の断片という事を言ったが、彼等の大きな欠点は、その断片をいつも同じ方向、つまり時間の方向に、ある長さに切って了《しま》う事だ。何故縦にも横にも上にも下にも切ってはいけないのだ。私としてはまあ全然切りたくない、と言う処だ」と「*贋金造り《にせがねづくり》」のエドゥアル*は言う。「一人の小説家を拉《らっ》し来《きた》ってそれを作の中心人物に置く。本の主題は、現実がこの主人公に提供するところのもの、それと彼自らその現実から創《つく》り出そうとするところのものとの争闘というあたりにあるのだ」

ジイドの純粋小説の思想を実現した「贋金造り」を読むと明瞭だが、この作品は全く新しい計画の下になっている。その手法は当時彼の周囲で流行していた心理的手法或は感覚的手法から何んの影響も蒙《こうむ》っていないと思われるほど素直な手固いリアリズムであるが、「人生の断片」の切り方、鋏《はさみ》の入れ方についてエドゥアルの言う処は見事に実行されている。「私としては全然切りたくない」とエドゥアルは言うが、これは無論実行不可能な事で、当然絵は縦横十文字に切られている。読者は読みながら無数の切口に出会う。丁度僕等が、実際の世間にあって、世間の無数の切口に出会っている様に。

例えば現実のある事件は決して小説のなかに起る様に起らない、どんなに忠実に作者が事件を語っていようとも。事件が起ったとは、事件を直接に見た人、間接に聞いた人、これに動かされた人、これを笑った人等々無数の人々が周囲に同時に在るという事だ。事件は独りで決して起らない。人々のうちに膨れ上り鳴りひびくところに、事件は無数の切口をみせる。エドゥアルに言わせれば、在来のリアリズム小説は、この無数の切口に鈍感だったのである。ある普遍的な思想は一つの切口しか持っていない様に見える。だが、実際はこの思想を無数の色合いで受けとる無数の人間がいればこそ、思想は社会に棲息《せいそく》する事が出来るのである。例えば、公式的な思想を楽しむ人間は、そういう色合いで思想を受けとるにふさわしい癖なり趣味なり馬鹿さ加減なりを捨てては生きる術《すべ》がないからだ。小説の登場人物等は、作者によって好都合な性格を持たされ、ある型の情熱を、心理の動きを持たされるが、すべて拵《こしら》え事に過ぎない。人間は実際にはそういう風に生きていない、というより寧《むし》ろそういう風には生きられない。他人が僕について作る像が無数であるに準じて、僕が他人について、或は自分自身について作る切口は無数である。結果は、僕等は自分をはっきり知らない様に他人をはっきり知らない。又知らない結果、社会の機構のなかで互に固く手を握り合っていて孤立する事が出来ない。

この様な現実を、作者は鋏を全く入れないでそのまま表現したい、少くとも実際の現実の呈している無数の切口を暗示する様に鋏を入れたい。その為には、作中の様々な事件も思想も人物も確定した形に按排《あんばい》し配置されていてはならない。めいめいが異った色合いの鏡を持って、相手を映している様に描かれねばならぬ。ジイドは「贋金*造りの日記」のなかで面白い事を言っている。「去り行く人物は背後から観察し得るのみだという事実を呑込《のみこ》む事が肝要である」と。では作者自身の鏡はどうなのか。作中の諸人物がめいめいの鏡をもって相手を映している様に描くとは、諸人物を作者一人の鏡に映る様には描くまいという事だ。では全小説機構を統制する作者の思想の鏡はどうなのか、その鏡は確定した単一な切口を見せざるを得ないではないか。

ここでジイドは或る装置を発明した。先ず「贋金造り」という全く同じ小説を書いている小説家エドゥアルを小説のなかに中心人物として登場させ、これに本人の鏡を持たせる。彼にはジイドという作者を彼の鏡に映す権利がある。そこでジイドは手ぶらで立っていては自分の姿がはっきり映されて了うから「贋金造りの日記」というものを書き、この小説制作についての作者の日々の感懐を述べてそこに自分の鏡を置いて、エドゥアルの鏡に対する。作者の姿は消え小説自体がのこるという仕掛けである。こういう装置によって、読者は、創造的な現実の最も純粋な姿に接する。ここにジイドの純粋小説の思想がある。彼の、「メリメの『ドゥブル・メプリイズ』*よりも純粋な小説というものを想像する事が出来ない」と言うやや反語的な言葉の意味するところも亦《また》そこにある。このメリメの傑作では、一切の細工が読者の眼には見えない様に行われている。読者がけつまずく様な機智や皮肉や感覚的な魅力の誇示がない。作者の顔もない。読者を強制する様な強い思想も烈《はげ》しい熱情も語られてはいない。読者はただいかにも奇怪な人間関係の純粋な表現に接して驚く。純粋性というものはあらゆる芸術創造の究極の規準である。すべての小説は純粋小説に憧《あこが》れる。ただ純粋などという元来が朦朧《もうろう》とした言葉にこだわるのがよくないだけだ。ジイドが純粋小説という言葉を発明したのも、極度の相対主義の上に生きた彼には、小説表現の規準として、例えば真理性とか現実性とかいう概念より純粋性という概念の方が、恐らく適切だと考えたに過ぎないのである。大切なのは純粋小説という概念ではない、現代の社会不安のなかでジイドがこういう概念に達せざるを得なかった彼の創造の過程或は精神の型である。

横光氏はその「純粋小説論」のなかで、偶然性或は感傷性というものが通俗小説の二大要素である事を述べ、併し、先入主を交えず現実を眺めたら、人々は偶然性とか感傷性とかによってこそ生きているという瞠目《どうもく》すべき光景が映る筈《はず》だが、わが国の純文学作家達は、真理性とか必然性とかいう概念にしばられ、客観的世界と思いこみながら実は不具な抽象的世界に這入《はい》りこんでいると言っている。

通俗小説家が多数の読者を狙《ねら》って書くとは、読者が常日頃抱いている現実の小説的要約を狙うという事だ。だから成功した通俗小説に於いてはそこに描かれた偶然性とか感傷性とかいうものには、必ず読者の常識に対して無礼をはたらかない程度の手加減が加えられている。読者は自分に納得のいかない偶然や感傷に決して我慢してはいない。処《ところ》が現実世界は誰にも納得のいかない偶然や感傷に充《み》ち充ちている。そういう世界に眼を向けては通俗作家は為《な》すところを知らない筈である。だからそういう世界が常にリアリズムの土台であったドストエフスキイの様な作家の作品に現れた偶然や感傷は、通俗小説中の偶然や感傷とは縁もゆかりもないのである。「罪と罰」が通俗小説にして又純文学だという様な横光氏の言葉は、無論比喩《ひゆ》であろうが、比喩にしても危険な比喩であって、「罪と罰」は単なる立派な小説なので、この小説から或る人々が通俗的要素しか読みとれないという事は、これは又別様な問題である。又、氏がこういう比喩が使いたくなるほど今日の純文学が面白くないという事も別の問題だ。

ドストエフスキイの作品には、この様な熱情や心理の偶然的な、奇怪と思われる様な動きはいくらでも出てくる。現実の世界でそういう事は方々に起っているからであるが、そういう事は通俗小説では決して起らない。真の偶然の姿は決して現れてはならない。その代り見掛けの偶然、つまり筋の構成上の偶然に充ちている。そしてドストエフスキイが、その思想を語る為《ため》にこの見掛けの偶然を利用していけないわけがない。つまり利用された偶然は制作理論上の必然だからである。

ドストエフスキイはこの偶然と感傷に充ちた世界であらゆるものが相対的であると感じつつ仕事をした人で、そういう惑乱した現実に常に忠実だったところに彼の新しいリアリズムの根柢《こんてい》がある。ジイドもドストエフスキイより遥《はる》かに貧弱にだが、遥かに意識的に同じ世界に対して、これに鋏を入れずあくまでその最も純粋な姿を実現しようと努めた。

「エドゥアルを作の中心人物として、現実が彼に呈するあらゆるもの、それと彼が現実に対して創り出すあらゆるものとの争闘、そこに小説の主題がある」。この実現が、彼の純粋小説の目指したところであった。言わば個人性と社会性との各々に相対的な量を規定する変換式の如きものの発見が彼の実験室の仕事であったことは前に述べた。ジイドはこの変換式に第二の「私」の姿を見つけた。併しそれには三十年を要したのである。彼の仕事は現代個人主義小説なるものの最も美しい最も鮮明な構造を僕等に明かしている。*

4

「作家の秘密というものは、作家が語るべきものではない。けれども、この秘密を語らねばおれぬところに、近代作家の土俵が新しく出来たのである」。これは、横光利一氏の最近の感想集「覚書」のなかの言葉で、この感想集のプロロオグとも見られるものである。ここに提出されている問題は、多かれ少かれ今日の新しい作家達を苦しめているものだが、僕の興味、少くともここにこの言葉を引用する興味は、寧ろこれにまつわる横光氏の心理的陰翳《いんえい》だ、簡単に言って了えば、この言葉の曖昧《あいまい》さである。作家の秘密とは何か、作家は何故自分の秘密を語るべきではないのか、けれども何故語らずにおられないのか、この辺りの曖昧さ、この言葉が「覚書」のプロロオグたる観がある以上、引いては氏の悉《ことごと》くの感想文の難解が由来するとも言えるこの曖昧さの拠《よ》って来《きた》るところは何処《どこ》にあるか。これは難かしい問題である。

作家の秘密とは何か。言うまでもなく、作家が読者に発表する必要のないもの、つまり作家の楽屋話を指す。芸術は自然を模倣するということを信条とした自然主義作家達は、表現技法についてどの様な苦心をしたにしろ、何はともあれ、自然という明《めい》瞭《りょう》な題材は信じられたのだから、その苦心そのものは、公表するに足りないものであった。わが国の私小説家達が、所謂《いわゆる》心境小説というもので、その私生活の細かい陰翳を明るみに出そう、読者の前で私生活の秘密を上演しようと辛労するに際しても、自分の生活と社会生活との矛盾を感ぜず、感受性と表現との間に本質的な軋轢《あつれき》を感じていない以上、取り扱う題材そのものに関しては疑念の起り様がない。舞台は確定している。楽屋話は要するに楽屋話だ。そして楽屋話は作家の腕力のなかに肉体のなかに溶け込む。一体こういう事情が健康な作品を生む地盤なのだが、この幸福は長つづきしなかった。作家の秘密のあり場所が変って来たのである。

作家の秘密というものを、作家は語るべきか、語るべきではないかは、それが作家の表現の正当な対象となるかならないかにかかっている。作家達は、何を描こうと選り好みはしなかったにせよ、描き方というものを表現の対象とする事は想像してもみなかったのだが、そういう想像してもみなかった事が実際に起って来た。描き方というものを材料として、作品を創らねばならない様な妙な作業を作家達は事実強いられる様になったのである。現実よりも現実の見方、考え方のほうが大切な題材を供給する。こういう事態に立到《たちいた》った時、作家の秘密というものは作家が語るべきであるかないかは自《おのずか》ら問題にならぬ。横光氏の所謂「新しい土俵」なるものを、勇敢に築き上げ、その上で制作した人が、例えばジイドだったのである。この様な一見世紀病的冒険家の登場も、フランスの長いリアリズムの伝統を考える時にはじめて納得のいく事件なのだが、難問はこのジイドの教訓が、わが国の作家達に何を齎《もたら》したかにある。

社会的伝統というものは奇怪なものだ、これがないところに文学的リアリティというものも亦考えられないとは一層奇怪なことである。伝統主義がいいか悪いか問題ではない、伝統というものが、実際に僕等に働いている力の分析が、僕等の能力を超えている事が、言いたいのだ。作家が扱う題材が、社会的伝統のうちに生きているものなら、作家がこれに手を加えなくても、読者の心にある共感を齎す。そういう題材そのものの持っている魅力の上に、作者は一体どれだけの魅力を、新しい見方により考え方によって附加し得るか。これは僕は以前から疑わしく思っていた事である。題材でなくてもよい、ただ一つの単語でもよい。言葉にも物質の様に様々な比重があるので、言葉は社会化し歴史化するに準じて、言わばその比重を増すのである。どの様に巧みに発明された新語も、長い間人間の脂《あぶら》や汗や血や肉が染《し》みこんで生きつづけている言葉の魅力には及ばない。どんな大詩人でも比重の少い言葉をあつめて、人を魅惑する事は出来ない。小は単語から大は一般言語に至るまで、その伝統が急速に破れて行く今日、新しい作家達は何によって新しい文学的リアリティを獲得しようとしているのか。

横光氏の「花花*」の主題を評して河上徹太郎*が次の様に書いていた。明快な分析であると思うから、ここに引用する。

「此の作の主題は近代青年男女の入り組んだ恋愛葛藤《かっとう》の戯画である。所が古典的な恋愛小説や新らしいものでも通俗小説の恋愛なら、恋愛というものが絶対的事実であるから話は簡単だが、近代青年の場合はそうはいかない。といって此《こ》の人物達は、一昔前のロマンチックな青年の様に所謂恋愛を恋愛するのでもなければ、ウ*ルトラ・モダン人種に見らるる如く恋愛を弄《もてあそ》ぶのでもない。彼等は現代文化を代表する教養ある良家の子女である。彼等は恋愛の中に肉慾的なもののあることを知り、人生に於《おい》て恋愛が如何《いか》に愚劣な消極的な行為であるかを知り、同時に情操生活の一中心として必要なものであることを許しその上実生活上の最も本能的なものから最も便宜的・虚飾的に至るものに対する恋愛の効果迄《まで》計算することを忘れないのである。しかもその揚句《あげく》恋愛による対人的優越感の闘争に殆《ほと》んど騎士的な情熱で以《もっ》て参加しているのである。一口でいえば彼等は恋愛しないで、恋愛の掛け引を恋愛しているのである」

恐ろしく面倒な恋愛である。併《しか》し少くともこういう恋愛の可能性は到《いた》る処に見附かるのだ。又この可能性の如きを必要としない現代の通俗小説に於いても、恋愛というその虎の子の題材は昔の様なはっきりした姿を決してしていないのである。通俗小説の読者というものは、常に自分の生活に親しいものを小説に求めるものだ。彼等が現代の「金色夜叉《*こんじきやしゃ》」を「不如帰《*ほととぎす》」を求めている事を、通俗作家達が知らないわけはないのである。知っているが、書けないのだ。才能が不足で書けないのではない、現代ブルジョア青年男女の恋愛が余り出《で》鱈目《たらめ》で、板につかぬというが、つまり原稿用紙につかぬのだ。そこで、昔もなかった今もない又あり得ないという恋愛談を発明する。よくそんな妙なものが発明出来ると思うが、それは虚構を求めている読者との馴合《なれあ》いの仕事だから、真面目《まじめ》に考える方が馬鹿である。そこで、教養人でなくても多少恋愛の実地経験のあるものはちっとも面白がらない。ここに恋愛を描いて大衆の恋愛的錯覚に呼びかけねばならぬという理由からでさえ、通俗作家達には、髷《*まげ》ものという表現様式が絶対に必要となっているのである。題材を現代に選んでいるという大きなハンディキャップを持ちながら、映画や通俗小説の時代もの髷ものが依然として大きな人気を呼んでいる事は、現代人のなかに封建的感情の残滓《ざんし》がいかに多いかという証拠だが、又この感情の働くところには、長い文化によって育てられた自由な精錬された審美感覚が働いているのであって、この感覚が、現代ものに現れた生活感情の無秩序と浅薄さを看破し、髷ものに現れた人々の生活様式や義理人情の形式が自分等から遥かに遠いと知りつつ、社会的書割《かきわ》りのうちに確然と位置して、秩序ある感情行為のうちに生活する彼等の姿に一種の美を感ずる。西洋映画の現代ものが何故日本映画の現代ものに比べて、知識階級人等の上に、あの様に比較にならない様な人気を持っているか。根本の理由はたった一つしかない。僕等の伝統的な審美感が西洋映画の方により純粋な画を感ずるからだ。何故ジャズのレコードに比べて比べものにならぬほど古典音楽のレコードが売れるのか。西洋音楽を真に理解しているいないは問題ではない。ただ僕等の耳が後者により多くの純粋な音を聞きわけているという簡単な事実によるのだ。過去に成熟した文化をいくつも持ち、長い歴史を引摺《ひきず》った民族の眼や耳は不思議なものだと思う。僕はこの眼や耳を疑う事が出来ない。

横光氏の「花花」を一体どれほどの人間が読んだであろう。高級だから売れないのか。だがジイドの「狭き門」も亦高級な現代恋愛小説である。山内氏の訳本が幾度か版を代えて今日まで売れた数は恐らく最もよく売れた通俗小説もこれに及ばないのである。何が人々を捕えるのか。何が、作者の企図したところを理解し得べくもない青年男女の心を捕えるのか。モオパッサンの「女の一生」を、例えば文学的教養に関しては殆どお話にならぬ僕の女房が何故夢中になって読むのか。彼等は作品の見事さ純粋さにひかれるのだ。その通俗さにひかれるのではない。批評家等が作品の人間的真実といいリアリティと呼ぶまさに同じものに彼等はやはりひかれるのである。川端康成氏が「今日の純文学の敵は通俗文学ではない、岩波文庫だ」と或る人に言ったそうだ。洒落《しやれ》だとしても、先《ま》ず大概の知識階級文学論よりは穿《うが》っている。

インテリゲンチャの顔は蒼白《あおじろ》いという。併し作家にはその蒼白い色が容易に塗れないのである。心理を失い性格を失ったニヒリストの群れが小説の登場人物として適するかどうか。混乱した生活様式を前にして、作家達はいよいよ題材そのもののもつ魅力に頼り難くなる。客観が描き難くなるにつれて、見方とか考え方とかいう主観に頼らざるを得なくなって来る。こういう時に、ジイドの手法の到来は、作家等に大きな誘惑と映ったのだが、この誘惑に全身を託する作家は現れなかった。そういう用意が全く僕等には無かったからである。

描写文学も告白文学も信じられない、ただ自意識という抽象的世界だけが仕事の中心になる様な文学、そういう殆ど文学的手法とは言えない様な空虚な手法を信じて、文学的リアリティを得ようとするジイドの築いた「新しい土俵」が、僕等に容易に納得出来た筈《はず》はあるまい。外的な経済的な事情によって、社会の生活様式は急速に変って行ったが、作家等の伝統的なものの考えは容易に変る筈がなかった。彼等は、生活の不安は感じたが、描写と告白とを信じ、思想上の戦いには全く不馴れであった私小説の伝統が身内に生きていたところから、生活の不安から自我の問題、個人と社会の問題を抽象する力を欠いていた。又、こういう思想上の力によっても、文学の実現は可能だという事さえ明らかに覚《さと》らなかったのである。例えば新感覚派*や新興芸術派*の文学運動（文学運動という様な大げさな名で呼ぶのは間違ってはいるが）の源には、不安な実生活を新しい技巧によって修正しよう、斬新《ざんしん》な感覚によって装飾しようという希《ねが》いがあったので、この点これらの文学は、私小説の最後の変種だったと言ってもいい。ジイドをはじめ、プルウスト、ジョイス*の新しい文学が輸入された時、最も問題に富んでいたが技法的には貧しかったジイドが捨てられ、プルウストやジョイスの豊饒《ほうじょう》な心理的手法が歓迎されたのも当然だったし、この技法の背後にあった彼等の絶望的な自我の問題を究明しようとした冒険家も出なかった。それほど描写告白文学に対する素朴な信仰は強かった。文学以前に「新しい土俵」を築くことが作家には難しかった。ジイドの「新しい土俵」を築く無飾な帰納《きのう》的な手法は、装飾的な演繹《えんえき》的な技法をもった横光氏にはまことに受納《うけい》れ難いものであった。氏の用語の難解或《あるい》は混乱は、「新しい土俵」の設定の止《や》むを得ない曖昧さから来る。新しい外来の意匠に対して常に貪婪《どんらん》であり鋭敏で悪びれる事のなかったが為に、混乱した方法や企図や提唱のうちをさまようこの作家の姿は、生れて日の浅いわが国の近代文学が遭遇した苦痛の象徴であり、こういう作家が不当な冷視と不当な賞讃とをくぐって来た事も亦止むを得ない。

周知の如く、マルクス主義文学が渡来したのは、二十世紀初頭の新しい個人主義文学の到来とほぼ同じ時であった。マルクス主義の思想が作家各自の技法に解消し難い絶対性を帯びていた事は、プロレタリヤ文学に於いて無用な技巧の遊戯を不可能にしたが、この遊戯の禁止は作家の技法を貧しくした。無論遊戯を禁止する技法論はあり余るほどあったが、それらの技法論に共通した性格は、社会的であれ個人的であれ、秩序ある人間の心理や性格というものの仮定の上に立っていた事であり、この文学運動にたずさわった多くの知識階級人達は、周囲にいよいよ心理や性格を紛失してゆく人達を眺《なが》めて制作を強いられてい乍ら、これらの技法論の弱点を意識出来なかった。又それほどこれらの技法論の目的論的魅惑も強かった。だが、又この技法の貧しさのうちに私小説の伝統は決定的に死んだのである。彼等が実際に征服したのはわが国の所謂私小説であって、彼等の文学とともに這入《はい》って来た真の個人主義文学ではない。最近の転向問題*によって、作家がどういうものを齎すか、それはまだ言うべき事ではないだろう。ただ確実な事は、彼等が自分達の資質が、文学的実現にあたって、嘗《かつ》て信奉した非情な思想にどういう具合に堪えるかを究明する時が来た事だ。彼等に新しい自我の問題が起って来た事だ。そういう時、彼等は自分のなかにまだ征服し切れない「私」がある事を疑わないであろうか。最近の*ジイドの転向問題を機として起った*行動主義文学の運動にしても、傍観者たる僕には未《いま》だ語るべきものもない。併し彼等のうちに果してジイドの四十年の苦痛の表現を熟読した人がいるであろうか。

　私小説は亡《ほろ》びたが、人々は「私」を征服したろうか。私小説は又新しい形で現れて来るだろう。フロオベルの「マダム・ボヴァリイは私だ」という有名な図式が亡びないかぎりは。

新人Xへ

僕は今「新人論」という原稿を書く必要からいろいろ考えているが、もやもやして来て一向考えがまとまらない。まとまる方がおかしいと頭の何処《どこ》かで考えているせいではないかと思う。君だって現文壇の新人一般について、首尾一貫した意見を開陳せよ、と言われたら弱るだろう。弱って、そういう非人間的な曲芸は批評家の役目だと言うだろう。有難い仕合せだ。批評家を人間扱いにしない事、どうもこれはジャアナリズムの不文律らしい。だから有難い仕合せだと言っているのさ。作家だってそうだ？　冗談いうなよ、折角《せっかく》新人になったのに。

考えがまとまらぬという事は不愉快なものだ、まるで中枢《ちゅうすう》神経を指で弄《いじく》っている様な気がする。結局、自分は凡《およ》そ所謂《いわゆる》新人というものに無関心だ、以前から無関心だったという事だけがどう仕様もなくはっきりしている。そう気附いてほっとした気持ちになる。こういう僕の気持ちを君に解《わか》って貰《もら》い度いと思う。若《も》し僕が、新人の問題を強いられるなら、先《ま》ず問題をこの気持ちの上に立ててみなければならないのだから、少くとも気の利《き》かない曲芸を演じまいとする為《ため》には。

僕の身のうちに青春が感じられる限り、新人という名前は、僕の興味を惹《ひ》かない。君だって同じ想《おも》いに違いない。文壇的問題を離れて自分の心を探れば、同じ想いが燃えているに違いないのだ。ほって置いても消え易《やす》い火に、何故《なぜ》水をかける様な事ばかりしているのか。或る人がこの頃の新人の作品に優れたものがないという。すると君は、不安気に、あたりを見廻し、みんな優れているので、優れた作品が目立たないのだという大発見をして安心する。この頃の新人は甘やかされていると或る人がいう、忽《たちま》ち新人等は集って「新人は果して甘やかされているか座談会」という独創的な計画さえ立て兼ねない。新人がどうだこうだと旧人がいうと、僕等はこうだああだと新人が答える。反逆精神とか言うんだそうだ。こんな憂鬱《ゆううつ》な眺めが一体あるかい。

ジャアナリズムが新人を甘やかすとしても、その手口には何等不器用なものも甘いものもありはしない。新人を甘やかすとは即《すなわ》ち新人からそのなけ無しの才能の底をはたかせる事だからだ。みんな息せき切って走っている。曰《いわ》く、食えない覚悟で文学をやる。それとも決勝点でストップ・ウオッチを握っている批評家よりましだとでもいうのかな。こんな調子でものを言うのは僕だって好まない。いやがらせととるのは君の勝手だよ。だが新人という言葉がどんな力を君に与えているのか、君のなかの何を鼓舞してくれるのか考えて欲しいものである。今日の様に世代の交替の烈《はげ》しい時に、新人という言葉が濫用《らんよう》されるのはわかり切った話で、新人が甘やかされているのではなく、寧《むし》ろ新人という言葉に対して、新人達の腰が砕けているのだ。新人という言葉が濫用される世の勢いについて、一片の文学的良心にものを言わせようとは笑止じゃないか。そうだ、併《しか》しそういう考え方に君が媚《こ》びているのも笑止じゃないか。新人という言葉を適当に嫌悪《けんお》する術《すべ》を忘れたところに、新人の弁解が成り立ち、反抗が成り立つとは奇怪な事だ。

身のうちに青春を感じている限りと僕は書いたが、その感じている青春とは何んだろう、僕等は今日青春の問題の不思議な面を経験していると君は思わないか。失われた青春とは、嘗《かつ》て人々の好んだ詩題であったが、僕等に果して失うに足るだけの青春があったか、歌えるに足るだけ青春を身のうちに成熟させてみる暇があったか。少くとも僕にはなかった。僕は辿《たど》って来た苦が苦がしい好奇心の糸を省みるだけだ。併しこれが僕だけの運命だとはどうしても考えられない。ただ僕はここから極めて自然に生れたシニスム*を、常に燃え上らせて置こうと多少の努力を払って来たに過ぎない。

最近の「私小説論」の結末で、僕はこう書いた。「私小説は亡《ほろ》びたが、私小説は又新しい形で現れて来るだろう。フロオベルの『マダム・ボヴァリイは私だ』という有名な図式が亡びないかぎりは」と。無論理窟《りくつ》ではそうに違いないと思ったからそう書いたのだ。だが元来論文の結論ぐらいつまらないものはない。私小説が亡んだと言っても又新しい形で起るだろうと言っても、君の実際味《あじわ》っている苦痛と何《ど》んな関係があるか。実際味っている苦痛というものを誤解しないでくれ給《たま》え。君が頭のなかで解釈している君の苦痛なぞは今僕にはどうでもいいのだ。例えば行動主義者*等は実際の苦痛を味っている。併し彼等の説く議論はほろ酔い機嫌かも知れないのさ。それは兎《と》も角《かく》、一つ君に君の身の上話を聞こうじゃないか。まさか私小説は亡んだよとも答えられまい。君は私小説に興味を失ったのではない、書こうにも書けないのだ。つまり君は表現するに足るだけの青春を実際に持っていないのだ。先輩達の私小説を読んで、彼等の私生活の健康な肉感性に目を附けないで、その狭さや古さにばかり目を附ける。僕等には新しい解釈がある、と、いかにも新しい解釈だらけなんだ。新しい生活はありゃしない、新しい解釈で反逆している様な気がしているだけだ。人生何々気がしている主義というものはずい分多いものだよ。生きている気がしている男だっているわけさ。始末に悪いのは、自意識の過剰どころか自意識そのものだ。

ここに僕は新人が文壇に出るとともに感染する一種の新人病を見る。世間の或る通念を利用して生活の新しい解釈を得れば、新しい生活が実際に始った様な気がする事。病人が軽蔑《けいべつ》するほど病源が単純なのもこの病気の特色である。身の上話が不可能な程、実生活が混乱した時、一方に私小説無用論があるとは、何んという好都合であろう。而《しか》も構えて自分を棚に上げろとリアリズムという命令が下っている。世間に対していよいよ抜目がなくなり、自分自身に関してはいよいよ馬鹿でいられる条件がそろっているではないか。という具合に、たまにはもの事を裏返して考えてみるものだ。

近頃印象批評*というものがはやらなくなったが、僕は相変らず、この批評方法に尊敬を払っている。ブルジョア文化の爛熟《らんじゅく》期の産物であるこの批評方法には、文化が爛熟してはじめて現れる一つの健康な性格がある。それは言うまでもない事だが印象と批評との間に、人々を不安にする隙間《すきま》がないという性格で、人々が隙間に気がつかなかったからそうなったのではなく、隙間を必要としなかったところからそういう批評方法が生れたのである。批評方法がいよいよ精緻《せいち》を極めた果てに現れたこの批評方法の極く当り前な姿を、新しい批評方法論について心労する批評家等は忘れ勝ちなもので、それと言うのも彼等の論議の声は、文壇というものを離れてそう遠いところまでとどくものではない事を忘れ勝ちなところから来る。

例えば僕は君の作品についてどの様な美点を数え上げればよいか、進歩的な思想、良心的な企図、君の作品に限らず、批評家達は新文学を読んでそういうものを論ずるに事を欠かないのだ。では事を欠くものは何んだ。血腥《ちなまぐさ》さとか、脂《あぶら》っ濃さとか、色っぽさとか、生ま生ましさとか、其《その》他あらゆる形容詞で、文学が始って以来、この文学という模造品のうちに、僕等が摑《つか》まえて来た原物の印象である。一と口に言うなら、高級な批評には堪えるが素朴な鑑賞に堪えられない、これが今日の新文学が担《にな》った逆説なのだ。

この逆説を辿って行ってみ給え。単に古い表現に適さない程度に壊れたと高《たか》を括《くく》っていた君の私生活が、実は凡そ文学的表現に適さぬほど充分に壊れている事を納得するだろう。解釈さえ変えれば、技法さえ変えれば収拾出来る、清算出来ると考えていた君の実生活の混乱自体が、実は執拗《しつよう》に君に附き纏《まと》う亡霊だと合点するだろう。亡霊は君の文学的自惚《うぬぼ》れにはお構いなく、君の作品で復讐《ふくしゅう》を遂げる。僕は、実際この亡霊の復讐という事から、現代文学の一般的な或る説明を得ようという様な奇怪な空想さえ抱く事があるのだ。先ず独断的な自分の直観力を設定して、これだけを信用する。作品にどんな企図がかくれていようが、どんな思想が盛られていようが、それは作者がただそんな気になっているものとして、一切信用しない事にする。（ああ何んとすがすがしい事だ。）ただ出来映えだけを嗅《か》ぎ分ける。物質の感覚が、或《あるい》は人と人とが実際に交渉する時の感動が、どの程度に文章になっているか、そういうところだけを嗅ぎ分ける。するとそこに、消極的なものだが、文学に対する社会の洒落気《しやれけ》のない制約性が得られる。言わば今日の作家達は、扱う材料の混乱自体によって、どういう具合に自ら知らず識《し》らず傷ついているかというグラフが得られる。得られるという事は空想だが、一般の人々がこのグラフを踏み越えて、文学を鑑賞しようとする事は先ずないということは事実だ。彼等は今日の純文学を面白くないと一口に片附ける。その理由を説明せず、相手の弁解も聞き度《た》がらないところに、彼等の言葉の強さと正しさとがある。彼等に純文学と通俗文学との区別などありはしない。一切の文学は面白いだけが能なのだ。(彼等がどれほど文学の面白さに対して、人生の面白さに対して敏感な様に敏感であるかは君は観察によって知るべきである。)そして、君は今、文学は面白いだけが能ではない、と自ら繰返し、周りに繰返させ乍《なが》ら仕事をしなければ作家たる身が持てない様な場所に追いつめられている。君が民衆を口にしながら民衆に面白くない作品を強いているのは、民衆への侮蔑《ぶべつ》だなどという様な事を言うのではない。面白くするのにはどういう技巧を凝らすべきかより、面白さとは何かという事を反省して貰いたいのだ。

文章を読めない人々の心にも、実生活の苦しみや喜びに関する全人類の記憶は宿っている。この記憶こそ、人々の文学に対する動かし難い智慧《ちえ》なのだ。元来観念的な産物である文学が、観念的焦燥にかられる事を常に警戒しているのはこの智慧だ。この智慧に育まれた一つの社会感覚だと僕は信ずる。

文壇の論議や註解《ちゅうかい》が、作品の在るがままのリアリティを隠し勝ちだという事に注意するのはいい事だ。一般人の眼は、作品の在るがままのリアリティだけに興味を感ずる。それ以上のものを彼等に強いる事は出来ない。作者の希望も企図も楽屋話も彼等の鑑賞を支えるには足りぬのである。僕には彼等が絶えずゲエテの言葉を呟《つぶや》いている様にみえる。「何故《なぜ》描こうとしないで喋《しゃべ》ろうとするか」。そういう時、君が君の実生活の亡霊に気附くのはいい事だ。君が自力で摑んだと思う新しい意匠が、実は君が亡霊に追われた窮余の一策でないと誰が知ろう。ただ君が検《しら》べてみて知るだけだ。この点で検べの行きとどいた作家は僕は稀有《けう》だと思っている。告白に堪えない君の生活の不安を糊塗《こと》してくれるものは私小説は終ったという世の通念だ。この通念に従って仕事をさせてくれるものは、他人を描くリアリズムという武器である。併しリアリズムは、又君の小説のなかに生活を失った他人の登場を拒まない。それでもリアリズムという技術が信じたいなら、合わせて今日のインテリゲンチャ作家にとって、リアリズムとは最も扱い難い技術である事を信じ給え。

純文学の衰弱とか危機とかが叫ばれ、純文学は何処へ行くか、ジャアナリズムはこれ以上純文学の赤字に堪えられるか、という様な事が言われている。誰に尻《しり》を持って行き様もない。純文学は何んとか工夫すれば何処かへ行く様には本来出来ていない。何処にも行きはしまいし、これ以上の赤字にも堪えられやしまい。この点では僕は全くの悲観派だ。食えなくなったらいつでも商売は代える。つまり代えられるものだけを代えるのだ。純文学の衰弱は通俗文学の跋扈《ばっこ》による、ラヂオと映画の影響による、僕はそういう俗論を好まない。純文学に通俗文学の手法を取入れようとか、映画的効果を応用しようとかいう考え方も、外見こそ実際的にみえるが、実は甘い考え方に過ぎない。そんな事で純文学は決して面白くはならない。なるかならないかやって見る事だ。純文学の通俗小説化はやってみたいが、通俗小説を書くのは厭《いや》だ、という君の考えが、だんだん奇怪に思われて来るだろう。

現代の純文学、特に新しい文学のみじめさは、扱う材料そのもののみじめさなのだ。君の生活、君の生活環境そのもののみじめさなのである。それでは何故そのみじめさこそ新人の特権だと感じないか。先輩作家等の私小説が、僕等には手のとどかないリアリティを持っているのは、彼等の青春が、僕等の青春の様な生活上の錯乱を知らなかったからではないか。通俗小説があの様に盛大なのも、眼前のやり切れない現実を手本として描く必要がないからではないか。君は自分の生活のみじめさを文壇生活の狭さに帰し、もっと広い生活を味わねばならないと、何処かで書いていた。併し文壇生活だって厳然たる生活だよ。尤《もっと》も何んだってやってみるに越した事はないから実行してみるがよい。月給が*五十円から百円に上るのはいい事だという事が解るだろう。

僕は、前に、君が頭で解釈している苦痛ではなく、実際に味っている苦痛と言った。純文学不振の声は、いずれ思いやりのない人々の口から出るのだが、その声は、君が振り返るのを好まないこの君の実際に味っている苦痛を、そのまま正確になぞった声である事は争われない。君に弁解の余地はないのだ、仮説も希望も弁解にはならない。君が仕事の資本として現金で摑んでいるものは君の実生活のみじめさだけである。こんな実情にあって、何故君は作家となった事を後悔しないのか。君の心が正義に燃えているからか、それとも殉教者の魂とでもいうものを君が持っているからか。或は輝やかしい希望を抱いているからか。恐らく君は大仰な言葉に苦笑するだろう、あの沢山の人々のする苦笑を。僕も苦笑する一人だ。だが苦笑するなら弱々しい苦笑をするな。君にはまだ意地悪くなる余地は沢山あるのだ、自分に対しても他人に対しても。

君が口にする社会不安という言葉さえ、君のみじめな生活を隠す様に働いていると思った事はないか。君の生活が混乱している様に君の精神は混乱しているか。社会が不安な様に君の文学制作は不安か。不安の克服とか称して、いろいろ新発見を楽し気に戦わしているではないか、まるで不安とは文学の新しい技術だとでも言い度《た》げに。そうだ、僕は皮肉を言っているのだ。ただ皮肉の拙《まず》さを心配している。社会の混乱が君の作品に反映し、君の作品からそのリアリティを奪っている事は、君が文学を制作する意欲と関係はない、少くとも関係がないと思わなければ君はやり切れまい。従って君が或る制作方法を信じたお蔭《かげ》で、自分が社会の混乱のなかに生きている事を忘れる事とも関係がない。君は企図に酔い方法に酔う、そういう時、文学の混乱が、君の仕事を容易にしている事に不思議はあるまい。君がこの喜劇に気が附かない限り、リアリティを必要としないリアリズムは君に恰好な意匠なのだ。

インテリゲンチャの顔が蒼白《あおじろ》いのが確かなら、その確かなところから始めてくれ。鏡の前で、代表者の様な表情をして、顔を作るのはやめてくれ。君の自我がどんなに語り難いものにせよ、又語る事を君がどんなに軽蔑しようと、僕は依然として君の自我を尊敬するし、僕の欲しいものは君の自己証明なのだ。君のみじめな亡霊に関する君の一片の抒情《じょじょう》である。成る程こういう事は、君の颯爽《さっそう》たる文学上の希望に比べれば、一種のデカダンス*に違いない。併し、君が実際に心得ているのは希望より寧《むし》ろデカダンスの方なのだ。

　君が自己告白に堪えられない、或はこれを軽蔑するのは、君がそれだけ外部の社会に傷ついた事を意味する。即《すなわ》ち、君の自我が社会化する為《ため》に自我の混乱というデカダンスを必要としたのではないか。このデカダンスだけが、君に原物の印象を与え得る唯一《ゆいいつ》のものだ、君が手で触って形が確められる唯《ただ》一つの品物なのだ。確かなものは覚え込んだものにはない、強いられたものにある。強いられたものが、覚えこんだ希望に君がどれ程堪えられるかを教えてくれるのだ。自分が病人である事が納得出来たら、病者の特権だけ信じ給え。薬で直った様な気がするのはよしてくれ。又、文壇スポーツ、其他のスポーツで死ぬ程退屈している癖に、このいい血色を見てくれなどというのも御免だよ。一気呵成《かせい》に書いて了《しま》って、気に入らぬ文句も書いたと思うが、僕も君と苦痛をわかっている事に免じて許し給え。失うべき青春もない僕が旧人になる事も出来ないからね。

現代作家と文体

現代の作家で誰が名文家であろうか。最近の例でも、永井荷風氏の「濹東綺譚《ぼくとうきたん》」、志賀直哉氏の「暗夜行路」、或《あるい》は川端康成氏の「雪国」、滝井孝作氏の「積雪」という風に挙げて来ても、どれが名文かという事になると、好き好きはあるだろうが、返答には困るだろう。先《ま》ず勝手にしろと言った様なものだ。「文は人なり」という金言は、今日では、この金言の解釈は各人の勝手次第という事になっている。名文というテエマは失われ、名文のヴァリエエション*がある。少くとも世人はそう見ている。こんな次第になっても、文芸というものが存続している以上、作家は勿論《もちろん》、一般読者も名文という漠然たる観念から逃れる事は出来ないとは厄介な事だ。

僕等は文体というものに関しては非常に自由な状態にいるのだが、現代の文学が、この自由を享楽《きょうらく》しているのか、それともこの自由に苦しんでいるのか、という事になれば別の問題だ。

「月刊文章」増刊「全日本子供の文章」で、作家達が子供の文章を批評し、その巧《うま》さに呆《あき》れている。小バルザックなぞと言われている子供もあった。要するに作文のお手本がない事が、そういう目出度《めでた》い事になったのであるが、それも束《つか》の間だ。「全日本青年の文章」という臨時増刊を出してみれば直ぐわかるだろう。文章上の制約を受ける機会が少いという事は、いずれ文章上の軌範を失っているというのと紙一重である。

子供がお手本を離れて自由に文章を作ると、子供らしさがよく見えるというわけなのだが、残念な事には、子供の子供らしさというものは、いつも大人の発明品に過ぎない。子供の文章に感心する作家達が児童自由画展の図画の先生と其《そ》のエゴイスティックな昂奮《こうふん》を分つのはどうも止《や》むを得ない。近頃子供の文章が巧くなったなどというのは、実を言えば何んの事でもない。近頃の子供はラヂオ*なぞ知っているという筋合いのもので、少くとも文学的には別して楽観すべき現象ではない。

僕は、高等学校*程度の学生諸君の文章に接する機会が職業*上多いのだが、何んといってもその拙劣さ加減というものに驚いている。小バルザックは生長するにつれて、ちんぷんかんぷんになって来る。いずれそのうちから名文家が出て来るだろうとは希望しているが、目下の混乱状態では、卵の状態にある名文というものも見つけ難い。いわば自ら孵化《ふか》器を発明する必要に迫られている卵の集りといったあんばいの状態である。

書いて了《しま》ったところと書こうと思ったところとの間に、いろいろな意味で過不足がない様に工夫するというのが、作家に限らず一般に文筆業者の技巧原理なのだが、現代青年はそういう根本的な技巧原理へのきっかけさえ与えられていない様に思われる。小バルザック達の道は、遅かれ早かれ其処《そこ》に行く。だからバルザックの何んたるかを解し始める頃、同時に、文章上の既成の諸軌範を模倣したりこれに反抗したりする作家の健全な営みさえ、現代ではもはや許されていない事に気が附くというわけだ。そういう傾向がいいとか悪いとか言うのではなく、又、新作家達がそういう事を気に掛けているいないに拘《かかわ》らず、事態はまさにそうなのだ。

「言をもって文となす」*美妙斎《びみようさい》の文体改革は、今日は殆《ほとん》どその意味を失っているが、「*今よりはわれ地上の子たらん」という*花袋《かたい》の文体革命は、今だに現代作家の浮沈を支配している。確かにこれは改革と革命ぐらいに相違はあったのである。

大正期の反自然主義作家達の文体装飾は、初めから花袋的革命に無関心であった二つの巨大な文章王国、漱石と鷗外とに果してどれだけの新風を加え得たかは疑問だったにせよ、この期の作家達が皆処女作からして、めいめいの個性に準じ、独特の文体を提げて文壇に登場したのは確かなのであって、*自然主義小説の文体軽蔑《けいべつ》への反動たる文体再興の気運に乗じ、本質的な意味での文体の問題を、彼等は熱烈に健全に思索したのであった。

今日名文家と言われている作家の多くが、この期に多かれ少かれその青春を賭《か》けた人達である事は当然の事で、その後の文学は一般的に言えば文体上ひたすら衰弱の道を歩いている様に思われる。大正末期に起った所謂《いわゆる》*新感覚派の文学運動となると、これは文学的運動というよりも寧《むし》ろ文体的運動であったという事実そのままが雄弁に語っている様に、作家達の文体の問題に対する態度は極めて軽薄になったのである。感覚を弄《もてあそ》び大先輩*鏡花に遥《はる》かに及ばず、心理を弄び先輩*春夫を抜けず、と言った様な事をしたに過ぎない。

*プロレタリヤ文学運動は、まさしく真正な文学運動であり、思想性の貧困を感覚的に或は心理的に糊塗《こと》しようとして、文学の中心観念から漸《ようや》く離脱し始めた文壇の悪傾向を強引に引停めた。併《しか》しこの運動は遂《つい》に作家を文体の中心問題から決定的に引き離して了った。そしてこの文学運動の最盛期が終った後にも、作家達の文体侮蔑の傾向は容易にとれないのである。

文体の喪失は現代文学の顕著な特徴である。文体という言葉は観察という言葉に置き代えられて了った。皆巧みに書こうとするより寧ろ正しく見ようとする。ひと口で言えば、作家達は、独特な文体の代りに正確な観察を置き代える事により、言語を観察者と観察対象との単なる中間項の様なものにして了ったのである。作家たる以上、成熟するにつれて、いずれは独特な文体を否応《いやおう》なしに持つ事になるが、独特な文体で書こうとする意識的な努力は、非常に弱くなった。従って文学者たる事の困難は依然として変らないにも拘らず、文学志望者たる困難はまるで無くなって了った奇観を呈している。

要するにリアリズムは、わが現代文学の偶像である。ただこの偶像はスタイルというものの抵抗によって正にあるべき背光を欠いている。だから実を言えば仕様のない土偶*なのだが、文章上の諸軌範を見失った作家達には、無くては困る土偶である。子供の文章が、子供の知った事ではないにも拘らず、小バルザック的に成功するのも、又、青年が自分の文章の混乱に一向無頓著《むとんじゃく》でいられるのも、この同じ偶像の霊験《れいげん》による。

一般生活人は、言語の混乱というものには一向苦しまない。混乱した社会に生活するには、混乱した言語を使用するのが便利だからである。

文体と観察との交換は、作家達に、この一般生活人の享楽する便利を盗ませる。作家達は、己れの特権を捨てて、現実に屈従する様になる。文体上の無秩序や困難さを、現実の無秩序や困難さに仮託する様になる。自分は観察者である、観察報告の混乱はまさに観察材料の混乱に由来する、今日リアリストと自任する新しい作家達で、こういう文体上の責任回避を逃れている人は少い。

*自然派小説が盛んだった頃、「手堅いリアリズムで読ませる」という言葉があって、特色のある個性もなければ、強い思想傾向もないが、兎《と》も角《かく》手堅いリアリズムが看板だった小説家が沢山いたのである。彼等は、文体的魅力を創造する力を欠いていたから、専《もっぱ》ら描く対象自体の持つ魅力に頼った。対象の秩序を文体の秩序に置き代えた。だから実をいえば、彼等の制作理論の根柢《こんてい》は、「何を描くべきか」にあって「如何《いか》に描くべきか」には無かった筈《はず》だ。ところが彼等が実際に意識した制作理論は寧ろその逆であった。人生のユウモアがどうの、ペーソスがどうのと「如何に描くべきか」で、さも芸術家らしい苦心をした。それというのも描く対象が初めから狭隘《きょうあい》に固定していたのだから「何を描くべきか」という問題が起ろうにも起り得なかったという、簡単な理由に依《よ》ったのだ。

今日ではもう、描かれる現実そのものが決して手堅い恰好《かっこう》をしていてくれないから手堅いリアリズム派というものはなくなって了ったが、嘗《かつ》てこの派が自覚せずに抱いていたリアリズムに関する欺瞞《ぎまん》的な考え方が、なくなってしまった訳ではない。無くなるどころか、「何を描くべきか」という問題が、小説家の頭を支配する様になって、いよいよこの欺瞞も拡大する傾向がある。今日ではもう「手堅いリアリズム」で読ますとはいわないが、その代り「ルポルタアジュ」で読ますという。

一体ルポルタアジュ文学というものは、個性も要らない思想も要らない、ただ成たけ正確に現実に屈従するところに表現を求める。ブルジョア・リアリズムの文体侮蔑の極まった文学様式、或はジャアナリズムの探訪主義が到達した一種の文学様式である。わが国の小説界も、漸く社会的に成熟し、ルポルタアジュ文学という言葉も流行する様になったのだが、純文学の社会的孤立というものに久しく悩んでいた御蔭《おかげ》で、このリアリズムの頽廃《たいはい》が生んだ文学様式が、却《かえ》って小説道の新しい道を指示する新鮮な意味を蔵するものの様に迎えられている光景は、甚だ皮肉である。

オリムピア

「オリムピア」*という映画を見て非常に気持ちがよかった。近頃、稀有《けう》な事である。

健康というものはいいものだ。肉体というものは美しいものだ。映画の主題が、執拗《しつよう》に語っている処《ところ》は、たったそれだけの事に過ぎないのだが、たったそれだけの事が、何んという底知れず豊富な思想を孕《はら》んでいるだろう、見ていてそんな事を思った。出て来てもそんな事を考えていた。

砲丸投げの選手が、左手を挙げ、右手に握った冷い黒い鉄の丸《たま》を、しきりに首根っこに擦《こす》りつけている。鉄の丸を枕《まくら》に寝附こうとする人間が、鉄の丸ではどうにも具合が悪く、全精神を傾けて、枕の位置を修整している、鉄の丸の硬い冷い表面と、首の筋肉の柔らかい暖い肌とが、ぴったりと合って、不安定な頭が、一瞬の安定を得た時を狙《ねら》って、彼はぐっすり眠るであろう、いや、咄嗟《とっさ》にこの選手は丸を投げねばならぬ。どちらでもよい、兎《と》も角《かく》彼は苦しい状態から今に解放されるのだ。解放される一瞬を狙ってもがいている。掌と首筋との間で、鉄の丸は、団子にでも捏《こ》ねられる様なあんばいに、グリグリと揉《も》まれている、それに連れて、差し挙げた左手は、空気の抵抗でも確かめる様に、上下する、肌着の下で腹筋が捩《よじ》れる、スパイクで支えられた下肢の腱《けん》が緊張する。彼は知らないのだ、これらの悉《ことごと》くの筋肉が、解放を目指して協力している事は知っているが、それがどういう方法で行われるかは全く知らないのだ。鉄の丸の語る言葉を聞こうとする様な眼附きをしている。恐らくもう何にも考えてはいまい。普段は頭のなかにあったと覚しい彼の精神は、鉄の丸から吸いとられて、彼の全肉体を、血液の様に流れ始めている。彼はただ待っている、心が本当に虚《むな》しくなる瞬間を、精神が全く肉体と化する瞬間を。

僕の眼の前には、これに類する場面が次から次へと現れた。高速度写真のカメラによって映し出される様々な肉体の動きの印象は、いかにも強く、こちらの視覚に何か変調が起り、感受性の世界が脹《ふく》れ上る様な想《おも》いがした。あまりの美しさにぼんやりとした。ある秩序の裡《うち》にいて、ある目的の為《ため》に、精神と肉体とが一致するという事は、何んと難かしい事であろうか。僕等の肉体は、僕等に実に親しいものであり乍《なが》ら、又、実に遠いものではないのだろうか。これは僕の意見とか解釈とかいう様なものではない。心ないカメラが、僕の眼の前に、まざまざと映し出してくれた光景そのものである。

精神と肉体との間に這入《はい》って来たものは、たった一つの鉄の丸なのだ。その鉄の丸が精神と肉体とを引き裂いて了《しま》う。そして、この選手は、与えられた秩序のなかで、両者の合致を創《つく》り出そうと苦しむ。彼の意識はこの苦しみの構造なり段階なりを辿《たど》る事が出来ない、辿ろうとしたら必ず計算を誤るであろう。意識とは雑念邪念の異名となる。彼はただ念ずる、いよいよ烈《はげ》しく念ずる、見事な均整のとれた意志とか祈念とかと名附けたい様なものが、次第に彼のうちに脹れ上り、突如として成功が来る。実に鮮やかな光景である。

長い助走路を走って来た槍投《やりな》げの選手が、槍を投げた瞬間だ。カメラは、この瞬間を長く延ばしてくれる。槍の行方を見守った美しい人間の肉体が、画面一杯に現れる。右手は飛んで行く槍の方向に延び、左手は後へ、惰性の力は、地に食い込んだ右足の爪先《つまさ》きで受け止められ、身体は今にも白線を踏み切ろうとして、踏み切らず、爪先きを支点として前後に静かに揺れている。緊張の極と見える一瞬も、仔細《しさい》に映し出せば、優しい静かな舞踏である。魂となった肉体、恐らく舞踏の原型が其処《そこ》にあるのだ。

併《しか》し、考えてみると、僕等が投げるものは鉄の丸だとか槍だとかに限らない。思想でも知識でも、鉄の丸の様に投げねばならぬ。そして、それには首根っこに擦りつけて呼吸を計る必要があるだろう。単なる比喩《ひゆ》ではない。かくかくと定義され、かくかくと概念化され、厳密に理論付けられた思想や知識は、僕等の悟性にとっては、実に便利な満足すべきものだろうが、僕等の肉体にとってはまさに鉄の丸だ。鉄の丸の様に硬く冷く重く、肉体は、これをどう扱おうかと悶《もだ》えるだろう、若《も》し本物の選手の肉体ならば。無論、初めから選手などにならないでいる事は出来る。思想や知識の重さを掌で積ってみる様な愚を演じないでいる事は出来る。僕等の肉体は、僕等に極めて親しいが又極めて遠いのだ。思想や知識を、全く肉体から絶縁させて置く事は出来る。大変易しい仕事である。

詩人にとっては、たった一つの言葉さえ、投げねばならぬ鉄の丸であろう。ドガ*が慰みに詩を作っていた時、どうも詩人の仕事というものは難かしい、観念《イデ》はいくらでも湧《わ》くのだが、とマラルメ*に話したら、マラルメは、詩は観念で書くのではない、言葉で書くのだ、と答えたと言う。有名な逸話だが、その意味する処は、恐らくドガという選手には直ぐに通じたその真意は、有名になるほど易しいものではない様である。悟性に照らされて、鉄の丸が、或る動かせぬメカニスムに変ずる様に、悟性の君臨するところ、言葉は謎《なぞ》のない観念に変る。精神の動きを精神の裡に捕える仕事は、物質の動きを物質の裡に捕える仕事とまるで異った仕事の様に考えられ勝ちだが、実は少しも異った仕事ではない。言葉というものに対して全く同じ態度を取らざるを得ないのだから。

だが、詩人は、いつも言葉を感受性の上に乗せている。感受性の上に乗る様な言葉を選ぶわけでもなし、又、乗る様に言葉に工夫を施すわけでもない。ありの儘《まま》の言葉というものは、誰にとっても、感覚としてあるより他はないのだ。感受性の網の目を掠《かす》めて、頭の中を言葉が通過する為に、言葉には或る種の工夫が施されなければならないだけである。詩人は、ありの儘の言葉を提げて立っている。彼は、言葉に関して、決して器用な人間ではない。みんなそう思っているが、詩人に関する最大の誤解である。彼は実は、原始人なのだ。音や形や意味が離れ離れになっていない、一つの言葉、それは例えば目の前の一枚の紅葉の葉っぱの様に当り前であり、ありの儘だ。これだけを信じて疑わぬ事が、そんなに難かしい事なのであろうか。やはり難かしい事らしい。それは、ありの儘の自然が住みにくい様なものであるらしい。

*肺腑《はいふ》の言という言葉がある。この言葉の意味を、肺腑から送られる空気で、頭の中にある観念に音が附くと解する人もあるまいが、この言葉が人間の大発見である所以《ゆえん》に深く気附いている人も亦《また》少いのだ。誰だって肺腑の言ぐらい吐くであろう。ただ詩人だけが吐いた事を忘れない。そういう言葉を、行動や推理の道具として消費され紛

失して了う夥《おびただ》しい言葉の群れからはっきり区別する。言葉の故郷は肉体だ。僕等の叫びや涙や笑いが、僕等の最初の言葉である事を疑う者はあるまい。だが、言葉は拡散する。厄介な肉体の衣を脱いで、軽々と拡散する。もう再び肉体を得ないのだとしたら、一体何処《どこ》まで飛び去ればいいのだろうか。詩人とは、その事に気附いた人間だ。彼は言葉を厄介な儘に取り上げる。彼は、人々の間で、偶然に吐かれては忘れられて行く肺腑の言の意味する処に通達しようと努める。ある秩序の下に、どの様な条件を整えて、祈念すれば、人は肺腑の言を為《な》すか、彼はそれを案出する。彼は言葉の選手となる。左手を挙げ、右手に摑《つか》んだ言葉を、首根っこに擦り付ける。

小屋を出て、雑沓《ざっとう》のうちを歩き乍ら、僕の眼の前には、未だ聖火を持って走る裸の人間の形がチラついていた。この影像は、周りに動いている男女より確かなものの様に思われた。その時、僕は陶酔めいたものを感じていたわけではなかった。又、以上書いた様な事を考えていたわけでもなかった。ただ、たった今見て来たものの美しさに、僕を誑《たぶら》かす様なものが一つもなかった事が、はっきり考えられ、それが楽しかったのだ。芸術は自然を模倣する、いや肉体を模倣すると言った方が、遥《はる》かに正しい。オリムピアの廃墟《はいきょ》から走り出して来た男の裸体が又見える。彼の肉体は、ギリシアの昔から少しも変っていない、ギリシア人もあの通りの形で駆けたのだ。何んと確実な真実な形だろう。それにしても、彼の頭に詰め込んだ知識は、何んと変って了ったか。幸いにしてカメラは、そんなものを映し出してはくれなかった。リアリストの仮面を被《かぶ》った現代のセンチメンタリストには、何んと物足らぬ光景だろう。夜空には、電光ニューズが動いていた。それは恐らく、今画面で揚げられた国旗のうちの何本かの意味が、既に変っている事を語っていた。人だかりは、肉体を紛失した者の魂の様に見えた。

マキアヴェリについて

*今度の満洲旅行中、多賀善彦氏の訳で、*マキアヴェリの「*ローマ史論」を読んだ。実に退屈な本で、家に居たらとうに投げ出していたに決っている。旅先きで、他に本を持って来なかったので、止《や》むを得ず読んでいる様な具合であったが、ゆっくり読んでいるうちに、何んとは知れぬ力に惹《ひ》かれて行くのを感じ、とうとう了《しま》いまで引摺《ひきず》られ、それがどういう性質の力であるかに気附いた。「ローマ史論」を読んで、この所謂《いわゆる》権謀術数の大家の姿が、凡《およ》そ当り触りのない陳腐なものに見えたのに驚いた。そして読み進んで行くうちに、この陳腐とみえるものの上に、堂々と腰を下している一人物の力が、明らかに僕に作用するらしく思えたのである。古典を読むという事は難かしい事だ。それは僕が現に眼の前の本から感じている退屈を反省させる。現代人たる僕は、一体どんなものに興味を感じているからこそ、どんなものに退屈するのか、と。

「弱卒を抱えた勇将と弱将を戴《いただ》く勇卒とを比べると、どちらに信頼することが出来るか」と言った類《たぐい》の、広い意味での政治の実際に関する各種各様の論題を取り上げ、マキアヴェリは、綿々と嚙《か》んで含める様に説く。どれもこれも尤《もっと》も千万な意見である。そして僕等は、まさしくこの彼の意見の凡そ空論めいたもののない尤もさに退屈している。一体この本のスタイルに明らかに浮び出ている、マキアヴェリの正面切った正直者の風貌《ふうぼう》から、後世の歴史は何故マキアヴェリズム＊という様なものを作り上げて了ったのか。要するに、彼のあったが儘《まま》の姿をあったが儘に眺めている事に退屈を感じた結果であろうか。人智が進歩したが故《ゆえ》の退屈か。それにしてもこの退屈の性質には余程不健康なものがありそうである。僕は、読後、甲板から海を眺《なが》め乍ら、そんな事を考えた。僕は、広々とした青い海を眺め乍ら、そんな考えに耽《ふけ》るのが大変楽しかった。

この健康で素朴な愛国政治家は、一体何処《どこ》で、ぶら下げてもいない尻尾《しっぽ》を、後世の人達に摑《つか》まれたのか。恐らく、それはこの本の各所に繰返し書かれている次の様な思想であろう。「国家を建設し国法を制定するものとしては、何よりも先に、人間はすべて悪人で、思う通りに振舞う機会があればすかさず其《そ》の非道振りを発揮して私慾を満たそうと身構えていることを常に考えている必要がある。たとえ悪党心が暫《しばら》くのあいだ姿を見せなくても、それは今までの経験では正体を摑めない未知の原因によるものにすぎない。そのうち、いみじくもあらゆる真理の父と呼ばれる『時』の手にかかって姿を現わすようになるものなのである」

併《しか》し、こういう文章から、何も人間理解についてマキアヴェリ流の型という様なものを考える必要もあるまい。そういう型を先《ま》ず考えてかかる事が、そもそも無要な曲解を生む基だ。何故なら、そういう型からマキアヴェリが確かに飛び出すかも知れないが、キリストも市井《しせい》の一皮肉屋も飛び出すだろうから。誰も思想の或る型など信じて生きているわけではない。又、生きられもしない。理解するという事と信ずるという事は、人間が別々の言葉を幾時《いつ》の間にか必要としていたその事が語っている通り、全く性質の違った心の働きである。人間は、万人流にいくらでも理解するが、自己流にしか決して信じない。

若《も》しそうなら、マキアヴェリから、マキアヴェリの自己流を求めた方がいい。その方が確かなものが受取れるだろう。そして、それは何もわざわざ求める様なものではない。マキアヴェリズムの歴史について何事も知らぬ僕の眼が、鼻の先きの本のうちに容易に読み取るものだ。彼の人間観を要約すると、人間は皆悪党だ、という事になるかどうかはまことに曖昧《あいまい》だが、人間は皆んな悪党だ、という彼の口のきき方には彼独特なものがあり、それは直《じ》かに確実に感じられるのである。それと言うのも、僕は眼前に一文学作品を見て、政治思想史の一環を眺めてはいない、恐らくそういう事なのであろう。

彼は、眼に見えた儘の人間を率直に語ろうとして、人間はみんな悪党だ、と遅疑なく言い放つのであって、この考えが少しも彼を驚かせているわけではない。悪とは何かという様な問題が彼を患《わずら》わしているわけでもなし、無論、彼はこの考えからどんな種類の厭人観《えんじんかん》も、でっち上げようとはしていない。

人間はみんな悪党だ、と言う時、恐らく彼はどんな種類の感慨にも耽ってはいないのである。人間はみんな悪党だとは、放って置けば人世に秩序なぞない、という意味を出ない。秩序というものはない、だから工夫して拵《こしら》え上げる必要がある、彼はただそれだけの事を繰返し言っている様に見える。それだけで何故いけないのだろう。彼には悪意もない、侮蔑《ぶべつ》もない、シニスム*もない。それは、彼の物の言い方から明らかに判じられる。「私は公益のほか、何一つ考えた事はない」という彼の言葉は、僕には文字通り信じられる。彼が人が善いからではない、恐らく、この健全なリアリストには、悪意とか侮蔑とかいうものが、そもそも女々しいやくざな退屈な代物《しろもの》と見えていたに相違ない。彼から悪意ある智慧《ちえ》を読み取った後世人の心の側に悪意はある、女々しさはある。それは、この本を小説本でも読む様に読んだ読者の眼には明らかな事だ、と僕には思えた。

　彼には、凡そ空想というものがない。人間の心理とは、人間の性質とは、という様な質問すら彼には浮ばぬらしい、そういう質問が既に空想の種だから。彼はただ人間という実物を見ている、絶えず見ている。悪党という言葉も、現に見えている実物の仮りの名に過ぎぬ。宗教や道徳や或《あるい》は善意や勇気やの実物も、無論、彼の眼を逃れてはいない。偽善は直ぐ看破するが、善の実物をどう仕様と思ったわけではない。「人*間が聖人になり切ったり、または悪党になり切ったりする事は、なかなか出来ないものである」。この本のなかで、そういう一章に僕等が出会う通り、彼の眼には、善悪様々な人間の実物の段階が見えていて、めいめいがその固有の色彩を持ち目方を持ち価値を持っている。彼はそういうものを一層確からしい要素に還元しようと科学者の様に分析を試みようともしないし、そういうものの姿に感慨を催し、哲学者の様にその背後に眼に見えぬ意味を探ろうともしない。彼の方法が科学的だと言われるが、彼はただ非常に純粋な歴史家の眼附きをしていた様に思われる。

　そんな事を思っていると、ふと心に浮んだ言葉があった。確かラスキン*が何処かでこんな意味の事を言っていた。「考えれば考える程、これは驚くべき結論だと自分には思われるのだが、人間の心がこの世で出来る一番立派な事は、何かを見て何を見たか正直に語る事だ」。僕は、こういう言葉が吐けた人の精神の強靱《きょうじん》さを思い、それがマキアヴェリの言葉だったとしても差支《さしつか》えあるまい、と考えた。人間は、まさしく見えた通りのものであって、人間に就いては見えた儘を語るほか、考える事は一切無用である。だから彼は「公益のほか何一つ考えた事はない」。それなら公益に関する信仰は何処から得たか。無論、それは人間界からではない、天からだ。彼の骨格は簡単で明瞭《めいりょう》である。この異端者には神があった。ルネッサンスに於《お》ける理性の発見、人間の発見、何んと曖昧な観念か。

僕は、マキアヴェリの姿を、勝手に思い描き、それが次第に現代人から遠ざかった顔になって行くのが楽しかった。本の表紙に彼の肖像がある。誰の手になった胸像だか知らないが、いかにも、人間はみんな悪党だ、公益を信ずれば足りると言っている様な面魂《つらだましい》で、見ていると気持ちがいい。殺される前でも冗談が言えそうな口許《くちもと》をしている。＊ハルビンの陸軍病院で菊池寛氏が、兵隊さんにこんな話をしていた。或る武士が、名前を忘れて了ったが、或る武士が主君が死んで殉死した。殉死する晩、宴《うたげ》を開いて、楽しく酒を飲んだ、十時に切腹する事にするが、いい心持ちだからそれまで一寝入りする、起してくれ、と寝て了った。起せば腹を切るから誰も起さない。すっかり寝過ごして、夜中に眼を覚まし、家来を呼び附けて何故起さなかったかと言うと、家来共は言葉もなく平伏している。過ぎた事は致し方がない、以後気をつけろ、とぶつぶつ小言を言い乍ら腹を切った。そんな武士の面影を聯想《れんそう》する方がマキアヴェリズムを聯想するより自然であった。僕はこの胸像が、銀座街頭でニヤリとする奇妙な光景を空想した。

彼は人間生活の様々な姿にいちいち照し合わさなければ、決して政治というものを口にしていない。人間理解が、政治を理論化し空想化させぬ錘《おも》りの様な役をしている。人間の様々な生態に準じて政治の様々な方法を説くのを読んでいると、政治とは彼にとって、殆《ほとん》ど生理学的なものだったという風に見える。政治はイデオロギイではない。或る理論による設計でも組織でもない。臨機応変の判断であり、空想を交えぬ職人の自在な確実な智慧である。彼は多くの事を漠然と望まぬ。少しの事を確実に望む。若干の平和と若干の自由とを望めば足りる。若干の平和と若干の自由とを、毎日新たに救い出すより外《ほか》に、平和も自由も空想の裡《うち》にしかないだろう。こういう流儀が、シニスムに陥《お》ち込まない事は稀《ま》れだ。こういう流儀を過《あやま》ちなく行う人は、余程強い理想に支えられていなければならないから。恐らくマキアヴェリは、そういう稀れな人であった。彼は若干の平和と若干の自由とを望めば足りたのだが、若干の愛国心と若干の無私とを抱いていたわけではなかった。こういう人間の心に燃えていた理想ほど人の眼に附き難いものはない。

マキアヴェリは死んで了い、マキアヴェリズムだけが生き長らえたとは妙な事だが、これは難かしい問題ではない。マキアヴェリという理想家が死に、彼の形骸《けいがい》が生き残る方が、後世の政治家にとっては便利だったからだ。所謂「政治闘争の技術」は、これを民衆の為《ため》に使う民主主義者にも、自分の為に使う独裁者にも、同じ様に便利であった。彼の本を文学書の様に読むのも無駄ではない所以《ゆえん》である。

若し彼が政治家として成功したなら、*松平定信の様に、「*君子は国を患《うれ》ふるの心あるべし、国を患ふるの語あるべからず」とそんな事を言ったかも知れない。だが、これはうまく行かず、「*君子固《もと》より窮す」の仲間となった。

匹夫不可奪志

「*三軍モ帥《スキ》ヲ奪フベキナリ。匹夫《ヒップ》モ志ヲ奪フ可《べ》カラザルナリ」という有名な言葉は、普通、人は志を立てる事が、何より肝腎《かんじん》であるという意味に解されている様だが、どうもそんな易しい言葉ではない様である。弟子の誰かが、君子はただ志を立てるのを貴ぶという様な事を言ったところ、孔子が、「匹夫不可奪志也」と答えた、そんな風にとれる。そうとれば孔子の言葉から弟子の質問を合点するとは馬鹿々々しい次第という事になる。

「論語」には、よく捻《ひね》りの利《き》いた辛辣《しんらつ》な言葉が沢山見付かる。これは、孔子という人のいつも元気で若々しい性質から直《じ》かに来ている様に思われる。「*甚矣。吾衰也。久矣。吾不㆔復夢見㆓周公㆒」という様な嘆きのあった人は、死ぬまで青年だったに決っているのだ。それは兎《と》も角《かく》、捻りの利いた言葉を、捻りを戻して合点するのは詰らぬ事だと思う。

志を立てて自分の志は誰も奪う事は出来ぬと思っている君子は、現代にも沢山ある。そんな事は易しいから。匹夫不可奪志という事を納得するという事になれば、これは別事で、誰でも思い立ったら出来るという様な事ではあるまい。

君子の志すところと、匹夫の志すところとは、無論大変違いがあると考えていいが、匹夫の志でも、志である以上、奪う事は出来ない。これは非常に困った事であるが、虚心に人生に接すれば、まさしくそういうものである。そういう困った事になっているのが人生の実相だと思う。

自分は悧巧《りこう》だと己惚《うぬぼ》れたり、あの男は悧巧だと感心してみたりしているが、悧巧というのは馬鹿との或る関係に過ぎず、馬鹿と比べてみなければ、悧巧にはなれない。実に詰らぬ話であるが、だんだんと自分の周囲に見付かる馬鹿の人数を増やすというやり方、実に芸のないやり方だが、ただそういうやり方一つで世人はせっせと悧巧になる。

従って、馬鹿とは、多かれ少かれ悧巧に足りないものだという安易な考え方から逃れる事が難かしい。逃れるチャンスはいくらもあるのだ。例えばなんという馬鹿だ、馬鹿ほど怖いものはない、自分には、どうしてああ馬鹿になれるか全く理解出来ない。そんな事は、誰でも言っているわけである。つまり、馬鹿は馬鹿なりに完全であって、足りない人間ではないという簡明な事実を合点するチャンスに他ならないのだが、チャンスは逸するのが普通で、すぐ元の無意味な悧巧に立戻る。せっかく馬鹿は怖いものだという事を発見したのに、直ぐ怖いけれど馬鹿だと安心して了《しま》う。要するにそういうチャンスというものが例外に見えるのである。悧巧と馬鹿との普段の尋常な関係が、何かのはずみで破れたものと見えるから、言わば惰性で、普段の関係を回復する。勿体《もったい》ない話である。馬鹿が怖いと思った時、実人生の姿がチラリと見えたのである。

志を立てるという事でも、普通、同じ伝でやっている。低級な志だとか間違った志だとかいうものを、自分の周りに、恰《あたか》も、軍勢でも集める様に集めて、志が立った積りなのである。だから、言う事がさかさまになる。志が立ったものに論破すべき論敵があるのは当然ではないか、云々《うんぬん》。孔子は笑って答える、三軍可奪帥也。

経験派というものと先験派というものは、いつもいがみ合っているものだ。一方が、実際に世の中に揉《も》まれてみなければ、何にも解《わか》りはしないのだ、と言えば、世の中なんぞに揉まれるから、子供の純潔な直覚を紛失して了うのだと応ずる。この子供染《じ》みた大人と大人振った子供との言い合いは、退屈で果しのないものである。

何故そういう事になるかと言うと、経験派も先験派も、経験というものを見くびっているからだろうと思われる。一方は経験から様々な狡智《こうち》を学んで得意なのだし、一方は巧みに経験の惑わしから逃れた積りで得意なのだ。いずれにせよ、経験というものは、利用するも敬遠するも、こちらの勝手次第のもの、と高《たか》をくっているのが、飛んだ事なのである。

人生の経験から、自分はどんな智慧《ちえ》を得、どんな智慧を失ったかを思案するのは、雲を摑《つか》む様な話である。例えば、沢山の女と関係した経験があるお蔭《かげ》で、女に対して悧巧になったというのも本当だし、馬鹿になったというのも本当だとしたら、一体どういう事になるか。どういう事にもなるまい。ものを知るには、いろいろな知り方があり、実際に経験するというのも、一種の知り方である、という風に妄想《もうそう》しているから、そんな問題も起るのだろう。僕にはどうでもいい事である。経験によって、人間が悧巧になるか馬鹿になるかという様な事は、よく解らぬ事だし、又、どうでもいい事だ。僕は、経験という事について、もっとよく解る事、どうでもよくない事だけを考える。

経験というものは、己れの為《ため》にする事ではない。相手と何ものかを分つ事である。相手が人間であっても事物であってもよい、相手と何ものかを分って幸福になってもよい、不幸になってもよい、いずれにせよ、そういう退引《のっぴ》きならぬ次第となって、はじめて人間は経験というものをする。そういう点によく心を留めてみると、経験は、場合によっていろいろな事を、教えたり教えなかったりするだろうが、たった一つの事は、あらゆる場合にはっきり教えているという事が解る。若《も》し経験というものに口が利けたら、彼はこんな風な事をぶつぶつ言っていると思う。

「ほら、此処《ここ》に、他人という妙な生き物がいる。まあ、人間には違いないがね。併《しか》し、人間と言っちまうのもどうかと思うね。面相は勿論《もちろん》、組織も性格も運命も、まるで君とは似ても似つかぬ奴だからな。他人と言って置いた方が無難だろう。理解しようなどと思ったって無駄だよ。ふむ、だから経験しているというわけだな。よろしい、大いに経験し給《たま》え。つまり交際するのだな。無論、止《や》むを得ない場合は、喧嘩《けんか》も交際の一種だからな。わかったろうな。扨《さ》て、今度は物だ。他人じゃない。他物とでもいうかな。無論、君は、もう天体だとか物質だとかとは間違えやしまい。自動車が来たから君は除《よ》けたのだな、それに間違いないな。大変よろしい。尤《もっと》も、もっと切実に経験したければ、轢《ひ》かれても構わないのだぜ」

どうも、余り解り切った平凡な事と思われるせいもあろうし、第一ぶつぶつ言う声が甚だ低声であるせいもあって、経験というものを、何かの為にする手段とか、何かに利用する道具とか思い勝ちな人には聞えにくいのであるが、それは兎も角、いずれにせよ、経験の方では、ぶつぶつ言うのを決して止《や》めない。それに耳を傾けていさえすれば、経験派にも先験派にもなる必要はない。この教訓は単一だが、深さはいくらでも増して行く様である。そして、あの世界がだんだんとよく見えて来る、あの困った世界が。それぞれの馬鹿はそれぞれ馬鹿なりに完全な、どうしようもない世界が。困った世界だが、信ずるに足りる唯《ただ》一つの世界だ。そういう世界だけが、はっきり見えて来て、他の世界が消えて了って、はじめて捨てようとしなくても人は已れを捨てる事が出来るのだろう。志を立てようとしなくても志は立つのだろうと思える。それまでは、空想の世界にいるのである、上等な空想であろうと下等な空想であろうと。それまでは、匹夫不可奪志也と言った人が立てた志はわかろう筈《はず》もないのである。

断るまでもない事だが、僕は、relativism＊という現代の洒落《しゃれ》には全く何んの関係もない事を書いたのである。

「ガリア戦記」

*ジュリアス・シイザアに、「*ガリア戦記」というものがあるのは承知していたが、*最近、*近山金次氏の飜訳が出たので、初めて、この有名な戦記が通読出来た。少し許《ばか》り読み進むと、もう一切を忘れ、一気呵成《かせい》に読み了《お》えた。それほど面白かった。というより、もっと正確に言うと、ただ単にロオマの軍隊が、中途で休んでくれなかったが為《ため》である。勿論《もちろん》、別して読後感という様な小うるさいものも浮ばず、充《み》ち足りた気持ちになった。近頃、珍らしく理想的な文学鑑賞をしたわけである。

ここ一年ほどの間、ふとした事がきっかけで、*造形美術に、われ乍《なが》ら呆《あき》れるほど異常な執心を持って暮した。色と形との世界で、言葉が禁止された視覚と触覚とだけに精神を集中して暮すのが、容易ならぬ事だとはじめてわかった。今までいろいろ見て来た筈《はず》なのだが、何が見えていたわけでもなかったのである。文学という言葉の世界から、美術というもう一つの言葉の世界に、時々出向いたというに過ぎなかった。そしていつも先方から態《てい》よく断られていたのだが、無論、そんな事はわからなかった、御世辞を真に受けていたから。と、そんな風にでも言うより他はない様な或る変化が徐々に自分に起った様に思われる。美の観念を云々《うんぬん》する美学の空《むな》しさに就いては既に充分承知していたが、美というものが、これほど強く明確な而《しか》も言語道断な或る形であることは、一つの壺が、文字通り僕を憔悴《しょうすい》させ、その代償にはじめて明かしてくれた事柄である。美が、僕の感じる快感という様なものとは別のものだとは知っていたが、こんなにこちらの心の動きを黙殺して、自ら足りているものとは知らなかった。美が深ければ深いほど、こちらの想像も解釈も、これに対して為《な》すところがなく、恰《あたか》もそれは僕に言語障碍《しょうがい》を起させる力を蔵するものの様に思われた。それでも眼が離せず見入っていなければならないのは、自分の裡《うち》にまだあるらしい観念の最後の残滓《ざんし》が吸い取られて行くのを堪えている気持ちだった。併《しか》し、そんな風に言ってみても、一種の快感の分析を出まい。

文学に興味を持ち出して以来、どの様な思想もただ思想として僕を動かした例《ため》しはなかった。イデオロギイに対する嫌悪《けんお》が、僕の批評文の殆《ほとん》どただ一つの原理だったとさえ言えるのだが、今から考えるとその嫌悪も弱々しいものだった様に思われる。好んで論戦の形式で書いたという事が既にかなり明らかな証拠だろう。そして今はもう論戦というものを考える事さえ出来ない。言葉と言葉が衝突して、シャボン玉がはじける様な音を発するという様な事が、もう信じられないだけである。

扨《さ》て、「ガリア戦記」について書き始めたのを忘れたわけではない。それは、文学というより古代の美術品の様に僕に迫り、僕を吃らせたので、文章が自《おのずか》らこんな風な迂路《うろ》を描いた。シイザアの記述の正確さは、学者等《ども》の踏査によって証明済みだそうだが、彼等が踏査に際し、地中から掘起して感嘆したかも知れぬロオマの戦勝記念碑の破片の様に、戦記は僕の前にも現れた。石のザラザラした面、強い彫りの線、確かにそんな風に感じられる、現代の文学のなかに置いてみると。文学というものは、元来君等の考えているほど文学的なものではないのだ、そう「戦記」は言っている様な気がしてならない。昔、言葉が、石に刻まれたり、煉瓦《れんが》に焼きつけられたり、筆で写されたりして、一種の器物の様に、丁寧な扱いを受けていた時分、文字というものは何んと言うか余程目方のかかった感じのものだったに相違ない。今、そういう事を、鉛の活字と輪転機の御蔭《おかげ》で、言葉は言わば全くその実質を失い、観念の符牒《ふちょう》と化し、人々の空想のうちを、何んの抵抗も受けず飛び廻っている様な時代に生きている僕等が、考えてみるのは有益である。読者の思惑なぞは一切黙殺して自足している様な強い美しい形が、文学に現れるのがいよいよ稀《ま》れになった。この様子で行くと、文学は、読者の解釈や批判との紛糾した馴合《なれあ》いのうちに悶絶《もんぜつ》するに至るだろう。

「ガリア戦記」は、*兵馬倥偬《こうそう》の間《かん》に、驚くべき速さで書かれた*元老院への現地報告書に過ぎないそうである。而も、何故、僕は、紛《まが》う処のない叙事詩の傑作を読むのだろうか。訳文はかなり読みづらいものだった。だが、そんな事は少しも構わぬ。発掘された彫刻の表面が腐蝕《ふしょく》している様なものである。原文がどんな調子の名文であるかすぐ解って了《しま》う。政治もやり作戦もやり突撃する一兵卒の役までやったこの戦争の達人にとって、戦争というものはある巨大な創作であった。ガリア戦役という創作で、彼が通暁《つうぎょう》しなかった一片の材料もなかったであろう。知り尽した材料を以ってする感傷と空想とを交えぬ営々たる労働、これは又大詩人の仕事の原理でもある。「ガリア戦記」という創作余談が、詩の様に僕を動かすのに不思議はない。*サンダルの音が聞える、時間が飛び去る。

表現について

私は、若い頃から、音楽が非常に好きだった。ただ好きなだけで、専門的知識なぞ一向ない。今も控室で、此処《ここ》の蓄音機から、バッハの組曲が聞えて来て、大変楽しい気持ちで坐っていた。まことに嘘《うそ》も冗談も災いもない、幸福な而《しか》も真面目《まじめ》な世界です。そういう世界が、スウィッチ一つ入れれば、ほんとうに現れる、魔術でも幻でもない。私は、そう信じているだけなのでして、音楽の専門の方々に立ち混って、専門的なお話をする資格はない。私が、これから思いつくままにお話ししたいのは、芸術の表現というものについて、平素考えている事であります。お話をするについて音楽を例にとりたい、そういう考えで参ったに過ぎない。何かを例にとってお話ししないと、表現 expression という言葉の曖昧《あいまい》さのなかに、道を失って了《しま》う恐れがある。ダアウィン*が「人間と動物に於ける感動のエクスプレッション」を研究する時に、エクスプレッションという言葉をどう解釈していたか、廿世紀初頭の*エクスプレッショニスムの芸術家達の間では、それはどういう意味であったか、というあんばいである。音楽を例にとりたいというのは、音楽という極めて純粋な芸術形式に照してお話しすると、お話がしやすかろうと考えたまでで、うまく行くかどうかは、お話ししてみないとわからない。私は音楽史なぞにも暗いので、音楽史的解釈に関しては、*パウル・ベッカーの音楽史に現れた考え、私はたまたま読んで大変正しい考えの様に思われたので、それを頼りとしてお話ししたい。

手短かなところから始めましょう。音楽の好きな人達で、この音楽は一体何を表現しているのだろうかという問題を、考えてみなかった人はあるまいと思う。例えば、ベエトオヴェンの作品二七番のソナタの一つは、普通、「月光曲」と言われている。これはベエトオヴェン自身が名附けたのではない。或る男が、あの有名な*アダヂオを聞いて、まるで湖上を渡る月の光の様だと言ったところが、いかにもそういう静かな気分の曲だという事になって了った。ある男の気まぐれが、このソナタの第一楽章の内容を決定して了ったという事になります。私は*嘗《かつ》てこんな映画を見た事がある。夜中に、女が一人、ピアノの前に坐っている。突然、男が闖入《ちんにゅう》して来る予感に捕えられる。女は男を憎んでいるのか愛しているのか、自分でもよく分らぬ、来て欲しいし、来られたら困る。彼女の指は、われ知らずキイの上を動く、闇《やみ》の中に、じっと眼を据えて、無意識に弾き出したのは、驚いた事には「月光曲」であった。テムポは、次第に早くなる、もう疑う余地はない、それは完全に女の心の不安と動揺を表現していました。フランスの国歌の「ラ・マルセイエーズ」は、誰も知っている様に、大変勇ましい曲であるが、ゲエテは、*マインツの包囲戦の時、退却するナポレオン軍が、この曲を奏するのを聞き、復讐《ふくしゅう》の毒念の如《ごと》き、何んとは知れぬ恐ろしい、暗い、人の心を傷つける様なものを感じて、慄然《りつぜん》としたと言っております。音楽というものは、聞く人のあらゆる気紛《きまぐ》れを許す、その時々のあらゆる感情を呑《の》み込んで平気な顔をしている様に見える。ベエトオヴェンの六番シンフォニイは「田園」という表題を持っている。これは他人が勝手につけた名ではない。ベエトオヴェン自身、このシンフォニイによって、田園生活の感情なり気分なりを表現しようとしたものであり、楽章ごとに、「小川の辺《ほとり》」だとか「夕立と嵐」だとかいう名前がついている事は、誰も知っているところです。併《しか》し、例えば彼の八番シンフォニイを、自分は、田園と呼びたい、最終楽章は、嵐の後の喜びを現したものと解したい、と言い張る人があったとしても、ベエトオヴェンに、充分根拠ある異議を唱える事が出来たであろうか。無論気紛れで、シンフォニイは書けないだろうが、書いているシンフォニイを、田園と呼ぼうとする時は、気紛れが物を言う、少くとも田園という表題は、音楽が表現する何か言うべからざるものを暗示する記号に過ぎない、そういう次第のものではあるまいか。極く手短かな話でも、表現という問題は、もうかなり面倒な表情を呈します。

＊＊＊

expression の表現という訳語は、あまりうまい訳語とは思えませぬ。expression という言葉は、元来蜜柑《みかん》を潰《つぶ》して蜜柑水を作る様に、物を圧《お》し潰して中味を出すという意味の言葉だ。若《も》し芸術の表現の問題が、一般芸術上の浪漫主義の運動が起って来た時から、喧《やか》ましくなったという事に注意すれば expression という言葉のそういう意味合いを軽視するわけにはゆかぬという事が解る。古典派*の時代は形式の時代であるのに対し、浪漫派*の時代は表現の時代であると言えます。常に全体から個人を眺めていた時代、表現形式のうちに、個性が一様化されていた時代に、何を表現すべきかが、芸術家めいめいの問題になった筈《はず》がない。圧し潰して出す中味というものを意識しなかった時代から、自明な客観的形式を破って、動揺する主観を圧し出そうという時代に移る。形式の統制の下にあった主観が動き出し、何も彼《か》も自分の力で創《つく》り出さねばならぬという、非常に難かしい時代に這入《はい》るのであります。ベエトオヴェンは、こういう時代の転回点に立った天才であった。青年期にフランス革命*を経験した彼には、個人の権利と自由との思想は深く滲透《しんとう》していたのであるが、音楽を教会と宮廷とから奪回して、自由な市民の公共の財産とする為《ため》には、単なる観念上の革命では足りぬ。全く新しい音楽を実際に創り出さねばならぬ。表現するとは、己れを圧し潰して中味を出す事だ、己れの脳漿《のうしょう》を搾《しぼ》る事だ、そういう意味合いでの芸術表現の問題に最初に出会い、この仕事を驚くほどの力で完成した人である。ここで忘れてならぬのは、ベエトオヴェンは、自己表現という問題を最初に明らかに自覚した音楽家であったが、自分の意志と才能との力で新しく創り出すところは、又万人の新しい宝であるという不抜《ふばつ》の信仰を抱いていたという事です。個人の独創により、普遍的人間性を表現しようとする十九世紀理想主義の権化《ごんげ》たる点に於《お》いて、ベエトオヴェンは、文学の世界で言うならゲエテやバルザックに比すべき稀有《けう》な芸術家だったのであって、そういう人達が実現した具体的な範型を思わずに、芸術表現の問題を論じても仕方ないのであります。彼等が遺《のこ》した芸術表現の範型は、まことに及び難い高所にあるのでありまして、その後浪漫派芸術家達は、いよいよ表現の問題に苦しむ様になったが、誰にも、これを突破して進む事は適《かな》わなかった。彼等の表現は寧《むし》ろ、この頂上から次第に顛落《てんらく》し、分裂して行った様に思われます。

＊＊＊

個性や主観の重視は、各人に特殊な心理や感情や思想の発見とその自覚を生む。己れの生活経験に関する、独特の解釈とか批判とかが必要になって来る。こういう仕事をやるのに最も便利な道具は、言う迄《まで》もなく言葉という道具です。従って、浪漫主義の運動は、先《ま》ず文学の上に開花したのであるが、やがて、音楽もこの影響を受けずにはいない。嘗て、音という普遍的な運動の中に溶け込んでいた音楽家の意識の最重要部が、言葉の攻撃を受けるという仕儀になった。こういう攻撃に堪えるには、余程の力が要る。今日から見てベエトオヴェンが古典派と浪漫派との間を結ぶ大天才と映るのも、音と言葉、音の運動の必然性が齎《もたら》す美と、観念や思想に関する信念の生む真との間の驚くべき均衡を、私達は彼の作品に感ぜざるを得ないからであります。そしてこれがどんなに常人の及びもつかぬ力技であったかは、彼の後に来た豊かな才能を抱いた多くの浪漫派音楽家の苦しみを見れば、合点がゆくのである。ベエトオヴェンに於ける個性や主観の強調は、*第九シンフォニイの「喜びへの讃歌《さんか》」という信念に保証されている。ただこの信念の正しさは、ベエトオヴェンという一個の天才の力によって支えられていたのであって、嘗ての教会という社会的な組織の力によってではなかった。そういう処《ところ》に、歴史というもののどうにもならぬ残酷な動きがあるのでありまして、彼の後に来たものは、既に失われたこの天才の力を再び取り上げようとして、その力の不足を歎《たん》ぜざるを得なかったという事になった。自己表現欲だけはいよいよ盛んになり、複雑なものになり、又、その表現手段としての和声的器楽*の形式も豊富なものになったが、自己の行方は次第に見定め難くなり、各人が各人独特の幸福や不幸を抱いて孤立して行くという傾向を辿《たど》ったのであります。ゲエテが早くも気付いていた「浪漫主義という病気」に、芸術家達はかかった、いや、進んで、良心をもって、かかったのである。新しい芸術の表現形式が成立する為には、先ず何を措《お》いても、己れの感情や心理の特異な使役、容易に人に語り難い意識や独白に関する自覚、そういうものが必要になって来るという事は、芸術家の仕事を大変苦しいものにします。必要は愛着を生む。人は苦しみを愛し始めます。この事は、ウェーバーやシュウベルトやメンデルスゾオンやシュウマンの早熟早世と決して無関係ではありますまい。

前に申した通り、浪漫派音楽の骨組は、音と言葉との相互関係、メンデルスゾオンが「無言歌*」を作った様に、如何《いか》にして音楽を音の言葉として表現しようかという処にあった。これは、対象のない純粋な音の世界に、感情や心理という対象、つまり言葉によって最もよく限定出来る内的風景が現れ、その多様性を表現せんとする事が音楽の形式を決定する様になったと言えます。純粋な音楽の世界から、言わば文学的な音楽の世界への移行は、非常な速度で進んだ。どんな複雑な微妙な感動でも情熱でも表現出来るという、音楽の表現力の万能に関する信頼は、遂《つい》に*ワグネルに至って頂点に達した。彼の場合になると、シュウマンの*詩的主題も、リストやベルリオーズの標*題楽的主題も、もはや貧弱なものと見えた。主観の動きを表現する音楽の万能な力は、ワグネルにあっては、ある内容の表現力と考えるだけでは足らず、そういう音楽現象を、彼の言葉で言えば、音の「行為」Tat、合い集って、自ら一つの劇を演じている「行為」に外ならぬと観ずるに至ったのであります。この音の「行為」が舞台に乗らぬ筈はない。音という役者は、和声という演技を見せてくれる筈である。これがワグネルという野心的な天才の歌劇とか祝典劇とかの、殆《ほとん》ど本能的な動機です。彼は、これを「形象化された音楽の行為」と呼んだ。

ニイチェの発狂する前年の作に*「ニイチェ対ワグネル」というものがあります。「パ*ルジファル」の哲学が、腹に据えかねたニイチェの苛立《いらだた》しさを割引して見れば、ワグネルに於いて、空前の豊富さに達した音楽の表現力が露《あら》わにした音楽の危機について、これほど鋭い観察を下した人はない。彼は、ワグネルの達した頂に、「終末」と「デ*カダンス」とが、既に生れている事を看破したのである。ニイチェはワグネルを、

「微小なるものの巨匠」と呼びます。彼に言わせればワグネルという人は、非常に苦しんだ音楽家だ、おし黙った悲惨に言葉を与え、苛《さいな》まれた魂の奥に音調を見出《みいだ》す自在な力を持っていた、「隠された苦痛、慰めのない理解、打明けぬ告別のおどおどした眼差し」、そんな音楽にもならぬものまで音楽にする驚くべき才を持っていた。要するに、これはニイチェ独特の表現であるが、「魂の持つ様々な、実に微細な顕微鏡的なもの、言わばその両棲《りょうせい》動物的天性の鱗屑《うろくず》」を表現した巨匠だと言うのです。これも、いかにもニイチェらしい言い方だが、「芸術家は、しばしば自分の一番よく出来る事を知らないのである」。表現の自在を頼み過ぎたこの音楽家は、やたらに大きな壁画を作ろうとした。大袈裟《おおげさ》な「救い」の哲学を、劇場で、腑《ふ》抜けの賤民《せんみん》どもの前に拡《ひろ》げてみせた。まことに、己れを知らぬ野心家である、とニイチェは怒る。併し、ワグネルは自分には気付かず、隠れたまま、自分自身にも隠れたまま、ささやかな彼本来の傑作を、到《いた》る処にばらまいている。そして、成る程それは傑作ではあるが、決して健康な音楽とは言えぬ、そういうニイチェの観察には、非常に正しいものがある様に思われます。

＊
＊＊

ニイチェが、「ワグネル論」を書いたのは、一八八八年であるが、ワグネルの大管絃楽が、浪漫派文学の中心地パリ*で爆発したのは、それより廿年《にじゆう》も前の事であった。これは非常な事件だったので、人々はこの新音楽の応接に茫然《ぼうぜん》たる有様だったが、そこに、詩の表現に関する一大啓示を読みとった詩人があった、それがボオドレエルであります。当時文学界に君臨していたのは、言う迄もなくヴィクトル・ユーゴーであって、彼の詩を音楽に譬《たと》えれば、あらゆる旋律、和声、転調を駆使した大管絃楽だったのであるが、ボオドレエルは、この浪漫派の巨匠から脱出する道を、譬え話ではない本物の大管絃楽に見付けた。ワグネルの音楽が、文学の侵入を受け、殆ど解体せんとする和声組織の上で、過剰な表現力を誇示していたという様な事は、廿年後に、ニイチェが言う事であって、ボオドレエルの関知する処ではない。音楽に於ける浪漫主義が、そこまで達した時、この先見の明ある詩人は、文学に於ける浪漫主義の巨匠の表現が、余りに文学的である事に気付いた。ワグネルの歌劇が実現してみせた数多《あまた》の芸術の綜合《そうごう》的表現、その原動力としての音楽の驚くべき暗示力、これがボオドレエルを、最も動かしたものであって、言ってみれば、これは、音楽の雄弁によって詩の饒《じよう》舌《ぜつ》をはっきり自覚した、嘗て言葉の至り得なかった詩に於ける沈黙の領域に気付かせたという事だ。ニイチェが微小なるものの巨匠と巨大なるものの道化師を見た処に、ボオドレエルは、彼の言葉を借りれば、引力の繋縛《けいばく》から逃れ、強度の光の中を駆ける逸楽と認識とからなる恍惚《こうこつ》を味《あじわ》った。無論ワグネルの哲学なぞ問題ではなかった。これはまことに面白い事です。人は誰も自分の欲するものしか見ない様だ。いや、それよりも、芸術家にとって表現の問題は、単なる頭の問題ではない、音だとか言葉だとかという扱う材料の性質に繋《つなが》る、それぞれの固有な技術の問題なのであります。個人の自由や解放に関する主張だけでは、芸術家はどう仕様もない。浪漫派音楽家達が、大いに羽を延ばす事が出来たのも、楽器の発明改良というものが物を言ったのである。例えばピアノという楽器の急速な進歩による、その自在な表現力は、シュウマンの詩情の表現に関する喜びや苦しみと離す事が出来ない。更に言えば、ソナタ形式という、主観の運動の表現に適した動的な表現形式も、何も音楽家が頭で考え出したわけではない、単独で、数多の楽器を集合した効果が出せる様に改良されたピアノという楽器のメカニスムが齎した、音感覚の分析から生じて来るのであります。ワグネルの野心的な歌劇も、いよいよ豊富になった管絃楽の構成により、音の量感であれ、色彩感であれ、あらゆる和声の運動の実現が可能となるにつれて、この運動そのものが劇的な動きと感ぜられるに至ったという所から来ている。ある伝説を素材として、いかなる思想を表現しようかという彼の企図も、先ず基本和声が現れ、それが展開し、動揺し、不安定な状態に入り、最後に、和声は平衡を取戻さなければならぬという、和声音楽の構造の必然性に左右されるのであります。

併し、これは音楽の非常な強みであり、文学となると違って来ます。これは彼等の扱う根本の素材の相違から来る。私達の耳の構造は、＊噪音《そうおん》から＊楽音《がくおん》をはっきり区別して感受する様に出来ている。よく調律されたピアノの発する一音符は、耳に快適な音であるという理由で、既に独立した純粋な音楽の世界を表現しています。そればかりではない。物理学は、この音の計量的性質を明らかにして、音響学を可能にする、そこから、音の快感と音の計量との間に、はっきりした関係が成り立つ。ピアノという楽器は、音楽家の自己表現の道具であるとともに、物理学者の音響計量の実験器でもある。音という素材は、明瞭《めいりょう》に分類され定義された実体として、音楽家の組合せを待つばかりである。こんな幸運には、詩人は出会っておりませぬ。音の単位というものがあるから音響学は成立するのだが、詩学を作ろうにも、詩的言語単位というものを得る事が出来ない。詩人は日常言語の世界という、驚くほど無秩序な素材の世界を泳ぎ廻っているのだが、その中から詩的言語というものを、はっきり認識するいかなる便利な能力も持っておりませぬ。音叉《おんさ》もメトロノームもない。詩作の一定の方法なり、詩の一定の形式なりを保証するものは、伝統という曖昧《あいまい》な力だけだ。詩の秩序は、常に言葉の本質的な無秩序の攻撃に曝《さら》されている。音楽の形式は変遷《へんせん》するが、それは音楽という固有な世界の中での秩序の移り変りである。つまり音楽は音楽たる事を止《や》めはしないが、詩は、扱う素材の曖昧さの為に、詩でないものに顚落《てんらく》する危険を自ら蔵しているものなのであります。

私達は、苦もなく自然主義*に対して浪漫主義という事を言い、理性や観察を重んずる傾向に対し、情熱や想像力を尊重する傾向を考える。リアリストは、侮蔑《ぶべつ》的にロマンチストという言葉を使う。併《しか》し、音楽の上でも文学の上でも、浪漫主義の動きは、十八世紀の啓蒙《けいもう》*思想という批評精神から生れたものであり、その性質は決して簡単なものではありませぬ。啓蒙時代の選良達*は、伝統破壊者としては自由主義者であり、何を措いても理性を尊重し、信仰を否定する主知派であり、不合理な習慣による社会的権威を認めぬ点で個人主義者であり、自然主義者でもあった。かような複雑な性質が集って、自己批評、自己解放の一途を辿ったのである。外的な束縛を脱した自己が、自由に考えた処を、自由に感じた処を、そのまま表現する。従って、浪漫派文学の時代は、告白文学の時代であり、自由な告白には、約束の多い詩の形式より散文が適するから、これは又散文の時代を招来しました。文学の romantisme を宰領したのは、roman（小説）だったのであります。浪漫派の大詩人達は、すべて告白を、小説を書いた。ユーゴーの決定的な成功は「レ・ミゼラブル」によって定ったのである。つまり、これは、詩はその伝統的な形式の枠の中で、饒舌の為に平衡を失った内容で、はち切れんばかりになり、いつでも自由な散文形式に逸脱しようとする状態にあったという事であり、これが、ボオドレエルが感じた危機であります。では、彼が得た音楽からの啓示とはどんな性質のものであったか。

***

もともと言葉と音楽とは一緒に人間に誕生したものである。一つの叫び声は一つの言葉です。リズムや旋律の全くない言葉を、私達は喋《しゃべ》ろうにも喋れない。歌はそこから自然に発生した。古い民謡は、音楽でもあり詩でもある。而《しか》も歌う人は、両者の渾《こん》然《ぜん》たる統一のなかにあるのであるから、その統一さえ意識しませぬ。彼はただ歌を歌うのだ。ただ歌を歌うのであって、いかなる歌詞をいかなる音楽によって表現しようかという様な問題はそこにはないのであります。

こういう問題が現れて来る為《ため》には、表現力に於いて、人声という楽器を遥《はる》かに凌《しの》ぐ楽器の出現が必要だった。人間の声にある男女の別や個人差を全く消し去って、常に同一な純粋な音を任意に発生させ、人声を使用しては到底成功覚束《おぼつか》ない豊富な和音や、正確な迅速な転調が、易々《やすやす》と出来る様な楽器の出現、つまり、非人間的な音のメカニスムが発明され、それが人間に対立するという事が必要だったのであります。ここに非人間的楽器が、いかにして人間的内容を表現し得るかという問題が自覚される。勿論《もちろん》、一方、これに、時代思想は、個人の発見、自覚、内省という方向に動いて行き、表現すべき人間的内容に関する意識は、いよいよ複雑なものになり、到底、単純な表現手段では間に合わなくなって来るという事情が、照応しているのであります。

音楽家は、批判的精神によって複雑な自己を表現する必要に迫られた時、和声的器楽という素晴しい形式を発見した。これは前に申し上げた様に、楽音という素材に固有な性質から来たのである。これが、ボオドレエルがワグネルの音楽から直覚し驚嘆したものなのであって、彼は歌を聞いたのではない、管絃楽器の大建築を見たのだ。

詩人は、長い間、同じ歌を歌っていた。彼の知っていた音楽は、人声という単純な楽器の発する音楽であった。詩の内容の複雑さが、単純な詩形に堪えられなくなった時、彼には器楽の発明の如《ごと》き好都合な新しい表現形式が見つからぬままに、散文に走るより他はなかった。フランスの古典詩でも、十七世紀の後半には、もう散文化の傾向をとっていたのであります。これも前に述べた様に、言葉という素材に固有な性質から来ているのです。扨《さ》て、諸君には、もう充分御推察がいったであろうと思うが、ボオドレエルが決意した仕事は、詩形の改良という様な易しい事ではなかった、詩の世界の再建であった、音楽家の創作方法に倣《なら》って、詩という独立世界を構成する事であった。

ボオドレエルの「ワグネル論」*のなかに、こういう言葉があります。「批評家が詩人になるという事は驚くべき事かも知れないが、一詩人が、自分のうちに一批評家を蔵しないという事は不可能である。私は詩人を、あらゆる批評家中の最上の批評家とみなす」。これは、次の様な意味になる。天賦《てんぷ》の詩魂がなければ詩人ではないだろうが、そういうものの自然的展開が、詩である様な時は既に過ぎたのである。近代の精神力は、様々な文化の領域を目指して分化し、様々な様式を創《つく》り出す傾向にあるが、近代詩は、これに応ずる用意を欠いている。詩人のうちにいる批評家は、科学にも、歴史にも、道徳にもやたらに首をつっ込み、詩人の表現内容は多様になったが、詩人には何が可能かという問題にはまともに面接していない、散文でも表現可能な雑多の観念を平気で詩で扱っている。それというのも、言葉というものに関する批判的認識が徹底していないからだ。詩作とは日常言語のうちに、詩的言語を定立し、組織するという極めて精緻《せいち》な知的技術であり、霊感と計量とを一致させようとする恐らく完了する事のない知的努力である。それが近代詩人が、自らの裡《うち》に批評家を蔵するという本当の意味であって、若《も》し、かような詩作過程に参加している批評家を考えれば、それは最上の批評家と言えるであろう。恐らくそういう意味なのであります。

ボオドレエルは、こういう考えを既に、*エドガア・ポオの詩論から得ていたのであるが、恐らくワグネルのうちに鳴り響いたものは、理想的詩論そのものの様に思えたでありましょう。*「悪の華」には歴史も伝説も哲学もない、ただ詩という言い難い魅力が充満している。言葉はひたすら普通の言葉では現し難いものを現さんとしているのであります。音楽から影響されて、音楽的な詩を書いたという様な事ではない。音楽家が楽音を扱う様に言葉を扱わんとしているのである。言葉の持つ実用的な性質、行為の手段としての言葉、理解の道具としての言葉、そういうものから、いかにして楽音の如く鳴る感覚的実体としての言葉を掬《すく》い上げるか。そして、そういうものを如《い》何《か》にして或る諧調《かいちょう》に再組織するか。それがつまりは、内的な感動を表現する諸条件を極めるという事だ。「悪の華」は、言葉に関するそういう驚くべき意識的な作業の成果であって、ボオドレエルを継ぐ*象徴派詩人達の活動は、「悪の華」の影響なしには、到底考えられないのである。私は、ここで象徴派詩人達についてお話を進める気はない。ただ表現の問題で一番苦しんだのは彼等であり、この問題で、音楽はいつも彼等の仕事の範型となって現れていたという事を申し上げて置けばよいのであります。

＊＊＊

現代は散文の時代である。詩は散文の攻勢に殆《ほとん》ど堪えられない様になっている時代であるとは、皆様御承知の事ですが、この事を表現という問題から考えてみたら、どういう事になるか。これは一般に、あまり注意されていない様に思われます。前にex-pressionという言葉は、元来物を圧《お》し潰《つぶ》して中味を出すという意味合いの言葉であるという事を申し上げたが、散文では、そういう意味合いでの表現という言葉は、次第にその意味が薄弱になって来た、その代りに広い意味で、描写という言葉が使われ出したと考えてよかろうと思う。表現するのではない、描写するのである。言う迄《まで》もなく、こういう傾向は、実証主義*の思想が齎《もたら》した観察力の重視から来た。表現が描写に変ったという様な言い方は、まことに乱暴な様であるが、これは結局十九世紀小説の自然主義とか現実主義とかいう言葉よりは、はっきりした概念を語る事が出来るのではあるまいかと考えます。

人間を、事物を正確に観察し、それをそのまま写し出す。対象の世界は、いくらでも拡《ひろが》ります。観察をしている当人の主観はと言えば、これ又心理学の発達により、心理的世界という対象に変じます。観察の赴くところ、すべてのものが外的事物と変ずる。作者は圧し潰して中味を出そうにも、中味が見当らなくなる。極端に言えば、自己は観察力の中心となり、言葉は観察したものを伝達する記号となります。こういう傾向が非常に強くなった文学が、ナチュラリスム*の小説とかレアリスム*の小説とかだと考えると、そこで言葉というものの扱われ方が、詩人の場合とはまるで異っている事に気付く筈《はず》です。詩人は、ワグネルが音楽を音の行為 Tat と感じた様に、言葉を感覚的実体と感じ、その整調された運動が即《すなわ》ち詩というものだと感じている。無論言葉では音の様に事がうまくはこばないが、ともかく詩人はそういう事に努力している。従って詩では、言葉が意味として読者の頭脳に訴えるとともに、感覚として読者の生理に働きかける。つまり詩という現実の運動は、読者の全体を動かす、私達は私達の知性や感情や肉体が協力した詩的感動を以って、直接に詩に応ぜざるを得ない。これが詩の働きのレアリスムでありナチュラリスムである。対象の言葉による合理的な限定を根本とする描写尊重の小説では、言葉は実体を持っていない、専《もっぱ》らわれわれの観念を刺戟《しげき》する目的の為の記号である。小説のうちにある作者の意見や批評は勿論の事だが、小説のあらゆる描写は、直接に読者の頭脳に訴えるもので、そこに対象を見る様な錯覚を生じさせれば、それでよい。読者の頭だけが働く、肉体は休んでいます。或る人間が動いているのを見る様な錯覚に捕えられる、すると自分が動いている様な気がする、気がするだけで実際には動いていない、動いていないどころではない、息を殺して、身動きも出来ない様な状態を拵《こしら》えないと、充分に自分が動いているという錯覚が得られない。小説を、夢中になって読んでいる人を、観察してみれば、直ぐわかる事です。彼は、事実、夢の中にいる。

小説家は、読者に現実の錯覚を起させる目的の為には、手段を選ばぬ様に見えます。詩語であれ、抽象語であれ、実用語であれ、何んでも構わぬ。彼は、言葉自体の魅力なぞは殆ど信用していない。言葉は彼等の対象ではない。対象は事物である。対象の錯覚を読者に与える為に、言葉という道具を動員するのである。だから、観察の深浅という事は勿論別だが、大小説も見聞を語る普通人の話と表現の上で本質的な違いはないと言えます。小説の読者は、小説の形式の美しさに心を引かれるのではない。描かれた事件や物語に身をまかせるのだ。活字が眼に這入《はい》れば、もう言葉は要らぬ。勝手に人生の方に歩き出す気になればよい。詩人は言葉の厳密な構成のなかに、人を閉じ込めようと努めますが、小説家は事物の描写や事件の演繹《えんえき》によって、文学形式という枠から読者を解放します。従って、ここに驚くほど無秩序な小説が現れたとして、作者が、無秩序は自分の責任ではない、私の忠実に描いた無秩序な社会生活の責任であると言ったとしても、彼の弁解に全く道理がないとは言えないのであります。私達が理解している近代小説には、すべてそういう強い傾向が現れている。

無論、私は極端なお話をしているので、実際には、詩と散文とがはっきり区別されて世に現れるものではない。ボオドレエルでさえ、ある自作には「散文詩」という名を与えているのですし、全く詩の性質を含まぬ小説というものもない。併し、傾向としては、以上述べた様な事は、疑いのない処《ところ》なのであって、一般の情勢は内的なものに自ら形を与えるという意味での表現というものから、外的なものをそのまま写し出す描写というものに進んで行った。ゾラのナチュラリスムが現れる頃には、絵画の方でも描写の極端なものとしてアンプレッショニスム*が現れると言った様なものである。そういう芸術家達が、どうして外的な真実を写し出す事に専念し、写し出す主体の問題に心を労しなかったかというと、これは当時の科学万能の思想の裏付けに依《よ》るのである。人格的意識は、事物のエピフェノメノン*、附帯現象であるという科学的態度が、知らず識《し》らずの間に、芸術家の制作態度の裡に深く滲透《しんとう》していたからであります。自己解放の意志が、表現という言葉を生んだのだが、解放された自己の表現は、観察力の絶え間ない導入によって、外的事物のうちに解消して行ったのである。

言う迄もなく反動というものはやって来る。科学の進歩は、決して停止しやしないが、科学の思想、科学的真理の解釈の仕方は変って来る。十九世紀に科学思想が非常な成功をかち得たというのも、科学が人間の正しい思考の典型であると考え、思想のシステムの完全な展開は、事物のシステムに一致するという信仰によったのであるが、そういう独断的な考えも科学の進歩に伴い、十九世紀末には、科学者自身の間から否定される様になりました。科学の成立する過程が、生得の観念からの厳密な演繹と必ずしも一致しないという事は、科学上の諸発見によって、次第に明らかにならざるを得なかったのでありますが、遂《つい》には、両者は本質的に異るものだ、科学の成立条件は、人間の意志活動、或《あるい》は人間の有機的構造や環境の偶然と離す事は出来ぬ、という、例えば*ポアンカレの様な考えが現れて来たのであります。嘗《かつ》て真理と言えば、科学的真理の異名の如き観を呈していたが、もうそんな事では駄目で、言わば、真理というものの次元が変って来る時が来た。所謂《いわゆる》*合理主義、*主知主義の哲学に疑いを抱いた思想家のうちで最も影響力を持ち、又事実最も精緻な哲学的表現をした思想家は、*ベルグソンであります。ここではお話に必要な事だけを申し上げるのだが、ベルグソンの哲学は、直観主義とか反知性主義とか呼ばれているが、そういう哲学の一派としての呼称は、大して意味がないのでありまして、彼の思想の根幹は、哲学界からはみ出して広く一般の人心を動かした所のものにある、即ち、平たく言えば、科学思想によって危機に瀕《ひん》した人格の尊厳を哲学的に救助したというところにあるのであります。人間の内面性の擁護、観察によって外部に捕えた真理を、内観によって、生きる緊張の裡に奪回するという処にあった。そういう反動期を経た今日では、小説家も、もはや往年の自然主義、写実主義の信奉者ではなくなっている。という事は、浪漫派文学が齎した自我の問題の重みを、又新しい形でめいめいが負わねばならない仕儀に立ち至っている。科学思想は、もはや彼等を丸め込む力を失ったかも知れぬ。その代り組織化された政治思想のメカニズムが、新しい強い敵手として、現れかけているかも知れぬ。それは兎《と》も角《かく》、歴史の上に来る反動というものは、決して過去の重荷を取除いてくれるものではない。私達は一ったん得たものを捨て去る事は出来ない様に作られている。私達は、浪漫主義の運動は、いかにも大きな運動であった、と今更の様に思うのであります。これに反抗した様に見えた様々の運動も、この大運動の生んだ子供だった。文学の世界でも、ピアノはやはり発明されたのである。科学思想も、作品を創らねばならぬ作家の側から言えば、新しい観念形態として利用すべきピアノの如きものであったに相違ない。文学に於ける科学思想のメカニズムも、音楽に於ける和声形式のメカニズムも、もともと分析の原理に発しているのであり、その拡大は当然解体による拡大であった。ニイチェは、早くもワグネルにその危機を見た。分散した音を、いかにして再び単音の充実した一元性に戻そうかという苦しみは、今日の散文家が、何処《どこ》に新しい詩という故郷を発見すべきかという苦しみに似ています。一ったん得たものを、捨て去る事は出来ない苦しみである。併し、表現の問題を、そんなに広汎《こうはん》な範囲まで拡げるわけにはいきませぬ。

＊＊＊

ボオドレエル以後の象徴派詩人達の運動は、文学の散文化による自我の拡散に抗して、個性的な内的な現実を守りつづけて来た運動だと言えます。浪漫派文学は、先《ま》ず自己告白によって口火を切った。偽りの外的形式を否定して真の内容が吐露したかった。それはいい。ところが、吐露する形式はどういう事にならねばならぬか。そういう事まで考える余裕はなかったのである。ただ何も彼《か》も吐き出して了《しま》いたかった。その自由と無秩序との裡に、せっかく現そうとした自己の姿が迷い込んで了ったのである。この告白の嵐に、一つの大きな秩序を与えたものが、合理的な観察態度なのである。ところが、この態度が齎した正確な描写という手法は、文学の新しい秩序を創り出したというより、寧《むし》ろ文学によって事物の秩序を明るみに出した。告白の嵐の中に道を失った自我は、観察機械たる自己を発見するという始末になった。これは発見とは言えまい。新しい型の紛失です。そこで、こういう問題が現れます。一般の趨勢《すうせい》に抗して、象徴派の詩人達は、内的現実を守った、つまり自己表現の問題から眼を離さなかったのであるが、彼等が詩人の本能から感得していた自己とは、告白によっても現れないし、描写の対象となる様なものでもなかった。自己とは詩魂の事である。それはrepresentation（明示）によって語る事は出来ない、詩という象徴symboleだけが明かす事が出来る。併しsymboleという言葉は曖昧《あいまい》です。*ヴァレリイは、*サンボリスト達の運動は、音楽からその富を奪回しようとした一群の詩人の運動と定義した方がいいと言っている。強いてsymboleという言葉を使うなら、その最も古い意味合いで、詩人は自ら創り出した詩という動かす事の出来ぬ*割符《わりふ》に、日常自らもはっきりとは自覚しない詩魂という深くかくれた自己の姿の割符がぴったり合うのを見て驚く、そういう事が詩人にはやりたいのである。これはつまる処、詩は詩しか表現しない、そういう風に詩作したいという事だ。これは、まさしく音楽に固有な富である。ボオドレエルが奪回しようと思ったのは、音楽の富であって、文学化された音楽の富ではない。音による言葉とは比喩《ひゆ》である。浪漫派音楽は、詩的とか劇的とかいう大きな比喩の中を動いていたのだと言えます。シュウマンは古代人の歌を聞いていたのではない、この分析的な意識家はピアノの前に坐って考え込んでいたのである。詩と音楽との相互関係という思想とは、ピアノの魔術の様な表現力の計量模索の果てを形容する言葉に過ぎない。ワグネルが、舞台の上に音楽を形象化したという事も、和声的器楽の厖大《ぼうだい》なメカニスムの正確極まる絶対的な把握、そこに生じた音楽への溢《あふ》れる様な信頼の情を語ると考えるのが、正しいであろう。彼は、何も形と音とを結合しようと思ったのではない。音楽は、いつも到《いた》る処で、純粋だったのであります。

最初に、音楽は、どんな気紛《きまぐ》れな解釈でも平気で呑《の》み込む様に思われるというお話をした。だが、最も無秩序な不純な散文という形式は、又、最も読者の気紛れな解釈に堪えるでしょう。それを考えれば、音楽が聞く人の気紛れな解釈に堪えるのは、裏返してみれば音楽の異常な純粋さを証するものだと直ぐ気が付く筈です。音があらゆる種類の感情を暗示する力があるという事は、例えばC*の音はCの音ただそれだけを明示しているという事と同じ事です。人々が勝手な感情を、そのまま音楽に映し、音楽がたしかにそういう感情を表現していると考えるのもまことに自然な事です。ただ少々自然過ぎる、でなければ表現という言葉が曖昧過ぎる。犬が或る表情をする時、ダアウィンは、犬が喜びを表現したと考える。私は笑った時に、おかしさを表現したと考える。併《しか》し芸術家にとっては、それではただ生活しているだけの事であって、表現しているのではない。生活しているだけでは足りぬと信ずる処に表現が現れる。表現とは認識なのであり自覚なのである。いかに生きているかを自覚しようとする意志的な意識的な作業なのであり、引いては、いかに生くべきかの実験なのであります。

こういうところで、生活と表現とは無関係ではないが、一応の断絶がある。悲しい生活の明瞭《めいりよう》な自覚はもう悲しいものとは言えますまい。人間は苦しい生活から、喜びの歌を創造し得るのである。芸術の成立を歴史的に社会学的に解明しようとする思想は、表現という言葉の持つ意志的な意味を台無しにして了った。環境の力はいかにも大きいが、現に在る環境には満足出来ない、いつもこれを超えようとするのが精神の最大の特徴であります。

音楽を聞くとは、その暗示力に酔う事ではありますまい。誰でも酔う事から始めるものだ。やがて、それなら酒に酔う方が早道だと悟るのです。音楽はただ聞えて来るものではない、聞こうと努めるものだ。と言うのは、作者の表現せんとする意志に近付いて行く喜びなのです。どういう風に近付いて行くか。これは耳を澄ますより外はない、耳の修練であって、頭ではどうにもならぬ事であります。現代人は、散文の氾《はん》濫《らん》のなかにあって、頭脳的錯覚にかけては、皆達人になっております。一方強い刺戟《しげき》を享楽《きようらく》して感覚の陶酔を求めているので、耳を澄ますという事も難かしい事になっている。黙って、どれだけの音を自分の耳は聞き分けているか、自ら自分の耳に問うという様な忍耐強い修練をやる人は少くなっている。併し、そこに一切があるのだ。例えば、私が、梅原龍三郎氏と一緒に同じ絵を黙って見ています。二人とも言葉では、いい絵だと同じ事を言います。併し、恐らく梅原氏の眼玉には、私の眼玉に映る何十倍かの色彩が現に映っている筈であるという事を考えざるを得ない。そこに一切がある。これは恐ろしい事なのであります。耳は馬鹿でも、音楽について、悧巧《りこう》に語る事も出来る。つまり音楽を小説の様に読んでいる人は、意外に多いものであります。

耳を澄ますとは、音楽の暗示する空想の雲をくぐって、音楽の明示する音を、絶対的な正確さで捕えるという事だ。私達のうちに、一種の無心が生じ、そのなかを秩序整然たる音の運動が充たします。空想の余地はない。音は耳になり耳は精神になる。そういう純粋な音楽の表現を捕えて了えば、音楽に表題がなくても少しも構わない、又、あっても差支《さしつか》えはない。音楽の美しさに驚嘆するとは、自分の耳の能力に驚嘆する事だ、そしてそれは自分の精神の力に今更の様に驚く事だ。空想的な、不安な、偶然な日常の自我が捨てられ、音楽の必然性に応ずるもう一つの自我を信ずる様に、私達は誘われるのです。これは音楽家が表現しようとする意志を或《あるい》は行為を模倣する事である。音楽を聞いて踊る子供は、音楽の凡庸な解説者より遥《はる》かに正しいのであります。ベエトオヴェンの*最後の絃楽四重奏曲の最後の楽章に「困難な解決」という題が付けられている事は、よく知られています。最初の*グラーヴェの主題には「そうでなければならないか」とある。彼は、次のアレグロ*の主題には「そうでなければならぬ」と書いた。表現するとは解決する事です。解決するとは、形を創り出す事です。グラーヴェの主題の形を創り出さねば、「そうでなければならないか」という問いさえ無意味なのであります。圧《お》し潰《つぶ》して中味を出す。中味とは何か。恐らく音という実体が映し出す虚像に過ぎまい。それほど音楽家は、楽音《がくおん》という美しい実在を深く信じているものなのであります。

中　庸

左翼でなければ右翼、進歩主義でなければ反動主義、平和派でなければ好戦派、どっちとも付かぬ意見を抱いている様な者は、日和見《ひよりみ》主義者と言って、ものの役には立たぬ連中である。そういう考え方を、現代の政治主義ははやらせている。もっとも、これを、考え方と称すべきかどうかは、甚だ疑わしい。何故《なぜ》かと言うと、そういう考え方は、凡《およ》そ人間の考え方の自律性というものに対するひどい侮蔑《ぶべつ》を含んでいるからである。現代の政治が、ものの考え方など、権力行為という獣を養う食糧位にしか考えていないことは、衆目の見るところである。

昔、孔子が、中庸*の徳を説いたことは、誰も知るところだが、彼が生きた時代もまた、政治的に紛乱した恐るべき時代であったことを念頭に置いて考えなければ、中庸などという言葉は死語であると思う。おそらく、彼は、行動が思想を食い散らす様を、到《いた》るところに見たであろう。行動を挑発し易《やす》いあらゆる極端な考え方の横行するのを見たであろう。行動主義、政治主義の風潮の唯中《ただなか》で、いかにして精神の権威を打立てようかと悩んだであろう。その悩ましい思索の中核に、自《おの》ら《ずか》中庸という観念の生れて来るのを認めた、そういう風に、私には想像される。そういう風に想像しつつ、彼の言葉を読むと、まさにそういう風にしか、中庸という言葉は書かれてはいないことが解《わか》る。

中庸を説く孔子の言葉は、大変烈《はげ》しいものであって、所謂《いわゆる》中庸を得たものの言い方などしてはいないのである。

「天下国家モ均《ヒト》シクス可《ベ》シ、爵禄《シャクロク》モ辞ス可シ、白刃《ハクジン》モ踏ム可シ、中庸ハ能《ヨ》クス可カラザルナリ」*

つまり、中庸という実践的な智慧《ちえ》を得るという事に比べれば、何も彼《か》も皆易しいことだと言うのである。何故、彼にはこんな言い方が必要だったのだろうか。無論、彼の言う中庸とは、両端にある考え方の間に、正しい中間的真理があるというような、簡単な考えではなかったのであって、上のような言い方は、彼が考え抜いた果てに到達した思想が、いかに表現し難いものであったかを示す。様々な種類の正しいと信じられた思想があり、その中で最上と判定するものを選ぶことなどが問題なのではない。凡そ正しく考えるという人間の能力自体の絶対的な価値の救助とか、回復とかが目指されているのだ。そういう希《ねが》いが中庸と名付けられているのである。彼の逆説的な表現は、この希いを示す。私はそう思う。

「*中庸ハ其《ソ》レ至レルカナ」

ところで、彼が、*君子の中庸と、*小人の中庸とを区別して記しているのは興味あることだ。君子の中庸は「時ニ中ス」と言い、小人の中庸は「忌憚《キタン》ナシ」と言う。こんなことは空想家には言えないのである。中庸という過不及のない、変らぬ精神の尺度を、人は持たねばならない、という様な事を孔子は言っているのではない。いつも過不及があり、いつも変っている現実に即して、自在に誤たず判断する精神の活動を言っているのだ。そういう生活の智慧は、君子の特権ではない。誠意と努力とさえあれば、誰にでも一様に開かれている道だ。ただ、この智慧の深さだけが問題なのである。君子の中庸は、事に臨み、変に応じて、命中するが、そういう判断の自在を得る事は難かしく、小人の浅薄な中庸は、一見自由に見えて、実は無定見に過ぎない事が多い。考えに自己の内的動機を欠いているが為《ため》に、却《かえ》って自由に考えている様な恰好《かっこう》にも見える。つまり「忌憚なし」である。

孔子は一生涯、倦《う》まず説教し通したが、説教者の特権を頼む事の最も少かった人である。遂《つい》に事成らず窮死したが、「*君子固《モト》ヨリ窮ス」と嘆いただけで、殉教者の感傷の如《ごと》きものは、全く見られない。深い信仰を持っていたが、予言者めいたところは少しもなかった。それどころか、彼の智慧には常に健全な懐疑の裏打ちがあったように思われる。彼は、だれの心のうちにも、予言者と宣伝家とがひそんでおり、これが表に現れて生長すると、世の中にはろくなことは起らぬことを看破していたようである。真理の名の下に、どうあっても人々を説得したい、肯《がえん》じない者は殺してもいい、場合によっては自分が殺されてもいい。ああ、何たる狂人どもか。そこに、孔子の中庸という思想の発想の根拠があった様に、私には思われる。

無論、私は説教などしているのではない。二千余年も前に志を得ずして死んだ人間の言葉の不滅を思い、併せて人間の暗愚の不滅を思い、不思議の感をなしているのである。

政治と文学

「政治と文学」の問題は、私が文芸時評を書き始めた当時からいろいろと論じられ、一向埒《らち》があかなかったものです。無論、私も論戦の渦中にあったわけだが、論戦から得たものは何一つなかった。とまあはっきり合点した点が一得だったでしょうか。そういう次第で、政治と文学という様な大袈裟《おおげさ》な問題を取上げましたが、結局、お話は、私には政治というものは虫が好かないという以上を出ないと思います。

私達生存の必須の条件である政治というものを、虫が好かぬで片附けるわけには行くまい。だから、片附けようとは思わないが、この虫という奇妙な言葉に注意して戴《いただ》きたい。諸君はその意味はよく御承知の筈《はず》だ。或る人の素質とは、その人自身にも決して明瞭《めいりょう》な所有物ではない。虫の居所の気にかからぬどんな明瞭な自意識も空虚である。文学者とは、この虫の認識育成に骨を折っている人種である。

扨《さ》て、政治は虫が好かぬという事も、私としては大変真面目《まじめ》な話になります。政治に関する理論や教説がどうであれ、政治というものに対する自分の根本の生活態度は決めねばならない。もしこれが自分の虫との相談ずくで決ったのでなければ、生活態度とは言えますまい。

ドストエフスキイに「作家の日記」*という政治論文集がありますが、論じられている当時のロシヤの政治や経済の問題が無意味になって了《しま》った今日になって、これが興味ある有益な著書である所以《ゆえん》は、文学者の政治に対する態度が、膨大な論集を通じ、一貫してまことに鮮やかに現れているという処《ところ》にある。床屋政談でも政治論説でもなく、表題の示す通り「作家の日記」たる処にあります。この本に、「プウシキン論」が載っている。これは一八八〇年にプウシキン記念祭で行った有名な講演の筆記です。この講演の中心点は、プウシキンの「オネーギン」*という恋愛悲劇の分析にあるのですが、ドストエフスキイの考えによれば、「オネーギン」は寧《むし》ろ「タチヤナ」と題すべき作で、オネーギンという教養ある複雑な人物より、タチヤナ*という単純な田舎娘の方が、実は余程高級な本当の意味で聡明《そうめい》な人間だという洞察に、プウシキンの天才があると言う。成る程オネーギンは聡明でもあるし、誠実でもある、自ら「世界苦の受難者」を以《もっ》て任じている。併《しか》しこういう「世界苦の受難者」の心にひそむ「下司《げす》根性」を見抜くには、現代ロシヤに沢山いるオネーギン達の所謂《いわゆる》鋭い観察などでは到底駄目である、それには全く別な何かが要る、その別の何かをタチヤナの眼が持っている、「オネーギン」という作は、そういう認識の悲劇であるとドストエフスキイは見るのであります。タチヤナは、都会から来たオネーギンに恋をする。オネーギンはこの臆病《おくびょう》な小娘に何んの関心もない。彼女は絶望し、やがて母親の為《ため》に愛のない結婚をし、貴夫人として都会の社交界に現れる。今度はオネーギンの方が恋する番だが、彼女は拒絶する。タチヤナは依然としてオネーギンを愛しているが、貞操を破る事は出来ないと言って男を拒絶する。何故大胆に一歩を踏み出せなかったのか。ドストエフスキイは、そうではない、タチヤナは大胆なのだ、ロシヤの女は皆大胆なのだと言う、問題は、多くの批評家が論じた様な恋愛と道徳の相剋《そうこく》などにはないのだ、と言うのです。成る程彼女は古めかしい道徳をはっきり口にし、それを信じてもいる、が、彼女の心の奥の方にはもっと違ったものがある。当節の批評家は、彼女の奥の方には、彼女自身気のつかない高慢心がある、上流社会の腐った生活に感染した気位《きぐらい》の高さがある、そんな事を言うが、浅薄な意見で、プウシキンの思想を誤解するものである。タチヤナは変ってはいない、汚れてはいない。不幸によって錬磨された毅然《きぜん》たる人間になっているのである。恋愛に絶望した小娘の心に、既に、「あの人はただのパロディ*ーではないか知らん」という疑問が生れている事に注意し給《たま》え。このささやかな疑問をドストエフスキイは「道徳的胚子《はいし》」と呼んでいるが、この疑問が、女の絶望的な愛のなかで、遂《つい》にはっきりした認識に育ち、彼女は自信あるしっかりした女性となる、と彼は考えるのです。たとえ独身でいたとしても、タチヤナはオネーギンと一緒にならなかったろう。この人には愛というものが不可能だと見抜いた人間と一緒になる事は出来ない。女の心には軽蔑《けいべつ》の念など一とかけらもない、ただ悲しみがある、悲劇がそういう次第のものであれば、作者は理窟《りくつ》を言わず、女主人公を美の典型として描く他はなかったろう。そして美は肯定的なものである。オネーギンの不幸は、実は空想家でありながら、自分はリアリストと信じているところにある。オネーギンは、タチヤナという一個の人間を決して見た事はなかった。頭脳を、知的憂愁で充《みた》していることの男が出会ったのは、女ではない。「憂愁の逃げ道」なのである。逃げ道のすばらしさに感動している。という事は、彼を動かしているのは、実は社交界というつまらぬ環境に過ぎないという事である。一見極めて内的に見えるこの憂鬱《ゆううつ》な人間が、凡《およ》そ無邪気な環境の犠牲者である事に自ら気が付いていない。この不幸なパロディーが、プウシキンによって看破されている。ドストエフスキイの言葉通りではありませぬが、以上が、彼の意見です。

このドストエフスキイの講演後、グラドフスキイ*という人が、反駁《はんばく》文を書いた。

「先日、モスクヴァで行われたドストエフスキイ氏の話は、お目出度《めでた》い連中の間に、非常な昂奮《こうふん》を巻き起した様子であるが、冷静に見れば、今度の演説も、要するに、この作者がこれ迄《まで》さんざん説いて来た宗教的理想、個人の道徳的完成を言っているに過ぎないではないか。今日のロシヤの求めているものは、そんなものではない、社会的理想である、現実に新しい公民的制度を確立する為の社会的理想である。詩人に騙《だま》されてはいけない」

「作家の日記」には講演筆記の直ぐ後に、グラドフスキイへの答弁が載っています。この答弁も長いものであるが、ドストエフスキイは「グラドフスキイ氏の様な反駁文が現れる事はとくと承知していた、自分の予感は適中したのである」と冒頭して、長々と忍耐強い弁明を試みるのであるが、だんだん腹が立って来る。それが読んでいてよく解《わか》るのが面白い。とうとう彼の憤懣《ふんまん》は爆発して了う。「私の演説の成功は聴衆がお目出度かったからだ、近頃モスクヴァの人々にはお目出度い気分があるからだ、と君は言う。ああ君達は何という観察家だ。神に誓って自讃《じさん》ではないが、私の講演の成功は講演中にある一つの動かすべからざる真理の力によるのである。君は君のスローガンを掲げて公民的団結に向って進み給え。Liberté, Egalité et Fraternité.*（自由、平等、友愛）よろしい。だが君はもう一つのスローガンを同時に掲げている事を忘れるな。ou la mort. 然《しか》らずんば死。――ヨーロッパは、外的現象に救いを求める人に満ちている。道徳の根本の基礎が、もう崩壊しているのだから、社会的理想に関する抽象的公式が、幾つも叫ばれれば叫ばれる程、事態は悪化するのだ。一世紀も経《た》たぬ内に、彼等はもう二十回も憲法を変え、十回近くも革命を起したではないか。総決算の時は必ず来る、誰も想像出来ない様な大戦争が起るであろう。私は断言して憚《はばか》らないが、それはもう直ぐ扉の外まで迫っている。君は私の予言を笑うか。笑う人達は幸福である。神よ、彼等に長命を与え給え。彼等は自分の眼で見て驚くだろう」

ドストエフスキイは、翌年死にました。彼は予言などというものを好まなかった人間である。かように激しい調子の文章は、彼の全作品中、他にはないのであります。注意すべきは、彼は既に一聯《いちれん》の大作によって言いたい事は凡《すべ》て言っていたという事だ。彼は恐らく予言などはしてはならぬ、と考えていたのであり、この強い予覚を、一つの沈黙の力として、自分の創作動機のなかに秘めて来たのである。彼は自分の作品が多くの人々を動かした事を知っていたが、作品の根柢《こんてい》にある理想を、明らさまに語れば、お目出度いと笑われるに違いない事もよく知っていた。この難題は、今日も少しも解けてはおりませぬ。

第一次欧洲大戦後*の戦争文学の氾濫《はんらん》の中で、ジイドが何処《どこ》かで、こういう意見を述べていた事を今でも覚えています。「文学者は、今度の大戦の文学者にとっての意味や影響を過大視してはならぬ、例えばフランス*革命の場合などに比べると、よく解るが、今度の大戦は内的な思想的な根拠を欠いている、外的な経済的なものにその一番大事な根拠を持っている、そういう性質を忘れては駄目だ」と書いていました。

彼は戦争の影響下にある文学などには目も呉れず、ソヴェトで実験されている新しい思想に着目していた。やがて「ソヴェト旅行記*」が書かれた事は周知の事である。この本はいち早く我が国にも飜訳《ほんやく》されて、読書人の間でいろいろ議論されました。特に左翼的な批評家達は、この本に不服で、これはソヴェトの真相ではないと論じた。

当時、私も一読して書評を書いたが、私の興味を惹《ひ》いたのは次の様な問題だった。ジイドは、旅行記の冒頭で「これは全く個人的感想であり、自分の観察は心理的角度から出ない」という事を断っている。批評家が摑《つか》まえたのは其処《そこ》なのです。其処さえ摑まえて了えば、ソヴェトに行った事があろうがなかろうが、そんな事はもう問題ではない。ジイドというブルジョア*作家の心理は、ソヴェトの新しい現実を歪《ゆが》めて映す鏡に過ぎない、理窟からしてそれは疑いない、そういう考えに摑まって了う。これは、ジイドが詰らぬ断り書きをしたから、誤解されたで済ますには、余りに困難な問題でしょう。

ジイドが、自分の見方は、たとえ社会問題に触れるとしても心理的な角度を出ないという時、それは恐らく自分の立っている立場を説明し、主張しようとしているのではない。寧ろ、どんな立場に立つ事もはっきり拒絶しているのだ。作家としての無私な態度の率直な表明なのである。彼は、ただこの無私を賭《か》けているのです。無私は一方の極限では無に帰するでしょうが、一方の極限では非常に大きな理想に触れている、だからジイドは言うのです、「自尊心などはまるで問題ではない、自分はそういう感情を持っていない、私には私自身より、ソヴェトより重大なものがある、ユマニテ*である」。

処《ところ》で、若《も》しジイドが、この人類的立場なるものを表向きに掲げたらどうなるか。曖《あい》昧《まい》なお目出度い立場だと笑われるだろう。ジイドは、よく承知していたから、これは個人的感想に過ぎないと書いた。そうしたらやっぱり失敗した。これは厄介な問題ではないですか。ジイドも亦《また》「作家の日記」を書いたのであります。

もう一つ私の注意を惹いた事があった、それは、ソヴェトに旅行して落胆したジイドが、「理想的なもの」から「政治的なもの」への移行が、一種の「転落」を伴う事は避け難いのであろうか、という疑問を出している事であった。私はジイドの晩年の著作に不案内であるから、はっきりとは言えないが、この疑問は彼の死に至るまでいよいよ苦がいものとなって行ったに相違ないと推察しています。「第一次大戦が思想的根拠を欠いている処に注意し給え」と彼は言ったが、第二次の大戦となると、*全体主義と*自由主義との思想的対立が明らかになって来る。今日の人々は第三次世界大戦が到来しやしないかという不安を感じているが、其処には、特に、経済上の衝突とか、資源の争奪とかいう外的原因があるというわけではなく、寧ろあり余る資源を擁した*二大国家が、互に妥協せぬ民主主義、共産主義の思想を掲げて正面衝突をしているという処に、危機は醸《かも》されている様である。そうなると、ジイドは、考え直すであろうか。無論、そんな事はあるまい。互に己れを主張し、攻撃と防禦《ぼうぎょ》の機を覗《うかが》っている様な思想は、権力のかぶった仮面に過ぎないからであります。これらの思想は各々の陣営の中に住んでいるので、人間の精神の裡《うち》にあるのではない。己れを実現する為の、最も現実的な保証なり根拠なりを、原子爆弾の数の上に置いている、さようなものを思想と呼ぶのは滑稽《こっけい》である。この思想としての内的根拠を全く欠き、一方、物質のシステムの明瞭性も全く欠いた怪物に、世人は、イデオロギイなどという豪《えら》そうな名を付けました。

ある外国の雑誌にこんな漫画が出ていた。酒場で二人の紳士が殴り合って、二人とも延びている、介抱しているボーイさんが、こんな事を言っている、「だからあれ程申し上げたじゃありませんか、うちでは平和論だけはお断りしています」と。誰だって笑うのです、但《ただ》し、二人の紳士の喧嘩《けんか》ならば。併し、漫画から、政治的党派への道は、ただの一歩だ。頭数によって保証される政治的イデオロギイという制服をつけた集団の対立へ進むのに、何一つ面倒な事はない。そうなるともう笑い事ではない、平和か、然らずんば死か、そういう事になります。ところで笑いは何処に行って了うのか。何処にも行きはしない。私達の健全な判断とともに私達の心のなかに止まって、才能ある漫画家の作に出会えば、何時《いつ》でも笑い出す用意はしているのである。この笑いは、イデオロギイの配分を受けて集団化しようなどとは決してしないものです。私は自分でおかしいと判断し、一人で笑えば、それで充分だからだ。さよう、確かに充分なのである、何故かというと、私は一人で笑い乍《なが》ら心の底では誰も彼もが笑う筈《はず》だと信じているからです。いや、一人で笑っているというその事が、そのまま皆と一緒に笑っているという自信の表明だからであります。笑いでもいい、涙でもいいが、要するにかくの如《ごと》きものから、文学者はその思想を育てて行くのである。その点、文学者のやり方は、全く子供らしく素朴なものなのであります。自己を表現するのに、自己の体験を離れる事は出来ない、どうしたらそんな狭い道から、広い道に出られるか、その明らかな方法は誰にも、当人にも解らない。判然と解らないが、ただ力を尽してやってみるという事が、即《すなわ》ち思想を創《つく》り出す道だと信じているだけだ。そして、そういう信念を自《おのずか》ら人に抱かせる様な模範的作品が、或《あるい》はそういう作品に動かされるという一つの体験が実在するだけだ。一向取りとめのない曖昧な言い方をする様ですが、文学概論などを信用しまいとすれば、それも止《や》むを得ない。そういう次第で、これは政治的思想とは、まるで似たところがない。

政治家には、私の意見も私の思想もない。そんなものは、政治という行為には、邪魔になるばかりで、何んの役にも立たない。政治の対象は、いつも集団であり、集団向きの思想が操れなければ、政治家の資格はない。だから無論、彼等は、思想を自ら創り出す喜びも苦しみも知らない、いや寧ろ、さような詩人の空想を信ずるには、自分はあまり現実家だという考えを抱いています。既に出来上って社会に在る思想を拾い上げて利用すればよい。利用というのは、各人の個性などにはお構いなく、選挙権並みに、思想を集団の間に分配する事だ。幸いにして出来合いの思想というものは、こういう不思議な作業に堪えますから、ここに指導したい人種と指導されたい人種との間に、馴合《なれあ》いが生じます。何故政治に党派というものが必至かという事も、元はと言えば、思想のそういう扱い方から来ていると思う。幾人にでも分配の可能な、社会的思想という匿名《とくめい》思想には、無論、個性という質がないわけであるから、その効力は量によって定まる他はない。例えば、ドストエフスキイの発明した人間の自由に関する思想は、彼のかけ替えのない体験の質によって保証された現実性によって、その効力を発揮するが、ある集団の各人に平均的な自由主義という思想は、頭数が増えるだけが頼みである。頭の寸法も計らずには帽子も買えないのが普通だが、政治思想という買物は、これは又格別である。政治家の変節を、人は非難するが、おかしな話で、政治思想というものが、もともと人格とは相関関係にはないものなのである。そういう次第で、同類を増やす事は極めて易しい。だが、それは裏返して言えば、敵を作る事も亦極めて易しいという意味になります。空虚な精神が饒舌《じょうぜつ》であり、勇気を欠くものが喧嘩を好むが如く、自足する喜びを蔵しない思想は、相手の弱点や欠点に乗じて生きようとする。収賄《しゅうわい》事件を起した或る政治家がテーブル・スピーチでこんな事を言うのを私は聞いた事がある。「私は妙な性分で、敵が現れるといよいよ勇気が湧《わ》く」。ちっとも妙ではない、低級な解り切った話であります。

＊＊＊

アプレ・ゲール*という言葉が流行しています。これは言う迄《まで》もなく、第一次大戦後に、フランスで広く使われた言葉だが、当時は未《ま》だ、この言葉が日本語として使われる現実的な条件は、わが国にはなかった。フランスのアプレ・ゲールの文学の不安な表現や解体的な形式が、好奇心の強い文学者達に物珍らし気に模倣されたに過ぎなかったのですが、今度は違う。私達の頭上にもアプレ・ゲールという共通な経験が到来したのであります。併《しか》し、話はなかなか簡単ではない。例えば、最近、ローレンスの「*チャタレイ夫人」が、評判になっている。これは前大戦直後の英国人の生活に材をとった所謂《いわゆる》アプレ・ゲール文学の一傑作で、同じ*伊藤整さんの訳で、早くからわが国に紹介されていたものだが、一部の人々にしか読まれなかったのである。*今度出て非常な評判をとったというのも、以前の*伏字《ふせじ》が生かされて、裁判沙汰《ざた》にまでなったというのが大きな原因でしょうが、この小説の傑作たる所以《ゆえん》を合点するのには、伏字などは大した関係はあるまいと思う。まあ、大多数の読者は、恐らく読み飛ばしたに相違ないと思うから、作品の冒頭の文句を読み返してみましょう。この意味をよく理解すればいいのだ。「現代は本質的に悲劇的時代である。我々が此《こ》の時代を悲劇的なものとして受け容《い》れたがらないのもその為《ため》である。大災害はすでに襲来し、我々は廃墟《はいきょ》の真只中《まっただなか》にあって、新しいささやかな棲息《せいそく》地を作り、新しいささやかな希望を抱こうとしている。それはかなり困難な仕事である。未来に向って進むなだらかな道は一つもない。しかし、我々は遠まわりをしたり障碍《しょうがい》物を越えて這《は》い上ったりする。如何《いか》なる災害がふりかかろうとも、我々は生きなければならない。これが大体に於てコンスタ*ンス・チャタレイの境遇であった。欧洲大戦は、彼女の頭上の屋根を崩壊させて了《しま》った。その為に、彼女は、人間には生きて識《し》らねばならぬものがあることを悟ったのである」

ローレンスの言わんとするところは明らかな筈です。彼も亦ジイドと違ったものを見ていたのではない。彼も亦、心理的見地に立つと言えば直ぐ誤解を招きそうな、危険な無私の心を投げ出しているのであります。襲来したのは戦争というより寧《むし》ろ内的動機を全く欠いた大災害に似ている。私達が戦争中平気で使っていた人的資源という奇怪な言葉に注意すればよい。近代戦は、賢人も愚人も勇者も卑怯者《ひきょうもの》も、皆一様な人的資源に変じて、戦争技術の膨大な組織のなかに叩《たた》き込む。逃れる道はない。悲劇はとことんまで行った、とローレンスは言うのです。とことんまで行くと、人々は悲劇をもう悲劇とは認めたがらない、と言うのです。これは注意すべき逆説であります。

悲劇を定義することは難かしいでしょうが、私達に経験される悲劇的感情というものはかなりはっきりしたものであり、私達は、この定義し難い感情について運命という言葉を発明し、それで万事間に合っている、それほどこの一種の感情は普遍的なものである。この感情が感得しているところが甚だ微妙なものである事は、諸君が少しでも分析的に自省なされば直ぐ気が付かれるでしょう。運命の感情は、勿論《もちろん》必然性の観念を含んでいるが、この観念は、生活感情の色に染められて、ただ悟性が承認する客観的事物の必然性の観念とは、まるで違ったものになっている事に気が付かれるでしょう。悟性が自然の必然的法則しか見ない所に、感情は運命の人に出会う。これらはまるで別々の事です。少しも気紛《きまぐ》れな感情ではない。悲劇的感情ほどよく自覚された感情はない。一方に人間の弱さや愚かさがある、一方にこれに一顧も与えない必然性の容赦ない動きがある、こう条件が揃《そろ》ったところで悲劇は起るとは限らぬ。悲劇とは、そういう条件にもかかわらず生きる事だ、気紛れや空想に頼らず生きる事だ。凡《すべ》ては成る様にしかならぬ、いかなる僥倖《ぎょうこう》も当てに出来ない、そういう場所に追い詰められても生きねばならない時、若《も》し生きようとする意志が強ければ、私達にはどういう事が起るかを観察してみればよい。このどうにもならぬ事態そのものが即ち生きて行く理由である、という決意に自ら誘われる、そういう事が起るでしょう。まことに理窟《りくつ》に合わぬ話ですが、そういう事が起る。これが悲劇の誕生だ。悲劇の魂は、そういう自覚された体験の裡《うち》にしか棲《す》んでいない。体験は個人々々によってみな違うのである。だから、悲劇は理論家や観念派には、なかなか到来しにくいのである。この理窟に合わぬ生活感情の動きが、どんなに貴重な智慧《ちえ》を蔵しているかは、若し、学んで知る智慧が、生きて知る智慧を覆《おお》い隠して了わなければ、誰にも容易に気が付く筈なのであります。知るとは即ち生きる事だ。これが何が格別な事でしょうか。当り前過ぎる事柄が、軽視されるだけであります。私達は皆めいめい自己流に生きている、そうであるより他はない、これは実に厄介な困難な事である。だからこそ、他人流に学んで知る事の出来る知識や学問を、生活秩序の為に援用する必要が起る。援用して巧《うま》く行っている限り、生きて知る危険な困難な智慧は、一応はおとなしくしている様に或《あるい》は無力な様に見えるだけだ。だが、言わばこの私達の生活の力学的平衡はいつ破れるかわからない。

扨《さ》て、前にあげたローレンスの逆説はもう明らかでしょう。力の平衡関係が、極端な破れ方をしたのである。私達めいめいが、悲劇というよく自覚された感情を抱くには、到来した事件はあんまり大きかった。到来する事件を人間的に理解することがどんなに困難でも、これに敢《あ》えて人間的な意味を附与する、そういう私達めいめいの生きて知る智慧もなす所を知らぬ。戦争が途轍《とてつ》もないものになり、私達を人的資源として集団的に動員し、小砂利の様にローラーでならすという様な事になっては、為《な》すところを知らない。誰もそういう悲劇のうちにあり乍ら、これを悲劇とは思いたがらない。それは大変難かしい事だからだ。併し、大災害は天から降ったのではない。知識や学問を援用して作った社会の秩序なり組織なりを、自らの重みに堪えず崩壊する、人間の住居にはふさわしからぬ屋根の如きものにして了ったのは私達だ。責任を何処《どこ》に持って行き様もない。そういう時に、コンスタンス・チャタレイは、殆《ほとん》ど本能的に悟る、人間には生きて知らねばならぬ事がある、と。そして、既に明らかな意識から同じ事を悟っている*メローズに出会い悲劇が始まる。そこにこの小説の私達にも親しい時代的な意味があるのであって、あれは新式の*ヘドニストの夢想などではありませぬ。

其《そ》の後事態は、更に悪化した。それは、例えば、これも最近非常によく読まれた*ゲオルギウの「*二十五時」などを見れば明らかです。もうこうなると悲劇的作品とは言えないのである。様々なイデオロギイを掲げた集団が、真理の名の下に、あらゆる智慧をしぼって互に殺し合う。動物どもにはこんな残酷な事は出来ない。人間なればこそであるか。まさにその通りだ、と恐らく「二十五時」の作者は答えるであろう。極端に組織化され技術化された現代社会は、これに似合いな意匠しか本当には信じなくなった。機械の様に動く論理、物的証拠、集団的利用の可能な形態としての思想、要するに個人めいめいの抱く内的な真実は、この組織に編入されるには、あまり果敢無《はかな》いものとなったのだが、そういう組織が一ったん狂えば、どんな悪が露骨になるか、人間は自らの手で、われ知らず人間を謀殺する大規模な計画を考案して来たのではなかったか、これが「二十五時」の主題である事は多くの人が知っている。そして多くの読者は、われ知らず、この作品から面をそむけたであろう。尤《もっと》もな事だ。悲劇さえ禁止された人間の苦痛は醜悪である。ただ次の事を忘れない様にしよう。成る程作者は、悲劇的人物を作中に登場させる事は断念したが、これを書くという悲劇は作者とともに作品の背後に隠れている。

戦後、戦歿《せんぼつ》学生の手記が編輯《へんしゅう》され、「きけわだつみのこえ」*と題して出版されて、広く読まれた。私も一読して苦しい想《おも》いをしたが、その中の一学生の手記にこういう文句がありました。「恐ろしき哉《かな》、浅間《あさま》しき哉、人類よ、猿の親類よ、最後の質問、歴史とは何か」。戦犯は処刑され、追放は解除され、講和が来たが、学生の呪《のろ》いはそんな事とは関係がない、だから消え去りはしない。恐らく、この学生は、歴史的認識こそ認識の王者である事を、さんざん教えられて来たに相違ない。そして現実の人間の生活とは、歴史的認識などというものとはまるで違ったものだと悟るには死を賭《と》さねばならなかった。痛ましい事です。実際、十九世紀は歴史主義*の時代であった、そして西洋思想の輸入によってしか生きていないわが国の近代思潮に、自然主義*の思想の後、歴史主義の思想ほど一般に深く浸透したものはない。

私は機会ある毎《ごと》に、歴史に関する自分の考えを書いて来ましたが、歴史家としても歴史哲学者としても物を言った事はありませぬ。ヘーゲルは歴史上の一人物に過ぎず、歴史がヘーゲルのシステムのなかにあるのではない、という常識を飽きずに書いて来たに過ぎない。そしてそういう常識が、私達めいめいの生活経験のうちに、どれほど深く根ざして、貴重な意味合いを湛《たた》えているかに注意しようと努めて来ただけです。ヘーゲルの歴史のシステムのなかには、本当の人間はいない。普遍精神が己れを客観化して行く歴史の流れにこそ、本当の人間が矛盾するのであって、*ディアレクティックの*発条としての矛盾などというものは空想に過ぎぬ。そういう考えを、例えば*ケルケゴールとかドストエフスキイとかいう人々は早くも抱いていた。私は、二人の著書を読み、互に知る事がなかった二人がどんなに相似た思想を持っていたかに驚いています。併《しか》し彼等の非難は、遥《はる》かに大きいもう一つの非難の蔭《かげ》に隠れて了った。言う迄もなくマルクスの歴史主義である。ヘーゲルに対するこの二つの非難は、全く性質の異ったものです。両方とも観念は生きた人間ではないと主張するのだが、前者は、そこから各人の個性や人格、各人が内的な秘密を抱いて生きているという困難に向って歩み、遂《つい》に一般化や組織化が不可能な思想に到《いた》り着いた。処《ところ》が後者は、同じ敵手からそのディアレクティックだけは保存する事によって、前者の問題を回避して了ったのである。問題とは要するに、人間が生きている理由の裡には、人間を対象化して観察する時、必ず取逃がして了う真実な何ものかがあるという事だ。かような困難を回避しさえすれば、歴史のディアレクティックは、歴史の主体が観念人から経済人に変更されても、同じ様に円滑に運動する筈《はず》である。歴史主義は、何の損傷も蒙《こうむ》らず、*唯物《ゆいぶつ》論《ろん》という新しい食糧を得て、いよいよ、肥大した。科学を援用し、人間を物件の如《ごと》く扱うこの世界観は、一方ブルジョア*社会機構の悪を鋭く摘発し乍ら、その思い上った合理主義と経済主義との弱点を、やはり当のブルジョアジイから得ていたのである。*観念論への極端な侮蔑《ぶべつ》は、当然自《おのずか》ら別種の観念論と化したのだが、これは科学の仮面の下に隠れたし、階級の消滅は必然的に人類の幸福を齎《もたら》すという感傷的な理想主義は、政治争闘の現実性という仮面の下に隠れたのである。歴史的社会の物的構造というものが、次第に絶対的な意味を帯びる様になりました。精神は脳機構の随伴現象に過ぎない。人格という様な空漠たるものをいくら集めてみても、現実の社会は出来上りはしない。さようなものに何か価値を置くという考え自体が、社会構造の何らかの欠陥を明示している。問題はそれを直す事だ。そういう考え方が勢いを得て来たが、人間の文化活動に、その内的動機を認めず、凡《すべ》て外的因子からこれを理解しようとする安易な傾向は、政治主義の発展には好都合なものであった。そして、この政治主義も亦《また》ブルジョア社会のうちで既に充分に用意され、充分に堕落していたという事を忘れてはならぬでしょう。自由、平等、友愛の思想は既に命を失っていた。「自由」は、自由主義というイデオロギイがよく似合った経済上の自由競争のうちに生き、敗者達に不自由を与えていたし、「平等」とは、社会公民としての形式的な権利を主張する事に過ぎなくなっていたし、「友愛」は、附和雷同する政治的党派のなかで死んでいたのであります。

イデオロギイという言葉は、集団化され社会化された人間にしか決して当てはまらないが、言葉がその分を守るという事は難かしい事です。ブルジョア芸術とかブルジョア文学とかいう言葉は、十九世紀の芸術や文学の本当の性格を隠してしまいます。所謂《いわゆる》ブルジョア芸術家達は、少くとも最も著しい成果を遺《のこ》した芸術家達は、例外なく反抗者であった。ブルジョア階級が強制するものと戦った人達である。彼等は個人主*義者ではなかった。ただ孤独だったのである。そして大事な事は、十九世紀の芸術家達によって、芸術の意味が、あれほど熱烈に意識的に問われたのは、芸術史上空前の事であるという事です。小説という文学形式はその性質上、時代の風潮に迎合せざるを得なかったが、傑《すぐ》れた作品は、すべて作者の反抗的思想を深く蔵していた。それは、詩とか絵とか音楽とかいうもっと形式の純粋な芸術を観察すれば明らかである。例えばマラルメやゴッホやドビュッシイ*の仕事を見れば明らかである。彼等は皆非凡な批評家であった。*象牙《ぞうげ》の塔は時代が彼等に強制したものに過ぎない。若し美学者の観念や唯美主義などという言葉から自由になって、彼等の仕事を見るならば、彼等にとって美とは、新しい生き方の事であり、人間の新しい意味であり思想であった事は、容易に理解出来るでしょう。美がさようなものとして自覚された事は、空前の事だ、と私は言いたいのでありますが、それは当然次の様な意味になる。古いイデオロギイを新しいイデオロギイで救うという様な欺瞞《きまん》は、彼等の念頭になかったのであり、ブルジョアジイが腐敗させた個人主義や自由主義を、人間の個性や精神の自由という人間に永遠な問題として、自分の責任に於《おい》て、新しく取り上げる仕事をしたと言えると思います。

＊＊＊

アンドレ・マルロオ*は、十九世紀の絵画を論じて、クールベ*からゴッホに到る道は、ユーゴーからランボオに至る道と全く同じであった、と言っている。新しい絵を理解したものは、無論ブルジョアジイではなかったが、美術理論家達でもなかった、ボオドレエルやマラルメであった。ワグネル*という音楽家の最大の理解者はニイチェという詩人であった。マルロオはそういう処から、十九世紀の芸術家の特色は、自ら芸術家の階級というものを、時代に抗して作ったところにある、殆ど宗教的とも言っていい情熱的な孤立した*セクトを生んだところにあるとまで極言しています。artist（芸術家）とartisan（職人）という言葉は、十七世紀頃から、恐らくもうはっきり区別をつけて使われた言葉だったでしょうが、十九世紀に這入《はい》りartistという言葉は殆ど異様なと言っていい程の意味を帯びて来た。宗教や道徳や哲学が次第に信用を失って来るにつれて、人々の*形而上学的《けいじじょうがく》な憧《あこが》れや問いは、いよいよこの言葉の裡《うち》に吸収されて行く様になったのである。この傾向は二十世紀になっても少しも変ってはいないのであります。わが国が西洋の近代文学や芸術を受け入れるに際し、例えば文学上の自然主義とか絵画上の*印象主義とかが輸入されるに際し、そういう西洋の近代思潮は、ひどい歪曲《わいきょく》を受けた、或《あるい》は浅薄にしか理解されなかった、という様な反省が、今日の評家によってなされているが、この芸術家の根本の態度、文学者も画家も、各自の仕事の裡に、人生とは何かという問題を持ち込み、人間如何《いか》に生くべきかを、仕事によって明示しようという、芸術家の新しい自覚は、誤りなく受け納《い》れたのである。誤りなく受け納れて、めいめいがわが国の環境のうちで正直に生きようとしたからこそ、逆に、外来の主義主張を曲解せざるを得なかったとも言えるでしょう。生きた文化というものの難かしさです。

歴史は皮肉なものである。時代の子たる事を肯《がえん》じない動機から仕事を始める芸術家を生んだ世紀は、一方、是が非でも芸術家を時代の子と理解しようとする強い考え方を生んだ世紀でもあったのです。そこで、芸術作品を、歴史的に社会的に理解しようとする近代の方法は、本当を言えば、少くとも近代の芸術作品には甚だ不適当なのです。併し、不適当な方法であるなどと言ってもどうにもなるものではない。作家の個々の運命を洞察しようという様な努力は、作家や作品の歴史的社会的理解に関する急速に一般化する合理的な説得力の敵ではない。ここに言わば衆寡《*しゅうか》敵せずといった時の勢いが生じたのである。こういう勢いのなかに、十九世紀芸術家達の悲劇、これは私達にも受けつがれた遺産であるが、それが埋没して了《しま》った。私は繰返し言いたいのですが、芸術家達の社会的孤立という様な概念はパロディーに過ぎない。実際に演じられたものは悲劇なのである。悲劇からその内的な意味を奪って、社会的孤立というパロディーを得たに過ぎない。彼等が実際に苦しんだところを、階級意識とか或は一般に個人主義とかいうイデオロギイで覆《おお》う事は出来ないのであるが、それよりもっと根本的な事は、彼等は、歴史や社会の動きの裡に全的に解消して了う事の出来ない人間の本質なり価値なりを信じていたところにある。従って、歴史主義というものが既に、彼等には大きなパロディーに見えていたと言えるのである。無論、これは何等《なんら》理論上の発見という様なものではなく、芸術の実際の仕事が、芸術家を自らそういう自覚に誘ったのであります。十九世紀の歴史主義は、ニイチェがはっきり指摘した様に、単に現代に生活しているという理由から過去を侮蔑するという殆ど無意味な己惚《うぬぼ》れをはびこらせた。自分は空想家ではないという己惚れは、どんな未来の設計図でも、筋さえ通っていれば、現実的だと考えた。まことに歴史主義は、政治主義が蔓延《まんえん》する絶好の温床だったのであるが、かような趨勢《すうせい》に、芸術家達の仕事は、正面衝突をせざるを得ない。彼等の仕事は、設計通り決して進行しないものであるし、過去への敬意を失えば何一つ新しく価値あるものを創《つく》り出す事は出来ない。そこで歴史主義は、逆に、彼等に過去への尊敬を教えるという妙な事になった。歴史的関心が、彼等に目覚したものは、過去の文学や芸術の表現様式に関する嘗《かつ》て知らなかった広い視野であるが、彼等がそこから得たものは、歴史的発展の図式ではなく、当然、過去の諸傑作に関する豊富な痛切な審美的体験であったし、又そういう体験は、当然傑作の現す軌範《きはん》性や完璧《かんぺき》性の感情を生命とするから、彼等は、そこから、進歩の概念などを無視し、歴史を自由に逆行し、過去の到る処に、思うままに、理想的人間を蘇《よみがえ》らせた。芸術という仕事の本来の性質が彼等にそれを要求したからです。人間という汲《く》み尽し難い永遠の問題に、常に立ち還《かえ》る事を要求したからです。歴史主義の強い風潮のなかにあって、彼等の仕事の動機には、めいめいの個性に従って、すべて、あの戦歿《せんぼつ》学生の叫び「最後の質問、歴史とは何か」があったと言えるのであります。近代文学、近代芸術の*選良達によって行われた自己批判、或は、進んで社会的孤立や不幸を賭《と》した、即《すなわ》ち所謂個人主義や利己主義とは全く関係のない自己表現こそ、現代の文学者や芸術家が継承した貴重な遺産なのである。

社会の*下部構造が、*上部構造を支えるというマルクスの強い思想を全的に否定する事は出来ないでしょう。それは確かに多くの真理を含んでおります。ただ人間生活に関する真理は、これを上手に信じなければ、忽《たちま》ち虚偽になるであろう。マルクスの予想の裡を、*スターリンの影が掠《かす》めたかも知れないが、原子力の出現に至っては、彼は夢想さえしなかったであろう。マルクスは、経済上の生産技術の進歩が、思想上の進歩を保証する様に見えた時代の人である。少くとも其処《そこ》に難問を見出《みいだ》し得なかった時代の人である。技術の驚くべき進歩は、思想の進歩を遥かに抜いて了ったのではないか、と私達が疑い始めた時には、既に、私達は社会の全構造の途轍《とてつ》もない紛糾のなかにあったのであります。

産業革命は、職人の手仕事を絶滅させる様に働いたが、これに照応して、思想の生産の上でも、言わば手仕事風の経過を辿《たど》って生れて来る思想は、いよいよ無力になって行く傾向を生じた。つまり個人的主観的思想は侮蔑され、客観的イデオロギイが尊重される風を生じたのであるが、主観的とか客観的とかいう言葉は、まことに曖昧《あいまい》であるから、思想という人間が作りだす一種の道具も、その生産過程の変革によって、大変異った形や意味を帯びるに到《いた》ったと考えた方がいい様に思うのです。近代的な機械の製作者にも、最初は人間的な曖昧な動機があっただろうが、それが、機械の全構造を規定する設計図という一観念に置換えられなければ、機械の生産は始まるまい。同じ様に、広く一般的に使用されるのに成功する近代的イデオロギイは、設計通りに製作の可能な機械を模範とする。無論、ここで科学自体の価値とか進歩とかを言うのではない。客観性という言葉が、科学が要請する一観念として、汚されもせず、濫用《らんよう》されもせず止《とど》まる事は如何に難かしい事であったかを言うのです。客観性とは、科学のシステムを生産する場合の生産者の設計図に過ぎない、と明らかに理解している限り、人間は科学の主人でありましょう。併し、客観性という言葉は、知らず知らずのうちに人々の人生観のうちに盗用され、その中心部に居坐る様になる。そうなっては、人生観という言葉を世界観という様な言葉に、すり代えてみた処で、何にもならない。当人は、客観的に見たり考えたりしている積りであるが、ただそんな口の利《き》き方をしているに過ぎず、実は見ても考えてもいやしない。彼自身が客観性と化するからだ。そして注意すべき事であるが、これは、人格上の倫理的無私とは全く異るのであります。機械が運転し始めれば、技師はもういなくてもいい、まさに然《しか》るべき事であるが、観察や思索が運転し始めれば人間にもう手の付け様がないとは奇妙な事だ。ジャアナリズムが、この傾向に拍車をかける。現代のジャアナリズムに現れる夥《おびただ》しい論説に、輪転機の音が聞き分けられない様な耳はどうかしている。もっと辛辣《しんらつ》な言葉を紹介して置く。第一次大戦の直後、リルケはこんな事を書いています、*ノアの洪水時代に、ジャアナリズムというものがあったなら、私は断言するが、洪水は決して引かなかっただろう、と。

職人の習慣的な仕事、無意識の模倣が、芸術家の自由な創造、意識された独創となるわけだが、手仕事という伝統は、どうしようもないものであり、芸術家は職人から継承した手仕事の裡で、観念上の変革を始末しなければならなかったという事が、非常に大切な点なのであります。言ってみれば、芸術家とは自覚した職人だ、で済みそうだが、その真に意味するところは殆《ほとん》ど摑《つか》み難いのである。例えば模倣と独創との概念に一応区別がついたところで、芸術家は、模倣し乍《なが》ら独創を現ずるに至るかも知れぬし、独創を念じて、模倣にさえ及ばぬかも知れない、自由の観念は、自由の表現の邪魔になるかも知れないし、不自由な規律のお蔭《かげ》で、自由の真意は伝えられるかも知れぬ。そういう次第で、職人の手仕事を合理化した工業の組織が、手仕事の秘密を殺して了ったところを、芸術家は、逆に、この秘密を分析し批判して、これを新しい認識の下に存続させようとする道を進んだ。手仕事は合理化されず、意識化された。それがどんなに極端なところまで行ったかは、実例をあげて言う要もあるまい。芸術家は、言わば、仕事の強度の意識化によって、職人の半ば無意識の仕事のうちに緘黙《かんもく》していた美に何とかして、口を割らせようとしたのであって、かような努力が払われるところ、文学の作品は言う迄《まで》もない事だが、音楽にあっても、絵画にあっても、音や色は、作者の想《おも》いを出来る限り表出しようという傾向を生じた。美は思想になったと言えるのである。美は、もはや文明の黙々たる装飾たる事を止《や》め、自ら進んで文化の意味を問おうとし、出来る事なら美しいが故《ゆえ》に、自らその解答となろうと願ったのである。

文学者や芸術家は、己れの内的な動機を、絶えず制作行為の裡に投げ入れる。動機は制作を生み、制作は又新しい動機を目覚すという具合に、彼等の思想生産という手仕事は、紆余《うよ》曲折して進むのである。何等格別な事ではない。知るとは生きる事だ。かような筋道を踏んでは、いつまで経《た》ってもイデオロギイは出来上らない。作者の人間性が解放されるだけだ。それで充分だという信念は格別なものかも知れないが、そういう筋道を通って思想を作り出すのは万人の一番素朴なやり方でしょう。様々な花が開くのが当り前な様に、彼等の個性に順じて思想の多様性が現れるのは当り前な事だ。そして例えば、ゲーテの思想がシェクスピアの思想と衝突するなどという光景は誰も見た事はないのだし、私達めいめいが個性の魅力を保持していなければ、真の友情は起り得ない事も解《わか》り切った事である。友と共感する為《ため》に己れの何かを捨てる必要はない様に、芸術作品に対しても、人々は自己流にしか共感しない。芸術作品は、各人の自己を目覚めさせる事によって、人の和を作り出す。文学者や芸術家は、こういう性質の普遍性しか本当には信じていませぬ。この信念は当然、説得や論証による人々の一致に関する疑念を蔵している。外的な証明によって出来上る思想の一般性が、人間的内容を欠いている事についての疑念を蔵しています。この様なところから、一般文化の問題に関しても、文学者や芸術家の考え方というものが自ら生じて来るのであって、彼等はどうしても文化の分析的な構造よりも、文化の持続的な生命の方を重く見る様に誘われるのである。文学者は、自分の持つ文体から、画家は己れの色調から、国民の文化という大きな作品の持つ独特な文体なり色調なりを、極く自然に、切実に類推せざるを得ないでありましょう。分析し難い文化の様式こそ、文化が人間によって生きられた明瞭《めいりょう》な刻印であり、又そう考える事こそ文化の根本条件に触れると考えざるを得ない。何が格別な考え方でしょうか。

マルクス主義の文学運動が盛んだった頃、文学に於ける政治性の優位という問題がしきりに論じられたが、そういう児戯に類する論戦は、もはや昔の夢となった、少くとも今日の文壇はそんな様子をしている、何故だろう。文化一般に於ける政治性の優位が、誰の眼にもあんまり明らかなものになると、却《かえ》ってそういう事になるのかも知れない。到来した悲劇は、あんまり大き過ぎたのか。知識人達は、文化統制の非を言い、言論の自由を言い乍ら、一方、文化国家とか国際文化とか、何処《どこ》の国の辞書にもない不思議な言葉を平気で使っている。戦争中は文化は不急のものという事になっていたが、敗《ま》けてみると文化は急を要するものになった。何んのことはない、ただ、頭を圧《おさ》えつけられていた文化が、今度は飴細工《あめざいく》の様に延ばされただけだ。国語は国民文化の生命であるという様な考えは、極く少数人の古風な趣味に過ぎないから、これも飴細工並みに改良されるといった次第である。

初めにお断りして置いた様に、私の言いたい事は極く僅《わず》かな事である。ひそかに常識だと信じているところを告白するに止《とど》まるのです。大戦直後、私は、或る座談会で*、諸君は悧巧《りこう》だから、たんと反省なさるがよい、私は馬鹿だから反省などしない、と放言し、嘲笑《ちょうしょう》された事がある。放言なぞ嘲笑されて然るべきもので、そんな事は何んの事でもないが、当時の私の感情は、今日も変らず、これを口にすればやはり放言とならざるを得まい、と考えると、これには閉口するのである。マルクス主義文学運動の盛んだった当時、清算*という言葉がよく使われたが、私はあの言葉が大嫌いであった。その大嫌いな言葉が、戦後又復活した。そういうともう放言めいて来るのが弱るのです。恐らく問題は大変微妙なのだ。前に「きけわだつみのこえ」に触れましたが、あの本を読んだ時、直ぐ気付いた事があった。が、言えば誤解されるだけだと考えて黙っていた。それは学生の手記に関してではない。編輯《へんしゅう》者達の文化観の性質についての感想であった。手記は、編輯者達の文化観に従って取捨選択され、編輯者達によってその理由が明らかにされていたからである。戦争の不幸と無意味を言い、死に切れぬ想いで死んだ学生の手記は採用されたが、戦争を肯定し喜んで死に就いた学生の手記は捨てられた。その理由が解らぬなどと誰も言いはしない。理由には条理が立っているのである。ただ私は、あの本に採用されなかった様な愚かな息子を持った両親の悲しみを思ったのです。私は、そういう親を知っていた。彼は息子を軍国主義者などと夢にも思っていなかったし、彼自身も平和な人間であった。戦犯が死刑になる世の中で、戦歿《せんぼつ》学生の手記が活字の上で裁かれるなど何の事でもない。それはよく解っているが、そこに何の文化上の疑念も抱かないという事は間違っていると思います。文化が病んでいるのです。或る学生は、死に臨んで千万無量の想いを、一枚の原稿紙に託するつらさを嘆いていたが、みんながみんなそうだったであろう。遺言にイデオロギイなどを読んではいけないのである。私は編輯者達の良心を疑いはしないし、揚足《あげあし》が取りたいのでもない。誤解しないで戴《いただ》きたい。だから問題は微妙だと言ったのです。たとえ天皇陛下万歳の手記が幾つ採録されていたところで、どれもこれもが千万無量の想いを託した不幸な青年の遺言であったという事に関して、一般読者は決して誤読はしなかったであろう。そういう人間の素朴な感覚には誤りがある筈《はず》がないと私は思う。編輯者達は言うかも知れない、私達は感情を殺さなければならなかったのだ、と。進歩的文化の美名の下に、であるか。彼等は、それと気付かず、文化の死んだ図式により、文化の生きた感覚を殺していたのである。

文化を論ずる事を好む人々が、ジャアナリズムの上で、申し合せでもした様にやって来た事は、私達みんなが体験した大戦争を、ただ政治的事件として反省した事だ。これが五年間も続いては、異様な感を抱くと言っても非常識とは申されまい。失恋した男が、外交の失敗を反省していれば、誰にも異様な感を与えるでしょう。あれほど歴史の必然という言葉が好きだった知識人達が、大戦争は歴史の偶然だった様な口の利き方しか出来ないのである。日本人がもっと聡明《そうめい》だったら、もっと勇気があったら、もっと文化的であったら、あんな事は起らなかったのだと言っている。私達は、若《も》しああであったら、こうであったであろうという様な政治的失敗を経験したのではない。正銘の悲劇を演じたのである。悲劇というものを、私がどう考えているかは既に述べました。悲劇の反省など誰にも不可能です。悲劇は心の痛手を残して行くだけだ。痛手からものを言おうと願う者は詩人である。そして詩人が、どんなに沢山の、どんなに当り前な人間の心に住んでいるかを知るのには、必ずしも専門詩人たるを要しないでしょう。無論、政治事件の反省者達を侮蔑《ぶべつ》しようという様な気持はない。時の勢いには抗し難いものがあるからだ。ただ私は時の勢いの或る性質をはっきりと認知したいだけなのです。文化は断絶的に反省され、計画的に設計されるものではない。文化は計算の目的などにはなり得ない。何を置いても先《ま》ず私達に持続的に生きられるものだ。この簡明な人間生活の根本の事実が、又、何と私達の意識の達し得られぬ程の深所にあるか。この事に関して畏敬《いけい》の念を失えば、もう文化という様な言葉をいっそ使わぬ方がいい。処がそうなると、却って文化という言葉が濫用される。これは異様な事です。そして、これを異様な事だと感ずる文化感覚は、私達の内部の倫理感や審美感から発する他はないでしょう。これは些細《ささい》な事ではない。文化を政治によって意識的に支配しようとする大国家が現れたのも、有機的な統一を欠いて組織化された大集団が政治の対象として現れて来たのも、歴史上空前の事実である。その為に、現代文化に於ける政治性の途轍《とてつ》もない優位が現れた。知識人の政治批評は、いよいよ華々しいイデオロギイ論議となって行くでしょう。これが、往年の床屋政談より、何か増しなものなのでしょうか。私達の常識は、こういう文化の不健全を感じている筈だ。政治のイデオロギイによる自己主張を憎んでいる筈です。政治は、私達の衣食住の管理や合理化に関する実務と技術との道に立還《たちかえ》るべきだと思います。

「ペスト」 I

アルベル・カミュの「ペスト*」は近ごろ大変興味深く読んだ本であった。

十九世紀風の小説が行き詰って了《しま》ったのはフランスでは大体ブウルジェ*やフランス*あたりの作品に於いてであろう。その後小説というものに関する不信が強く現れ、多くの第一流の文学者、例えばペギイ*にしてもクロオデル*にしてもヴァレリイにしても、またジイドにしても、小説に背を向けて重要作品を書いた。そういう形勢のなかで、新しい形の小説を創り出そうとする努力は、新しい作家達によって間断なく続けられていたであろう。私は最近のフランス文学について全く不案内であるが、そういう努力は、まことに苦しいものであったであろうと「ペスト」のような新作に接すると思うのである。多くの才能ある作家が新技法を競っているフランスのような文壇で、新作家が頭角を現すことは、どんなに困難なことであるか、これはわが国の新作家には殆《ほとん》ど想像し難いものではあるまいか、私はそんなことを思った。無論、これは卑俗な考えであるが、「ペスト」には、そんな風に思わせる何か実に辛《つら》い感じがある。新しい才能の自然の開花という風なものは少しもない。凡《すべ》てが驚くほど明瞭な批評精神によって計量され尽した末に成った新しいメカニスムといったようなものである。

人物、心理、事件、風俗、そういうものに関する在来の小説家的通念は、ことごとくここでは疑われている。そんなものに色目を使って、何やら新しそうな小説を書こうとしても、いまとなっては駄目だ。それは一種の詐欺だ。作家自身がそういうものをもう信じていないではないか。もし信じているのなら、君は現代というものを知らないのだ。作者の動機はそんな風に見える。これは一種の思想小説ともいえるだろうが、通念としての思想はすべてここでも疑われている。愛や悪や人道や宗教に関するどんな思想も自足したものとしては現れていない。しかし傍観的な懐疑主義は、この作者にはもう何んの興味もなく、いろいろな思想の限界を人間の生きる苦しみのなかに徹底的に究明しようとする。アプレ・ゲール*の文学という言葉がわが国でも使われているが、そういう言葉の本当の使い方は、こういう作品によって会得《えとく》されるように思った。

「ペスト」II

「或る種の監禁状態を、他の或る種の監禁状態によって表現することは、何んであれ実際に存在する或るものを、存在しない或るものによって表現することと同様に、理にかなった事である」。こんなプロローグが、巻頭についている。デフォー*の言葉だそうだ。プロローグというものは妙なものである。先《ま》ず大概の場合、ある種のシンフォニイについた表題の様に、却《かえ》って人を惑わせる。事実、目的はまさに其処《そこ》にあるのかも知れない。カミュは、読者の早呑込《はやのみこ》みを警戒しているのかも知れない。デフォーが味《あじわ》った実際の監禁状態とは、政治犯*としての牢獄《ろうごく》生活だっただろう。彼が獄中で、「ロビンソン・クルウソー*」を構想したと想像してみる事は、カミュが、ナチ占領下に於ける、所謂《いわゆる》レジスタンス*運動の中で、「ペスト」に関する重要な観念を得たと想像するのと同様、理にかなった事であろう。ロビンソン・クルウソーが暮らす絶海の孤島と、ペストに見舞われて孤立を強いられた一市街とは、見掛けほど異ったものではない。二人の作家によって選ばれた、物語の舞台の象徴的な意味合いは、寧《むし》ろ大変よく似ていると言っていい。ロビンソン・クルウソーは、奴隷《どれい》になったり、土人や猛獣と戦ったりした挙句《あげく》、無人島の住人にまで成り下る。ここには、恐らく、波瀾《はらん》万丈の作者の生活に発する思想が、結論として要求した、言わば人間生活の限界状況という観念があるのである。この主人公は、無人島を、少しも異常な環境とは思っていない。重ねて来た様々な経験は、異常という様な考えを、子供っぽい、未熟な考えと、彼に教え込んだらしい。彼は孤独さえ感じていない。孤独感という様なものは、衰弱した一種の空想である。人間なんかフライデー*一人で沢山だ。彼が現れぬ前は、人間の足跡だとか人間の骨だとか、難破船が遺《のこ》した少々許《ばか》りの人間の道具類さえあれば、彼の社会感情なり社会感覚なりを、生き生きと目覚ましておくに足りる。日々の生活が緊張しているから、彼には、絶望すべき理由が、何処《どこ》にも見附からぬと同様に、何処か遠い処にある理想や希望を信ずべき理由もない。さし当り必要な最小限度のものしか持たず、一切の空想を信ぜず、常に不測の脅威にさらされて生きる、この男の何処が異常であるか、人生を観察してみたまえ。そんな風に作者は言い度《た》かったと考えてはいけないか。

「ペスト」という二百年後の物語は、言う迄《まで》もなくもっと込み入ったものであるが、作者の狙《ねら》いを附けているものは、やはり、最小限度の衣裳《いしょう》をつけた人間の存在の状態である。「ペスト」の主人公リウーも、ペストに襲われたひどい人間の生活を、少しも異常な生活とは考えていない。彼は、ロビンソン・クルウソーの様な冒険家ではないが、彼に平静な態度を教えたものは、やはり彼が重ねて来た批判意識の上の冒険であった。人間はいつもペストにかかっている。これは、当り前の事だ。オラン*の街の人々は、いつも私達の身近かにある死という得体の知れぬものを、多少は正直な眼で眺めてみただけである。リウーという冒険家に、自明であり、又それ故《ゆえ》に必要なものは、認識と存在或《あるい》は精神と自然とを隔てた太古さながらの荒海である。やがて来る難破が疑えぬ以上、哲学的解決や宗教的救済は空想に過ぎない。彼は、人生が作られている根本条件を不条理 absurde と呼んだ。カミュはリウーである。本当の冒険家とは、自ら冒険をしているとは少しも思っていない者だろう。この意識上の冒険家も、危険だけを必要としているから平静なのである。不条理とは、空想か忘却によってしか出口のない現実の人間の状態であり、正しく考えるとは、この状態に密着して考える事であり、この状態を勝手に限定したり、この状態から抽象を行ったりして、真理という数多《あまた》の水死人を拾い上げる事ではない。こういう意識は、当然危険な意識であるが、一方、それは明識《めいしき》の限界として現れる筈《はず》だから、そのまま積極的な生活信条ともなり得るのである。リウーは決して異常な人物ではない。彼の言葉を借りれば、出来るだけ正直に見、誠実に生きようと努めている男である。成る程、彼の様な人物は、まことに稀有《けう》であるが、問題は正直さや誠実さの程度だけにあるのだから、人間仲間を外れて孤独になるという事は、彼には、言わば疑わしい特典に過ぎないのである。要するに、リウーという医者は、個性と合理性との奇妙な混血児たる前世紀のリアリストの亡霊も引摺《ひきず》らず、政策とイデオロギイに酔った今世紀のリアリストの面影もない、新しいリアリストの型として登場していると言える。こういう人物を思い描いた作者が、デフォーという、自由思想の擁護者として戦い、遂《つい》に自由とはいかに人間に重い荷物であるかを徹底的に理解した十八世紀のリアリストを思い出すという事は自然な様に思われる。

私のデフォーに関する知識は貧弱で、これは勝手な想像を出ないのであるが、彼が二度目の出獄後、突然、政治生活を、きれいさっぱりと見限って、怪し気な様で窮死するまで、全半生を作家生活に賭《と》し、他を顧みなかったという事には、何か大きな心の転回があった様に感じられる。彼は、「実際に存在するものを、存在しないものによって、表現する世界」に全く閉じ籠《こも》って了《しま》った。彼がその架空の物語によって、ロ*マン・ナチュラリストの開祖と呼ばれたのも面白い事である。人間という実際に存在するものには、恐らく、彼の見極めるところでは、存在しないものによって表現しなければ現れて来ない何ものかがあったのである。「ペスト年代記」*という彼の想像の産物を、読者は永い間真の歴史記録と信じていたそうだ。本当を言えば読者は決して間違えたわけではないとも言える。カミュは、リウーという架空の人物に架空の記録を書かせるに当り、こんな事を言わせている。

「これらの事実は、或る人々にとっては、いかにも自然に、又或る人々には、反対に、まことらしからず見えるであろう。併《しか》し、詰るところ、記録作者というものは、そういう矛盾を顧慮してはいられないのである」

昨年、「きけわだつみのこえ」*という戦歿《せんぼつ》学生の手記が出版されて、広く読まれた。私も一読して苦しい想《おも》いをした。その際、娑婆《しゃば》という言葉が、手記中で屢々《しばしば》使われているのが私の注意を惹《ひ》いたが、出征した人々は、もはや娑婆にはいないと感じている、戦争は娑婆の出来事ではないと感じている。そういう気持ちが非常によく現れていた。「平家物語」は戦争と恋愛との絵巻であった。どちらも人間の劇であり、恋愛が女の情操を磨く様に、戦争は男の意志を鍛えたのであるが、さような事は、もはや遠い昔の夢となった。恐るべき兵器の前で、人間は勇気も意志も試す術《すべ》を知らない。爆弾の餌食《えじき》に勇者も卑怯者《ひきょうもの》も、悪人も善人もない。兇暴《きょうぼう》な無意味なメカニズムが、人間から人間というその唯一《ゆいいつ》の手段であり目的であるものを奪い去る。或る学生は叫ぶ、「恐ろしき哉《かな》、浅間《あさま》しき哉、人類よ、猿の親類よ」。私は、学生の手記に現れた不安や懐疑や絶望や諦念《ていねん》の向うに、彼等が見たに相違ないものを見る。彼等は、それを仕方なく死という言葉で表現する。仕方なくだ。併しそれは、人間の死とさえ呼べぬ、何かしら醜悪なものである事を、彼等が感じているに相違ないと私も感ずる。「きけわだつみのこえ」とはまた古風な皮肉な題である。万葉歌人の海神《わたつみ》は、もう居やしない。或る人々は言う、君達は正しい歴史の動きを見る眼がなかった、眼を誰かにふさがれていたのだから、君達を責めようとはしまい、と。そういうものであろうか。或る学生は書いている。「最後の問い、歴史とは何か」と。

最近の二大戦争は、歴史に関する人々の不信、私達は歴史判断の過誤に躓《つまず》いたのではなく、歴史そのものに衝突したのではないか、という疑いをいよいよ深めた。それは、観念論であれ、唯物論であれ、十九世紀の合理主義の史観が、どういう風に修正さるべきかという様な問題ではない。大経験が齎《もたら》した新しい広く行き渡った生活意識の問題である。第一次大戦後に、フランスに現れたアプレ・ゲール*という新語は、第二次大戦後には、日本語にもなった。この新語を嘲弄《ちょうろう》する人々も例外ではない。人間は歴史的存在であるという考えは分裂し、歴史と人間との間に途轍《とてつ》もない不均衡が現れた事を経験した。嘗《かつ》て*ケルケゴールは早くも、ヘーゲルに、壮大な歴史哲学の建築を作り上げ、扨《さ》て薄汚い門番小屋を別に立てて、自分はそこに棲《す》んでいる奇妙な哲学者を見たし、ニイチェは「*永遠回帰」の足踏みをして「危険な哲学者」と自称した。彼等の孤独な体験の表現が、彼等の洞察を承認し、彼等が体系的思想を遺さなかった事を不満とする所謂*実存主義哲学として再製されたという事は、私には疑わしく思われる。自分は門番小屋に住んでも合理的体系は、どうしても作り上げねばならぬという要求が、ドイツ哲学の伝統のなかで、いかに執拗《しつよう》なものであるかを、はっきり感ずるだけだ。カミュは、実存主義の文学だと言われている。或は「ペスト」は実存主義を一歩踏み出した作品だなどと言われている。併し、私には、彼の作品は深くフランスの十七世紀以来の*モラリストの伝統に根ざしていると考える方が、遥《はる》かにわかり易《やす》い。歴史哲学という言葉を、はじめて使ったのは*ヴォルテールだそうだが、ドイツ浪漫派の嫡流《ちやくりゆう》たる歴史哲学は、遂に、フランス人の肌には合わなかった様である。

カミュは、人間どもは、ペスト菌と一緒に、門番小屋の方にいると言う。ペスト菌には、精神の自己運動という様な気の利《き》いた事は出来ぬから、トランクや反古《ほご》のなかで、機会があったらいつでも鼠《ねずみ》どもを駆り出そうと、辛抱強くかくされているだけだという。これは、パスカルが「人間の現実の状態」とか「人間の置かれた地獄」とか繰返し書いたところと異ったものではない。

Romanという言葉を、小説と訳したのは誰だか知らないが、名訳だとかねてから思っている。小説という言葉は、周知の様に、君子《くんし》之《の》説に対して小人《しょうじん》之説を言う。先ず君子之説という原理があり、それから、あらゆる個々の小人之説が意識的に又無意識に演繹《えんえき》され、誰も怪しまなかった時代もあったが、今日では全く逆の有様となった。私達はもはや私達の生活形式を演繹するに足る普遍的な強力な原理を失っている。各人がその気質や環境から、多かれ少かれ論理的に、原理めいたものを帰納《きのう》しなければならず、又その為《ため》に現れる数々の異質の原理に心労するという苦しい時代に生きている。こういう傾向の最も著しい先駆的表現が近代小説というものであった。小人之説の最も基本的な形は告白である。近代小説は、先ず告白として生れた。

*アランは、小説と歴史との区別について、面白い分析を試みている。彼の考えによれば、と言っても、私が勝手に塩梅《あんばい》して言うのだが、ロマンという言葉から生れたロマネスクとかロマンティックとかいう言葉には、非常に豊かな意味合いがある。*ルッソオの「*懺悔《ざんげ》録《ろく》」が、ロマンの典型であるのは、告白というものが、ロマネスクなも

のだからであり、ナチュラリスト*の小説でも、その基本となるものはやはり告白というロマネスクなものにある事に変りはないのである。告白によって現れる人間の内的なもの、個人々々の気質や肉体の機構に密接に結び附いた微妙なものは、現実の社会生活のなかにあって、最も消滅し易い、脆弱《ぜいじゃく》な性質のものだ。喜びやら悲しみやら、自己との対話やら、何処にそういうものが頼りとする社会的証言が見附かるか、誰がそういうものを証明してくれるか、凡《すべ》て不安な忽《たちま》ち死滅する夢に過ぎないという点でロマネスクなものだ。こういう夢を生き生きと力強く発展させ、遂に全人間の映像を描き出すに至るものが小説《ロマン》であり、小説家《ロマンシェ》という一種の夢想家の一種の行為なのである。現実の普通の行為は、夢を実現するどころか、これを食い尽す。ナポレオンの夢想なぞ誰も知りはしない。人間の性格が歴史の判断の下に置かれるのは、性格の歴史的部分、つまり証言にもとづいた、証言向きの思想や理智であり、真の情熱を含んだ性格のロマネスクの部分ではない。歴史家は、この抽象的性格に応じて、人間の社会的な行為を、常にその動機の方に溯《さかのぼ》り、これを外的原因に連れ戻す。だから、歴史は、最も優れたものでも、資料に欠けたところがある。個人、人間から出発しないからだ。

バルザックは、歴史的社会的人間の観念を、最初に明察した作家だが、歴史家ではない。到《いた》る処《ところ》、ロマネスクな魂が脈打っている。この魂の信ずる処では、成る程この世には在りそうな事しか起るものではないが、逆に、起るもの、現にあるものは、皆在りそうもない事ばかりである。観察とはすべて事後の観察である。観察によって知る代りに、生きて知るという心掛けで眺めるなら、人生には在りそうもない事だけが起っている。彼の作に、欲望と事件との全く真らしからぬ遭遇が、到る処に現れるのはその故である。人間は欲望のままに事物に跳《おど》りかかり、望むもの、願うものを引摺り歩き、お互に衝突し、のた打ち歩く。そういう人間の不安定な危険な立場に固執して、情熱も犯罪も不幸さえ進んで希《ねが》うという生活感情に則《のっと》って、小説の世界を創《つく》り上げる。小説は仮構の世界である。併し、人間の生きた感情や思想の源泉は、深く人間の個性の内部にかくれているものだし、これを源泉から汲《く》み取って、外部で充分に発展させ、確固たる形を与える為には、小説家には仮構の世界が是非とも必要である。現実の社会生活は、そういう思想や感情が、現れようとすれば、直ぐ水を差して薄め、平均化して殺して了う様に働いているからである。人間という存在の深処は、存在しないものによって保証されるより外《ほか》はない。

近代の小説家で、歴史家と芸術家について、最も深く考えた人は「戦争と平和」を書く為に、殆《ほとん》ど図書室が一つ建つほどの文献を読んだと言っているトルストイであろう。「戦争と平和」は歴史論で終っている。これは、従来の歴史家の不徹底な方法を論破して、新しい厳格な歴史学はどういうものでなければならぬかを説いたものだが、科学者が「実在しない不動の意識を拒否して、己れの感知せざる運動を承認する如《ごと》く」、歴史家は「実在せざる自由を拒否して、己れの感知せざる被支配的状態を承認しなければならぬ」という結論に達するまで、見たくない論拠なぞは一切無視すると言い乍《なが》ら、天才的洞察をばら撒《ま》いて走って行く、いかにもトルストイらしい一気呵成《かせい》の推論で、面白い。結論なぞは、どうでもよいのである。当人だって信じてはいないかも知れぬ。それに、本当の結論は、作品自体である事を考えるなら、作者のよく承知していたアイロニイかも知れないとさえ思われる。いずれにせよ、この徹底した分析精神には、中途半端な合理性は堪えられないのである。ナポレオンを凡人に描くのが、何も興味があったわけではあるまい。作中のあらゆる人物が、人間としての限界を示す。ある時代の思想だとか、ある権力者の力だとか、という歴史家が便宜上考え出す観念の疑わしさ、曖昧《あいまい》さに堪えられないのである。作者が、一八一二年役《えき》を、あれほど執拗に描いたのは、異常な状態に関する興味からではない。社会の平常な状態に光を当ててみせる為だ。彼は、命令機構によって整然と組織された軍隊を、円錐形《えんすい》にたとえる。戦争が始っても、歴史家は、普段戦争の真似をしている軍隊しか見ない。

円錐形の尖端《せんたん》から発せられる命令が、円錐形の底部を動かすと思っている。事実は、無数の命令が発せられ、底部の動きに適応した命令だけが守られるに過ぎない。守られなかった命令は、文献には残らない。誤魔化《ごまか》されるのは歴史家だけに限らぬ。命令者当人も命令した通りになったと錯覚するのだ。人間は、自身で経験した事件についてさえ、数日後には噂話《うわさばなし》に影響された話し方しかしないものだ。円錐体の底部にある人々は、すべて事件を直接に体験するが、尖端に近附くに従い、事件との関係は抽象的になって行き、最後の一人は全能力を命令にしか使わない。権力と呼ばれる観念は、こうして形成される。社会的な共同行為は、これを正当化する何等かの観念なしには行われない。戦争も、自由の為とか、祖国の為とか言われるのである。この正当化の観念は、命令者という抽象的人間によく似合うが、直接事件に衝突している具体的人間には、全く不向きである。日々の行動に当てはまるところがない。トルストイの見たのは、そういう歴史の原動力となる人々であった。

事実や事件は、すべて人間に体験されたものとして描かれている。人間はすべて外界に衝突して、内的な願望や思想を言い様のない方法で成熟させて行く存在として描かれる。何一つ仮説や計画通りには進行しない。各自がその個性に則って、ロマネスクなものを爆発させている様に描かれる。この歴史の原動力の運動は一つの混沌《こんとん》である。トルストイは、恐らく、こんな風に言いたいのだ、人生は無限に近附いて眺めるべきだ、歴史の摂理は、無限に遠ざけて考えるべきだ、そうすれば、人生は、夢の様に、不条理な不安定なものになるだろう、どうしてこれが、何か格別な異常な状態だろうか、と。

「戦争と平和」は、ピエール*夫婦の全く凡庸な会話を終幕とする。「ナターシャも夫も、さし向いになると、ただ夫婦の間にのみ見られる方法で話し始めた。つまり、推理や演繹や結論を無視して、あらゆる論理の法則にそむき乍ら、特別明瞭《めいりよう》迅速に、互の思想を理解したり、伝えあったりし始めたのである。――夢の中では、その夢を支配する感情の他、凡てが不確実で、無意味で、矛盾だらけであるが、それと同様に、あらゆる理性の法則に反したこの思想交換に於いても、はっきり秩序だっているのは、言葉ではなく、言葉を支配する感情であった」

私は「ペスト」の事を忘れて書いて来たわけではない。作者は小説家として、現代の目新しい風俗だとか思想だとか心理だとかを描いてみせようとする、もう一種の惰性の様なものになって了《しま》った願望を全く捨てている。昔から少しも変らぬ人間という疑問に立戻り、嘗て救われた例《ため》しがなく、将来も恐らくあるまいと思われる人間に対する一つの態度、教説でも理論でもない自分自身の態度を決めようと覚悟している様に見える。ルッソオ以来、幾多の大小説家の才能を、自由に自然に開花させたロマネスクなものという理念《イデー》は、現代では、もはや非常な努力で支えねばならないものになった。それは「ペスト」という作品の形式が明示している。その形は、権力だとか技術だとか国家だとか階級だとかいう、まるで軍隊の様に武装して、人間に命令し、人間を支配しようとする非人間的観念に対し、或は神だとか自由だとか人道だとかいう、人間を誘惑する空想に対し、決然として抵抗する防塞《ぼうさい》、そんな形をしている。指揮官のリウーという医者は、何んの為に戦うかと聞かれて、知らないと答える。彼は、命令者ではない。

「まことに、彼が日がな一日、人々に分ち与えるものは、救済ではなく、知識であった。こんな事は勿論《もちろん》、人並みな人間の職務とは云えなかった。しかし、結局、この恐怖に圧せられ、多数を殺戮《さつりく》された民衆のなかで、一体誰に、人間らしい職務など遂行する余裕が残されていたのであろうか。疲労というものがあった事は、まだしも幸福であった。万一、リウーがもっと清新な状態にあったら、到る処に溢《あふ》れたこの死臭は、彼を感傷的にしたかも知れなかった。しかし、四時間しか寝なかった場合、人間は一向感傷的ではない。彼は事物を在るがままに見る。つまり、正義の面から、厭《いと》わしく又愚劣な正義の面から見るのである。そして相手方、つまり宣告された人々も、同様に又その事をよく感じていた。ペストの前までは、彼は救いの神の様に迎えられていたものである。丸薬《がんやく》三粒と注射一本で、すべては片附く段取りであり、人々は彼の腕を抱えて、廊下を案内して行ったものだ。これは悪くない気持ちであった、が、怪し気な事でもあった。今では、それどころか、彼は兵隊と一緒に出向き、銃尾の乱打で、やっとその家の人々も、扉を開ける決心をするのであった。彼等は、彼を、また全人類を、彼等と一緒に死のなかに引き摺り込みたかったことであろう。まったく、人間は人間の仲間なしに過せないという事は、いかにも事実であり、彼もそれらの不運な人々と同じくらい凡てを奪われていたのであり、彼自身、彼等のところを辞去して了うと、胸のうちに高まるに任せていた、あの同じ憐憫《れんびん》の戦《おのの》きに値する人間だったのである」

タルー*はキリーロフ*を思わせるし、パヌルー*はバルト*の様な事を言う、二人をペストで死なせる必要が作者にあったのは、作者の冷い懐疑主義によるのではない。リウーは二人を愛していた。結論は彼等の肉体だけに来て、彼等の思想は肉体の様に苦しむ。そういういかにも人間的な思想にふさわしい逆説を愛していた。而《しか》も「愛というものは、決してそれ自らの表現を見出《みいだ》し得るほど力強いものではない事を知っていた」。ペストは段々ひどくなり、市外の昔の火葬場も利用しなければならなくなった。廃線となった市電を動かし、遊覧車や牽引車《けんいんしゃ》まで駆り出し、真夜中に死骸《しがい》をはこび出す。市民は、*哨戒線《しょうかいせん》を抜けて、花を車に投げ込みに行く。リウーは、花と死骸を積んだ電車が、夏の夜、大きな海に沿って、ひどく揺れ乍ら動いて行く音を聞く。彼の愛は、切られた花の様に、何かの断片の様に、作の彼処《かしこ》や此処《ここ》に現れる。それはどうしても、断片でなければならぬ様に見える。併《しか》し、もう止《や》めよう。この作品は読者との間に、ピエール夫婦の間の様な特別な話し方を要求しているであろう。

喋《しゃべ》ることと書くこと

昔は文章体と口語体とがはっきり分れていたが、今の文学者は、皆口語体で書いているから、喋る事と書く事との区別が一般に非常に曖昧《あいまい》になって来ています。私は講演をずい分活字にしておりますが、本で私の講演を読まれた方は、私が余程上手な講演をしている様にお感じになるかも知れない。だけど、それはみんな嘘《うそ》なので、あれは後ですっかり直すんです。つまり、さも巧《うま》い講演をした様な感じをどうして読者に与えようかといろいろ文章に工夫を凝《こら》しているわけで、工夫をしていると、ところどころに括弧《かっこ》をして、笑声とか拍手とか書きたくなる程である。だが、これはやらない、入れたら文章にはならない。笑声や拍手の括弧の這入《はい》った講演速記録を読むくらい退屈なものはない。人の声を耳で聞くことと、文字を目で追う事とは大変な違いがあるものです。

私は、文士の講演もずい分聞きましたが、私の聞いたなかでは、菊池寛*さんの講演が一番うまいと思いました。あの人は決して所謂《いわゆる》雄弁家ではなかった、一体リアリストに雄弁家なんというものは先《ま》ずありませぬ。菊池さんは、又、所謂話上手な人でもなかった。あの人の講演がいつも成功していたのは、話の内容に空疎《くうそ》なものがなかった事にもよるが、一番の原因は、いつも眼前の聴衆の心理を捉《とら》えていた、話すにつれて、聴衆はいろいろに反応するが、その反応をいつも見てとっていたところにあった。「僕は、演壇を机の前まで歩いて行くうちに、今日の講演は受けるか受けないかわかって了《しま》う」と菊池さんは私に言った事があります。あの人が演壇を歩いて行く姿を見て聴衆は笑うのです。無論滑稽《こっけい》だから笑うのではない。何となく様子がユーモラスだから笑うのです。だが菊池さんの様子がユーモラスだと感ずる為《ため》には、菊池さんの作品を読んで、既にこの作家に親しみを感じていなければならぬ。つまり、この場合、聴衆は、われ知らず自分達の教養の程度を笑い声によって表現して了う。従って、講演者は、講演の成功不成功のバロメーターを机まで歩いて行くうちに与えられるというわけです。聴衆がクスリともしなければ、机に行きつくまでに話題を代える事にしていた、と菊池さんは言いました。僕の講演が受けなくって、がっかりしていると、聞いていた菊池さんは笑ってこんな事を言った事がある。「君みたいに話の筋を無理に通そうとしたって駄目だよ」。成る程、あの人の話を聞いていると、そこはもう自在なもので、例えば、暫《しばら》く黙っていたかと思うと、突然、「ええ、源義経という大将は、なかなか面白い大将でして……」という様な事を言う、前の話と何んの関係もない。だが、そう言われてみれば、聴衆の方は源義経の事ばかり考え、前の方は忘れて、さきに進んでくれるから、別段仔細《しさい》はない。又、話に詰まれば、「伊達政宗《だてまさむね》という人は……」とやればよい。講演者がさきへさきへと進むのに、立ち止って考え込むわけにはいかない。聴衆は自分の時間というものを持っていない。たまたま持つ者がある。彼はあたりを見廻して欠伸《あくび》をしています。実際、われに還《かえ》った時、欠伸の出ない講演会なぞ先ずないと言っていいでしょう。人々が共通の目的を持って一堂に会すれば、必ずその場の雰囲気に支配される。講演を楽しもう、せっかくやって来たのだから面白がらなくては損だ、という集団心理の協力が先ずなければ、講演者は何一つ出来る筈《はず》がない。まあ講演にもいろいろあるだろうが、私の経験した文芸講演会などはみなこの手です。それで受けないのだから、よっぽど話が下手なわけだ。併《しか》し、上手だと言っても、文士の講演なぞ高《たか》が知れている。辰野隆《ゆたか》*博士などはずい分講演の上手な方だ。あんまり方々で講演を頼まれるので、種がつきた。仕方がないから、何処《どこ》かで演題を少々代えて同じ話をしたところが、貴様は詐欺《さぎ》だという葉書が舞い込んだそうです。聴衆は同じ講演を二度聞く雅量を持たぬ。辰野さんくらい巧くなっても、やれば詐欺だという事になる。とても落語家の様には参りませぬ。

本を読む人は、自分の自由な読書の時間を持っている。詰らぬ処《ところ》をとばして読もうが、興味ある処に立ち止り繰返し読んで考え込もうが、彼の自由です。めいめいが彼自身の読書に関する自由を持っているのであって、読者は、聴衆の様な集団心理を経験する事はない。かようなものが成熟した読書人の楽しみです。作家は自分の為に書きはしない。作品は独り言ではない。必ず読者というものを意識して書きます。だが例えばある現実の読者層というものを考えて、これに大体共通した心理とか思想とかいうものを予想して小説家が小説を書くという様な場合、これはどうも文学の問題としては扱い難《にく》いでしょう。つまり、この場合の読者層は、作家の意のままになる受身な未成熟な読書人達であるし、これを目当てにして書く作家の側からしても、書くとは商売の掛け引き上の問題になるでしょう。作家の真面目な努力は、どうしても、作品を前にして自由に感じ自由に考える成熟した読書人を意識せざるを得ないでしょう。かような読者を作家はどうして捉える事が出来るか。こういう読者の心理を予見するという事は無意味だし、彼は、こちらの言葉の綾《あや》に乗って夢を見る様な受身の人間でもありますまい。

こういう読み手を、書く人は、ただ尊重し、これに信頼するより他はないでしょう。

そういう意味で、作家は、自分の裡《うち》に理想的読者を持つのです。書くとは、自ら自由に感じ考えるという極《きわ》まり難い努力が、理想的読者のうちで、書く都度《つど》に完了すると信ずる事だ。徹底して考えて行くと、現代では書くという事は、そういう孤独な苦しい仕事になっている様に思われます。

ここで少し話題を変えましょう。文字のない時代は、勿論《もちろん》、人間は皆喋ってばかりいた。成る程、文字が出来て書物は出来たが、その時代、人々は書物というものをどう考えていたかという事は、私達にはなかなか考え難い事であります。何故《なぜ》かというと、今日私達のいう書物とは、紙と活字と印刷機械との産物であって、これらの発明は、文字の発明に劣らぬ大発明であって、書物は、これら技術上の発明によって、その意味を大変変えて来たからであります。私達が、本を読むとは、一人で黙って眼で活字を追う事だ。こんな解《わか》り切った事も、僅《わず》かの写本*を大切にしていた昔の人々には想像も出来なかった習慣でしょう。子供や読書に慣れぬ人は声を出して本を読む。黙って活字を眼で追うという事は、修練を重ねなければ、かなわぬ事です。その為には、大量の書物があって、容易にこれが手に這入るという条件が必要でしょう。書物が少かった時代には、少数の人しか読書をしなかっただろうと考えるのは大変な間違いでしょう。今日いう様な読書などは、誰もする人はなかった。文字のなかった時代の教養人とは、無論、何んでも頭で覚えていた人だ、そしてこれを上手に喋った人だ。そういう教養人の態度が、文字ができ書物が書かれると、急に変って来るという様な事は考えられぬ。学者とはずい分長い間、書物に書いてある知識ぐらいは皆空《そら》で覚えていた人だったでしょう。書物は、記憶の不確かな処を確かめる用しかしなかったでしょう。又、この知識を人に伝えようとして、著書を出版するという事も不可能だったから、人々を集めて喋るより他はなかったでしょう。詩は言うまでもないが、散文にしても物語りだった。読まれたのではない、語られたのです。本は、歌われたり語られたりしなければその真価を現す事は出来なかったのです。

*田中美知太郎さんが*プラトンの事を書いていたのを、いつか読んで大変面白いと思った事がありますが、プラトンは、書物というものをはっきり軽蔑《けいべつ》していたそうです。彼の考えによれば、書物を何度開けてみたって、同じ言葉が書いてある、一向面白くもないではないか、人間に向って質問すれば返事をするが、書物は絵に描いた馬の様に、いつも同じ顔をして黙っている。人を見て法を説けという事があるが、書物は人を見るわけにはいかない。だからそれをいい事にして、馬鹿者どもは、生齧《なまかじ》りの知識を振り廻して得意にもなるのである。プラトンは、そういう考えを持っていたから、書くという事を重んじなかった。書く事は文士に任せて置けばよい。哲学者には、も

っと大きな仕事がある。人生の大事とは、物事を辛抱強く吟味する人が、生活の裡に、忽然《こつぜん》と悟るていのものであるから、たやすくは言葉には現せぬものだ、ましてこれを書き上げて書物という様な人に誤解されやすいものにして置くという様な事は、真っ平である。そういう意味の事を、彼は、その*信ずべき書簡で言っているそうです。従って彼によれば、*ソクラテスがやった様に、生きた人間が出会って、互に全人格を賭《と》して問答をするという事が、真智を得る道だったのです。そういう次第であってみれば、今日残っている彼の全集は、彼の余技だったという事になる。彼の、*アカデミアに於ける本当の仕事は、皆消えてなくなって了ったという事になる。そこで、プラトン研究者の立場というものは、甚だ妙な事になる、と田中氏は言うのです。プラトンは、書物で本心を明かさなかったのだから、彼自ら哲学の第一義と考えていたものを、彼がどうでもいいと思っていた彼の著作の片言隻句《へんげんせっく》からスパイしなければならぬ事情にあると言うのです。今日の哲学者達は、哲学の第一義を書物によって現し、スパイの来るのを待っている。プラトンは、書物は生きた人間の影に過ぎないと考えていたが、今日の著作者達は、影の工夫に生活を賭している。習慣は変って来る。ただ、人生の大事には汲《く》み尽せないものがあるという事だけが変らないのかも知れませぬ。

文学者は、皆口語体でものを書く様になったので、書く事と喋る事との区別が曖昧になった、と、前に申しました。曖昧になっただけです。両者が歩み寄って来た様に思うのも外見に過ぎない。あれが文学で、あれが文章なら、自分にも書けそうだという人が増えた、文学を志望する事がやさしくなった、それだけの話で、とるに足らぬ事だ。それよりもよく考えてみると、実は、文学者にとって喋る事と書く事とが、今日の様に離れ離れになって了った事はないという事実に注意すべきだと思います。昔、歌われる為、語られる為の台本だった書物は、印刷され定価がつけられて、世間にばらまかれれば、これを書いた人間ももうどうしようもないという事になりました。今日の様な大散文時代は、印刷術の進歩と離しては考えられない、と言う事は、ただ表面的な事ではなく、書く人も、印刷という言語伝達上の技術の変革とともに歩調を合わせて書かざるを得なくなったという意味です。昔は、名文と言えば朗々誦《ず》すべきものだったが、印刷の進歩は、文章からリズムを奪い、文章は沈黙して了ったと言えましょう。散文が詩を逃《のが》れると、詩も亦《また》散文に近附いて来た。今日、電車の中で、岩波文庫版で「金槐集《＊きんかいしゅう》」を読む人の、考えながら感じている詩と、愛人の声は勿論その筆跡まで感じて、喜び或《あるい》は悲しむ昔の人の詩とは何んという違いでしょう。散文は、人の感覚に直接に訴える場合に生ずる不自由を捨てて、表現上の大きな自由を得ました。この言わば肉体を放棄した精神の自由が、甚だ不安定なものである事は、散文が、自分を強制する事も、読者を強制する事も、自ら進んで捨てた以上仕方がない事でしょう。いい散文は、決して人の弱味につけ込みはしないし、人を酔わせもしない。読者は覚めていれば覚めている程いいと言うでしょう。優れた散文に、若《も》し感動があるとすれば、それは、認識や自覚のもたらす感動だと思います。

散文の芸術は、芸術のうちで、一番抽象的な知的なものだ。活字から直接に感動に達する通路は全くない。活字は精神に、知性に訴えるものなのです。そして、ともすれば博学のうちに眠ろうとする知性を目覚まし、或は機械的な論証のうちに硬直しようとする精神に活を与えようとするものなのです。散文の芸術が持っているこういうはっきりした力が曖昧にしか考えられていないというのも、こういう力を純粋に行使する散文家が稀《まれ》なのにもよりますが、一方、今日、隆盛を極めている小説という散文の芸術が、散文の自由な表現力をたのんで、あんまり節制なく書き散らされているからでもありましょう。元来、センセーショナル*なものに直接には無縁な散文は、センセーショナルなものに極力抵抗すべきなのだ。だが、センセーショナルな書き方をすれば、弱い頭脳を充分に惹《ひ》きつける事が出来るというところが、小説家の大きな誘惑となる。やがて映画が、そういう弱い散文家を呑《の》み尽すに至るでしょう。

感想

先日、ディズニーの「*沙漠は生きている」という映画を見た。アメリカ西部の大沙漠の植物や動物の生態が、あきれ返る様な美しい色彩で、写し出されていた。映画館を出て、近所の喫茶店に這入《はい》って休んでいたが、私のぼんやりした頭は、未だ奇妙な夢を見ている様であった。卓上に映画雑誌があったので、何気なく拡《ひろ》げてみると、この映画についての批評が眼にとまった。「東西の評論家が同時に指摘した問題点」という見出しである。

日本とアメリカの批評家は、申し合せた様に不満の意を表して、ディズニーは、自然の忠実な記録を志し乍《なが》ら、人工の自然を創作して了《しま》っていると言う。壮大な、残酷な、又美しくもある、在るが儘《まま》の自然を前にして、何故《なぜ》、彼は、相変らず、自分の小さな画帖《がちょう》に、しがみ附いているのか。本当の鼠《ねずみ》は、ミッキイ・マウスの様な芸当はしやしない。サソリはルンバに合せて踊りはしないし、鷹《たか》は急降下爆撃機の様な羽音《はおと》を立てやしない。天然ガスの噴出を、あんな風に、癇癪《かんしゃく》を起したり、人を小馬鹿にした様な恰好《かっこう》に、写し出す必要が何処《どこ》にあるか。原始人のアニミズム*の世界が、最新式の表現手法によるリアリズムの世界に顔を出す。見物は、こんなあからさまな不安定に気が附かず笑っている。

私は、紅茶を飲み乍ら、暫《しばら》くの間、自分もよく知っている批評の沙漠を歩いていたが、この批評の沙漠は、果して生きているか、と考えるのは、私には、大変自然な事に思われた。

文化を談ずる声は、ジャアナリズムに充満しているが、文化というものは、もう過去のものとなり、歴史の裡《うち》に編入されないと、その形がはっきりしないのだから不思議である。私達は、文化の抜け殻しか、はっきり意識出来ない。これは、文化という言葉が流行しようとしまいと変りのない事実らしい。現代文化という言葉は、直ぐ捕えられるが、刻々に変り育ち、歴史の上に深くその痕跡《こんせき》を刻するに至らない現代文化の実態の方は、炯眼《けいがん》な批評家にも、深く隠れたものであろう。芸術という定義し難いものも亦《また》同じである。現代人が現代芸術を、正しく批評したり評価したりする事は、実に難かしい、殆《ほとん》ど不可能な業《わざ》である。仕方がないから、私達は、めいめいに言いきかせている、——例えば、私が自らを批評し、評価し、そして、もし誤らなければ、私に何が創《つく》り出せよう、と。

*前大戦の頃、フランスの文化が非常に混乱して、新聞や雑誌で、将来の文化とか芸術とかが、どうなるかという問題が、盛んに論じられた時、或る雑誌記者が、*ベルグソンを訪ねて、これからの文学はどうなるか、について意見を求めた。自分には皆目わからない、とベルグソンは言った。記者は、重ねて、少くとも、可能な或る方向というものは考えられるだろう、貴君も考え事では専門家である、細部の予見は不可能でも、全体的な見通しぐらいは、持っているだろう、例えば、明日の優れた演劇として、どういう演劇を考えているか、と訊《たず》ねると、ベルグソンは、それがわかっていれば、自分で書くだろう、と答えた。この話は、ベルグソン自身が、*後年のエッセイの中に書いている話で、そう答えた時の、記者のあきれ返った様な顔附きが未だ忘れられないと書いている。ベルグソンの考えによれば、世人は可能という事について根本から誤った考えを持っていて、それが為《ため》に、可能性という言葉を濫用《らんよう》する事になると言う。戸を閉めていれば、誰も這入って来られない。だからと言って、戸を開ければ、誰が這入って来るか予言出来るとは言えまい。併《しか》し、世人は可能性について、そんな

でたらめばかり言っているのである。或る物が実現する為に、越え難い障碍《しょうがい》はなかった、という意味なら、その或る物は、実現する以前に、実現可能だったと言える。わかり切った事だ。実現の不可能ではないものは実現可能と呼ぶべきではないか。つまり、実現が不可能ではないという事が、実現の為の条件なのだから、この場合、可能という言葉は、空《むな》しい言葉ではない。ところが、世人は、そういうはっきりした消極的な意味での可能という言葉に、知らず識《し》らずのうちに、積極的な意味を持たせて了うのである。障碍の欠除を意味する可能性なら、確かに、それは現実性に先立つが、例えば、シェクスピアのハムレットは、書かれる前は、観念の形で、可能性としてあったと言うなら馬鹿々々しい事になるだろう。シェクスピアのハムレットが、或る精神の裡に可能性の形で自《おのずか》ら現れ、それが、現実のハムレットを創り出す、と言う事は、定義上、その精神とはシェクスピア自身に他ならぬではないか。シェクスピアの先駆者が、感ずるところを、考える処《ところ》を、ことごとく、シェクスピアは、やがて感じ考えるであろう、などと言わなくても、シェクスピアという男が生れたとだけ言って置けば、すむ事である。

可能性とは、過去に映った現在の幻影である。現実のものが次々に新しく現れて来るにつれて、その映像を、人々は任意の過去のうちに常に映し出してみる。だからこそ現実は、常に可能であったという事になる。私達は明日はやがて今日になる事を知っているし、可能性の幻影は、休みなく現れているから、明日になれば過去になる現在のうちに、明日の姿は、はっきりと摑《つか》み難いにせよ、既に含まれている、などと暢《のん》気《き》な事を言っている。鏡の前に立った人が、鏡の中の自分の姿を見て、鏡の後に行けば、あの姿に触われると考えている様なものである。物質界の閉ざされたシステムのうちでは、予見は可能だ。という事は、可能性という言葉の濫用が不可能だという事と同じ意味だ。併し、人生に於《お》いては、先ず新しい事態が生じたからこそ、事態は可能であったであろうと考えられる。事態が、可能であったものになり始めるまさにその瞬間に、事態はいつも可能であったのだ。可能性は決して現実に先行出来ぬ。一ったん現実が現れれば、現実に恐らく先行したであろうと言えるだけのものに過ぎぬ。ひと昔前には、明日の文学はどうなるかという議論が盛んだった。今日では、文学という言葉が文化という言葉に変ったが、可能性という言葉の濫用には、一向変りはない様である。論者は、知らず識らずのうちに易しい道を選ぶ。ベルグソン流に考えれば、可能性となる現実の文化を感ぜず、現実の文化となる可能性を知性の眼で追うのである。そして、論者は、いろいろと論じた揚《あげ》句《く》、日本の新しい独自の文化の誕生が望ましいと言う立派な結論に達したりしているが、実は、そういうものこそ、論者の一番考えない、殆《ほとん》ど恐れているものではないかとさえ思われる。何故かというと、新しく生れて来る文化は、生れて来る人間の様に、独自な性質のものであるより他はないし、独自な文化は、人間の様に生れて来るより他はないのであるが、論者の好むところは、文化の誕生より、寧《むし》ろ文化的プログラムの実現、文化的予定計画の達成と呼ぶべきものであろうし、新しい独自な文化というものも言葉の綾《あや》に過ぎず、実は、文化の新旧も、独自な文化も、模倣の文化も、一般に文化というものを構成している要素の組合せ如何《いかん》によって現れると考えるのが、論者の理想であろうから。

現代で、映画くらい大きな影響力を以《もっ》て、人々を動かしている芸術はない。その表現技術は、日に新たとなって、思いもかけなかった魅惑が、次々に生み出されている。映画の美学は、とてもこの動きについて行けない様である。と言うより、これはもう美学という様な十九世紀の思い附きでは、どうにも手の附けられない様な事態が、現に起っているのかも知れない。芸術と呼んでいいかどうかわからぬ表現の、或《あるい》は伝達の新形式が現れて、これが、美的鑑賞と呼んでいいかどうかわからぬ或る態度を、驚くほど多数の人々に、一様に強制して、知らず識らずのうちに人々の視覚の機能を根《こん》柢《てい》から変化させて行き、変化して行く機能は、新しい感覚上の欲望や必要を生み、又、映画製作者の側では、これを直ちに満足させるメカニズムの改良や発明に事をかかぬ。私達は、観察の殆ど不可能なものによって動かされている様である。

映画の持つ根柢の力が、そのリアリズムにある事は疑いない。そう一応は言えるのであるが、カメラがその写し出す物象の形の、あれほどの正確さを誇っていながら、一方、リアリズムという言葉の意味は、少しも正確にはならないという事は、考えてみると興味ある問題である。*写真術は、*リアリズム文学の流行期に発明されたが、文学者達は、別段驚く様子も見せなかった。画家達は、従来の絵画の文学的魅力から逃れて、純粋な視覚芸術を創ろうと努める時期にあったから、写真術には大きな関心を示した。例えば、*ドガの様に。だが、そんな面倒な理由からでなくても、写真術は、肖像画家の商売を壊滅させて了ったのだから、画家が無関心でいられたわけがないし、其《その》後、絵画が、対象との類似という事に、殆ど無関心になって了った事も、画家自身、その内的な理由について種々の説をなすであろうが、写真術という大敵が現れなかったなら、リアリズムの手法を、あんなに早くあきらめる事はなかったであろう。写真屋の絵だ、とは、画家の写真術への捨台詞《すてぜりふ》であったが、間もなく写真が動き出し、言葉も色彩も備える様になってみれば、文学者も大きな影響を受けないでは済まなくなった。持続する人間生活の活写を誇っていた描写文学も、その特権は全く疑わしいものとなった。心理小説がいよいよ盛んになる傾向にも、眼に見える外形の描写では、到底映画に太刀打《たちう》ちが出来ないという事が大きな理由になっているだろう。今日の日本で、多くの読者を持っている小説家達は、未だ、小説は又映画の原作でもあるというところに気を配って、他を省る暇がない様な様子だが、文学の特権を守る為には、やがて、西洋の新しい小説の様に、批評や哲学に近附かなければならなくなって来るかも知れないのである。

映画の持つ、根柢の力は、カメラの表現によるリアリズムだと言える。その正確さは、文学によるリアリズムなど問題にならないものでありながら、リアリズムという言葉は、依然として曖昧《あいまい》だ。いや、曖昧さを頑固に守っている様な様子に見えるのは、面白い事である。

モーパッサンが、「ピエルとジャン」*の序文で、小説に関して使われて、当時、非常な力を持っていたレアリストとかレアリスムとかいう言葉の曖昧さに不満を述べている事は、よく知られている。直覚的に書かれ、理を尽さぬ文であるが、よく読んでみると、言わるべき事は、凡《すべ》て言われている様に、私には思われる。優れた小説家を世人はレアリストと呼びたがるが、自分に言わせれば、寧ろイリュージョニストと呼ぶべきだとモーパッサンは言う。イリュージョニストという言葉は、モーパッサンの使っている意味では空想家とか幻想家とかいう意味ではないので、読む人に真実のイ*リュージョンを起させる技術を備えた人、つまり手品師の意味なのである。モーパッサンは、自分の、主観的な考えや好みを少しも重んじなかった人だが、客観主義という言葉は、大嫌いだという。己れを空しくするという事と客観主義という事とは、全く別の事だからだ。彼は、そういう確信をフローベルから得た。この世には、全く同じ二粒の砂も二匹の蠅《はえ》も二つの鼻も絶対にないという風に観察せよ、と先生は、弟子に教えた。この教えは、万人に共通な真実に向うのとは逆の道を行けという教えであり、モーパッサンは、この道を歩いて得た真実を、イリュージョンと呼んだのである。嘘《うそ》だからイリュージョンなのではない。合理的な構造を持った真実とは別種の真実だからだ。各人の自我は、各人の器官という柵《さく》を外界に対して廻《めぐ》らして生きていると、モーパッサンは言う。作家の自我も例外ではない。こう言って置いて、モーパッサンは、恐らく、懐疑主義という言葉は大嫌いだと書いても差支《さしつか》えなかったであろう。世の中には、作家自身も含めて、二つとして同じ生き方をしている自我はない、そう観ずる事は、決して世の中をわけのわからぬものにする道ではない。そう観ずればこそ、小説家に人生を活写する道が開けるのである。小説の登場人物は、すべて、作者の自我の鏡である。私に泥棒が描け、娼婦《しょうふ》が描けるのは、若《も》し自分が彼であり、彼女であったらと思えればこそだ、とモーパッサンは言う。小説家にとって観察とは、想像力による体験の道なのであって、そういう道から得られた真実を、彼はイリュージョンと呼んでいると考えても差支えない。作者は、作者の自我が顔を出すのを、努めて読者に隠さねばならない。顔を出せば、登場人物達を信じ切った読者の夢は覚めて了うであろう。そこにイリュージョニストとしての技術がある。又、そういう想像力による体験に従って得られる人生のイリュージョンこそ、人生の真に生きた真実であるが、この真実は、屢々《しばしば》、不用意な読者の眼には、真実らしからぬものと映る。そこにも、イリュージョニストとしての技術が必要になる。だが、そういう技術も、帰するところは、作者自身の自我の練磨にかかっている。己れを主張せず、而《しか》も己れを失わぬ、そういう様に自我を保つ事、自我を純化する事にかかっている。リアリズム小説と言われるものも、考えて行くと、作者の独特なイリュージョンによる、読者の説得であると、モーパッサンが断ずる時、そういう自我の純化というものが、根本の考えとしてあった様である。

モーパッサンの説は、美学でもなければ、文学理論でもなく、常識人の智慧《ちえ》である点で優れているのだと思う。彼のイリュージョンとは、生活人が、どうしようもなく密着している、不安定な危険に満ちた、曖昧な、個人的な経験そのままを率直に容認し、肯定したところに現れたのであり、他人を観察し理解しようとする時、生活経験が否応《いやおう》なく教える、他人の身になってみるという方法を育成して、イリュージョニストになったのである。

昔は、映画と言わず、活動写真と言った。言葉の変り方は、この新しい芸術に対する人々の心持ちの変り方を自ら語っている様にも思われる。学生時代、小笠原島にいた時、或る夜、活動写真が来たという事で、殆ど村中の人間が、家をあけて魚の倉庫の中に集って了った。仕方がないので私も出向いて見ていた。アセチレン・ランプで*写し出されたのは、西洋物の映画で、弁士の説明にも係わらず、人々は、何やら合点のいかぬ様子であったが、一人の男が画面に現れ、煙草《たばこ》に火をつけて、煙を吹き出すと、俄《にわ》かに場内が、ざわめき出し、笑声となり、拍手となった。唖然《あぜん》としていたのは、恐らく私一人だったであろう。煙が写し出されたという事に、見物一同驚嘆しているのだ、という事に気が附くのに、私には、しばらくの時間が要ったのである。私は、今、その事をふと思い出しているのだが、映画を見つけない見物は、映画の持つ一番強い純粋な力が現れたまさにその時を捕えて心を動かしたに違いない。習慣が驚きを消して行く。＊トーキー映画が発明された当時、映画批評家が、無声映画の方が、純粋で、芸術的であるという説をなした事を覚えている。天然色映画を、はじめて見た時の驚きを、私は未だ忘れないが、その当時も、色彩がある為に、映画の真迫感は、却《かえ》って減少する嫌いがあるという様な議論があった。併し、言葉は、空しく消えて、映画の日に日に増大するリアリズムの力は、私達の感覚を、次々に説得して行ったのである。今日では、もはや、カメラの出現により、肉眼がいかに間違って物を見るかという事に関するドガの驚嘆の情を推察する事は、難かしいであろう。それほど、私達は、映画のリアリズムと馴れ合って了った。嘗《かつ》て、リアリズム文学の上に鎮座していた、リアリズムという言葉は、映画の中に座を変えた。今度は、ディズニーが、モーパッサンに代って、不満の意を表すべき時であろうか。

映画を芸術とは認めないなどという頑固な美学者は、もういないかも知れないが、写真術が発明されてから、芸術写真が現れ、芸術写真という言葉が使われ出すまでには、相当の時間を要したのである。今日でも、映画を評して、原作の味わいが出ているとかいないとか言われているのを耳にするが、映画の芸術形式としての独立性が、はっきり未だ認められていない証拠であろう。映画製作者に言わせれば、原作とは、映画の完成に必要な様々な素材中の一素材に過ぎず、それが、偶々《たまたま》トルストイの傑作であったという事は映画製作の必然性とは何の関係もない事であろう。石材が彫刻に変ずる様に、原作は映画に変ずるのであって、原作の色と光とによる写しが出来上るのではない。写しの上手も下手もない。原作という言葉が、そもそもおかしいのである。だが、一方、映画の芸術としての独立性が、映画は映画自体しか語らぬと豪語出来るほどのところまで行っているかどうかにも疑問はあるだろう。雑多な素材を抱え、広大な組織のなかでの、人間とメカニズムとの悪闘はまだまだ続くであろう。モーパッサンがペンを持つ様には、ディズニーはフィルムを摑《つか》むわけにはいくまい。だが、フィルムの一とこま一とこまに自分の顔は見たいであろう。

映画の芸術性に疑惑を抱く人々の言う処は決っている。写真の世界には、人間がいない、機械の亡霊が棲《す》んでいるだけだと言う。肉眼と手との運動の直接の結果である絵画は、純然たる人間的産物であり、創造的行為の生む統一ある生きた世界であるが、人間は写真を直接に生む事が出来ない。最も重要で直接な仕事を行うものは、物理的な或は化学的な過程なのであって、この非人間的な過程には、表現対象への人間の愛や憧憬《どうけい》の、関与する余地がない。従って、どんなに正確な、眼にも楽しい映像が出来上ろうとも、芸術を自称する巧妙な技術に過ぎない。こういうロマンチックな議論は、望むだけ尤《もっと》もらしい言葉をかき集める事が出来るので、外観は有力な説の様にも見えるのだが、洗ってみれば、その骨組は至って簡単なのである。それは、カメラに向って、お前は表現力を誇示しているが、よく見れば、お前の中には自然の過程しか、見つからないではないか、という言葉の綾に尽きる。ところが、カメラは、表現力などもともと持ってはいないのだし、従ってそれを誇示する事も出来ないのである。カメラは、或る人間の表現力と或る人間の感受力の間の通路に過ぎない。音楽家と聴衆との間には、例えばピアノのメカニズムが介在するし、小説家と読者との間には、活字や印刷機械がある。絵画も画家に、少しも直結してはいない。顔料《がんりょう》の出来上る化学的過程については、画家は、これを工場の手にまかせて、全く無智でいるに過ぎない。併し、こんな理窟《りくつ》では、論者は決して納得しまい。私の方が屁《へ》理窟をこねていると思うかも知れない。何故か。それほど、カメラというものは、魔術的な発明品であったと、私には答える他はないのである。

モネ*は、いささかの主観も交えない、自然の直接な視覚上の印象を描き出そうとして、光学理論を援用する事を思い附いた。彼の絵の成功は、彼の方法が失敗したところに現れたのは、人のよく知る処である。彼は、普遍的な客観的な方法に従って写実しようとしたが、実は姿を現さなかった。彼は、彼独特なイリュージョンを得るに終った。自然は、画家の描く喜びを映したから。芸術とともに旧《ふる》い写実主義は、実を写そうとすれば、実を創り出さねばならぬ、という同じ運命を繰返している。映画が新しい写実主義の為にカメラという方法を援用しても、やはり同じ事が起るであろう。ディズニーが芸術家ならば、彼には同じ事が起っているだろう。但し、モネの様に、方法の失敗に、知らず識らずのうちに導かれてではない。恐らく、方法があまり成功し過ぎる事によってである。

アニミズムという古い自然観の代りに、私達はどんな新しい自然観でも持つ事が出来るが、自然のどんな解釈も、決して遺伝はしないし、私達が原始人として生れて来る事をさまたげる力はない。アニミストは、私達のなかで、いつも顔を出そうと構えている。彼を誘い出すのには、「沙漠は生きている」という一言で足りるであろう。

注解

一ツの脳髄

ページ
九　＊香附子　海辺に自生する多年草。夏には濃い赤褐色の花穂をつける。
　　＊トタン屋根　トタン（亜鉛でメッキした薄い鉄板）で葺いた屋根。
　　＊四拾五銭　現在の価格でおよそ五〇〇〜六〇〇円といった見当か。
　　＊穴のあいた白銅　「白銅」は白銅貨の意。「私」は船賃に五〇銭銀貨を出し、釣りとして穴あき五銭白銅貨を受け取ったのである。
一〇　＊一尺許り　約三〇センチメートル。
　　＊駒下駄　台も歯も一つの木材からくりぬいてつくった下駄。馬のひづめに形が似ていることからこの名がある。
一一　＊大島通い　「大島」は伊豆大島。東京の南、伊豆半島の東に位置する。
　　＊地震　関東大震災のこと。大正一二年（一九二三）九月一日、関東地方とその近辺に起り、東京府と近県の死者約一〇万人、負傷者約一〇万人、破壊焼失戸数約七〇万戸に及んだ。
　　＊黒曜石　黒色ないし灰色の火山岩。半透明で光沢に富む。

一二 *瀬戸引 金属製の器の内側にうわぐすりを塗って焼き、ガラス質に変えたもの。琺瑯引《ほうろうびき》ともいう。
*石炭酸 消毒剤。フェノール。コールタールやベンゾールから作る、特有の臭いを持つ無色で針状の結晶。水溶性。
*柳行李 旅行用の荷物入れ。コリヤナギ(行李柳)の枝の皮を除き、乾燥させたものを麻糸で編んで作る。
*敷島 口付き紙巻きたばこ。二〇本入り一八銭。明治三七年(一九〇四)専売開始。大正一三年(一九二四)当時は販売第一位の銘柄であった。
一三 *M港の町 神奈川県足柄下郡にある真鶴《まなづる》と解される。次頁「真鶴」参照。
*湯ヶ原 現在の神奈川県足柄下郡湯河原町。真鶴から西へ約四キロメートルにある温泉地。
*自動車 乗合自動車。バス。
一四 *セルロイドの窓 窓枠《まどわく》にガラスではなく、プラスティックの一種であるセルロイドが嵌《は》められている窓。
一五 *盲縞 紺無地。
*上被布 「被布」は着物の上に羽織るもの。ここは「上っ張り」とほぼ同意。
*信玄袋 手提げ袋の一種。厚地の織物に方形の底を付け、口にひも通しをしつらえたもの。明治中期から女持ちの袋物として流行した。

一六 ＊一閑張 漆器の一種。器物の表面に紙を貼《は》って漆を塗る、あるいは木や粘土の型に紙を貼り重ね、型抜きをした後に漆を塗るなどした工芸品。

一七 ＊父が死んで… 著者の父豊造は、大正一〇年（一九二一）三月二〇日、四六歳で死去している。

＊母は鎌倉に… 著者の母精子は肺疾患を病み、大正一〇年から鎌倉に転地療養していた。

＊過酸化水素水 オキシドール。殺菌・消毒に用いる。

一八 ＊神経病時代 大正一〇年一〇月、当時一九歳だった著者は、神経症のため第一高等学校を休学している。

＊ヂアール 催眠薬。

＊カルモチン 鎮静催眠剤。無臭の白い粉末状の薬品。

一九 ＊被覆線 ゴムなどの絶縁体で覆った電線。絶縁線ともいう。

二〇 ＊熱海 真鶴から湯河原を経て西南方、約一〇キロメートル。

＊真鶴 前頁「M港の町」参照。湯河原からは東へ約四キロメートル。

二一 ＊鶺鴒 細いくちばしと長い尾が特徴の小鳥。水辺を好み、地上では尾を上下に振る習性をもつ。ハクセキレイ、キセキレイ、セグロセキレイなどがある。

＊赤帽 駅で乗降客の手荷物を運搬する職業の人。目立つように赤い帽子をかぶっている。

女とポンキン

二三 ＊琥珀　地質時代のマツ、スギ、ヒノキなどの樹脂が地中に埋没して化石化したもの。宝石として愛好され、樹脂が固まる前に昆虫が閉じ込められたものは虫入りと呼ばれて特に珍重される。

＊一尺許り　約三〇センチメートル。

二四 ＊練玉　種々の薬物を練って玉状にし、珊瑚《さんご》や宝石などに似せた装飾品。

二五 ＊弥次喜多　弥次郎兵衛と喜多八。十返舎一九の「東海道中膝栗毛《ひざくりげ》」の主人公。ここでは「東海道中膝栗毛」自体をさす。

二六 ＊支那金魚　出目金のこと。

＊駒下駄　台も歯も一つの木材からくりぬいてつくった下駄。馬のひづめに形が似ていることからこの名がある。

二七 ＊赤の御飯の花　イヌタデやそれに似たタデ類の花に対する俗称。「赤マンマ」ともいう。紅紫色の粒状の花を赤飯に見たてて子供がままごと遊びをするため、この名がある。

二八 ＊タゴール　Rabindranāth Tagore　インドのベンガル語詩人、小説家、思想家。一八六一〜一九四一年。インドの古典文学・音楽への親炙《しんしゃ》と西欧文化の知識を基礎にして多くの作品を著す。小説「ゴーラ」、詩集「ギーターンジャリ」など。

＊蕈　「茸《きのこ》」に同じ。

三〇 ＊やまかがし　ヘビの一種。全長約六〇〜一二〇センチメートル。奥歯は毒牙《どくが》となる。

三一　＊セッター　イギリス原産のイヌの一品種。鳥猟犬として飼われる。鳥を見るとセット（伏せ）をすることから名づけられた。

からくり

三二　＊ツェッペリン伯号…「ツェッペリン伯」はドイツの軍人で、大型硬式飛行船の設計者フェルディナンド・フォン・ツェッペリン伯爵《はくしゃく》（一八三八〜一九一七）のこと。彼の死後に建造された「ツェッペリン伯号」（全長約二三六メートル）が昭和四年（一九二九）八月一九日、世界周航の途上、霞ヶ浦《かすみうら》（茨城県）の飛行場に着陸した。「活動写真」はそれを記念して上映されたドキュメンタリー映画。

＊弁士　無声映画の説明者。スクリーンの横に立ち、画面の説明を行った。

＊バルチック海　スカンディナヴィア半島とヨーロッパ本土の間の海。バルト海。

三四　＊輻射光線　「輻射」は「放射」に同じ。

＊生得　うまれつき。

＊一銭玉を…「一銭玉」は大正五年（一九一六）に制定された青銅貨幣で、直径二三・〇三ミリメートル。「五十銭玉」は大正一一年に制定された銀貨幣で、直径二三・五ミリメートル。手探りでは判別しがたい。一銭は現在の一〇円ほど。

三五　＊螺階　「螺旋階段」に同じ。

＊ヴァレリイ　Paul Valéry　フランスの詩人、思想家。一八七一〜一九四五年。詩篇に

「若きパルク」、詩集に「魅惑」、評論に「ヴァリエテ」など。

*ブルトン　André Breton　フランスの詩人、思想家。一八九六〜一九六六年。シュルレアリスム運動の創始者。作品に「ナジャ」など。

三六

*スタウト　イギリス風の黒ビール。

*レエモン・ラジゲ　Raymond Radiguet　フランスの小説家。一九〇三〜一九二三年。ラディゲ。

*ドルヂェル伯爵の舞踏会　Le Bal du Comte d'Orgel　ラディゲの小説。孤独で一途な青年に恋心を抱いてしまった伯爵夫人の、貞淑ゆえの苦悩を描く。ラディゲはこの作品を二〇歳で完成した後、出版を見ずに病没した。

*ディアブル・オオ・コオル　Le Diable au corps　小説「肉体の悪魔」のこと。一五歳の主人公が一八歳の人妻マルトと恋愛関係に陥る。

*茶にしたがったり　「茶にする」はちゃかす、馬鹿にする。

*超現実主義　一九二〇年代のフランスに興った芸術運動。意識下の世界や自由な幻想の表現をめざした。シュルレアリスム。

*香具師　縁日や祭礼などで見世物を興行し、また粗製の商品の販売を業とする人。

*でっち物　でっちあげたにせもの。

*仁　人、客。

三七

*ジャン・コクトオ　Jean Cocteau　フランスの芸術家。一八八九〜一九六三年。文

学・演劇・バレエ・映画・音楽などの諸分野で活躍。詩集に「ポエジー」、小説に「恐るべき子供たち」、劇に「声」など。

*稚児　同性愛の相手の少年。

*電気ブラン　ブランデー風の雑酒。東京・浅草の神谷《かみや》バーが明治三六年（一九〇三）に売出し、人気を博した。商品名は電気がまだ珍しかったことによる。

*バッハの半音階　「半音階」は五つの全音と二つの半音からなる一オクターヴ中の音階をすべて半音で埋めたもの。J・S・バッハの曲で半音階を用いたものには「半音階的幻想曲とフーガ」などがある。

*索道　空中のケーブルに運搬機を吊《つ》るし、人や物を運ぶ設備。

*焼刃のにおい　刃物を鍛えるとき、火で焼き、水に浸す。その際の独特のにおい。

三八

*神様の兵士等　ラディゲは、腸チフスで病臥《びょうが》していた一九二三年一二月九日、傍らのコクトーに「僕は三日後に、神様の兵士に銃殺されるんだ」と語ったといわれる（コクトー「ドルジェル伯の舞踏会」〈序〉）。彼の死は一二日。

*スペクトル　光を分光器に導いた時に現れる、赤、橙《だいだい》、黄…などの色の帯。ただしここは、液体に光をあてたときに見られる色の具合、というほどの意。

*ナトリウム　アルカリ金属元素のひとつ。濃いナトリウム液は青銅色（ブロンズ）になる。

*担球装置　ボールベアリングのことか。

四〇　＊大衆文芸　大衆の娯楽として供される文芸作品。当時は髷物《まげもの》と呼ばれる時代小説が主流をなしていた。

眠られぬ夜

四一　＊八重垣姫　人形浄瑠璃《じょうるり》「本朝廿四孝」の主人公の一人。長尾（上杉）謙信の娘で、武田勝頼《かつより》の許嫁《いいなずけ》。

＊綸子　絹織物の一つ。なめらかで光沢があり、厚地。

＊上手の泉水に…　以下、〈狐火〉の場の描写。八重垣姫は勝頼の危急を救うため、上杉家が借りたまま返さぬ武田家の家宝〈法性の兜《かぶと》〉を身につけ、明神の使いである狐に助けられつつ凍る諏訪《すわ》湖を渡って勝頼の許《もと》へと急ぐ。

四二　＊肩衣　小袖の上に着る、肩幅が狭くひだのない衣服。

＊文五郎　三世吉田文五郎。文楽の女形人形遣い。この年六二歳。

四四　＊乗合　乗合自動車。バスのこと。

四五　＊眠られぬ夜の海は…　フランスの詩人ランボーの詩集「イリュミナシオン」（「飾画」）中の詩〈眠られぬ夜〉の一節。

おふえりや遺文

四七　＊Ma faim, Anne, Anne…　ランボーの詩「飢餓《きが》の祭り」の一節。「俺の飢餓よ、アンヌ、

アンヌ、/驢馬《ろば》に乗って失せろ」(中原中也訳)。

五一　＊ハムレット　デンマークの王子。著者のこの小説の原典、シェイクスピアの悲劇「ハムレット」の主人公。父王を殺して王座に就いた叔父への復讐《ふくしゅう》に苦悩する。

五一　＊妾　おふえりや、すなわちオフィーリア。ハムレットの恋人。

五一　＊ホレエショ　ハムレットの家臣で友人の若者。

五二　＊クロオディヤス　デンマーク王。ハムレットの叔父。兄である先王の後を襲《つ》ぎ、兄の妻ガートルード(ハムレットの母)と結婚する。

五五　＊尼寺へ行け　原典の「ハムレット」では第三幕第一場でハムレットがオフィーリアに言う言葉。

六一　＊生きるか、死ぬかが問題だ　原典では第三幕第一場、ハムレットの独白の冒頭の台詞《せりふ》。

六二　＊王様の亡霊　先王の亡霊。原典では第一幕、エルシノア城の物見台に鎧《よろい》姿で出現する。

六四　＊お父様の事　原典では第三幕第四場、オフィーリアの父の内大臣ポローニアスは、ハムレットが王妃(母)を詰問《きつもん》する様子に驚き、隠れていた壁掛けの後ろから大声を上げて人を呼ぶ。ハムレットは「今のは何だ？　鼠か？」と叫びつつ、壁掛け越しに剣で切りつけ、ポローニアスを殺してしまう。

六五　＊毛茛　多年草。高さ三〇～六〇センチメートル、山野に自生し初夏に黄色の五弁花をつける。

六六　＊茴香　セリ科の植物。高さ一～二メートル。夏、多数の黄白色の小花からなる花序をつける。全体に芳香がある。

*小田巻草　キンポウゲ科の植物。高さ二〇〜三〇センチメートル。四、五月頃に碧紫色または白色の五弁花を開く。

Xへの手紙

六九　*陥穽　おとしあな。

七一　*ブルジョア文壇　「ブルジョア」は当時、資本主義社会の有産階級をいうと同時に、単に裕福、上流階級の意でも用いられた。ここはそういう階層に属する作家たちの連携社会の意。

七二　*言葉の錬金術師　フランスの詩人ランボーの詩集「地獄の季節」の中の〈錯乱Ⅱ〉に「言葉の錬金術」という詩句がある。「錬金術」は近代科学以前の神秘的な学問で、永生や絶対を夢見、卑金属を合成して貴金属を作ろうとしたり、不老長寿の霊薬を産み出そうと試みた。秘伝は象徴、寓意《ぐうい》によって表され、その手法がランボーたちフランスの作家や詩人に創作原理として取り込まれた。

*サント・ブウヴ　Charles-Augustin Sainte-Beuve　フランスの批評家。一八〇四〜一八六九年。近代批評の創始者。著書に「文学的肖像」「月曜閑談」など。

七三　*畢竟　つまるところ、所詮。

七九　*あの女　大正一四年（一九二五）一一月から昭和三年（一九二八）五月の間、著者が一緒に棲《す》んだ長谷川泰子が背景にあるとされる。
＊デエタム　datum。英語。複数形はdata。測量における基準をいう語。ここでは基準となるもの、の意で用いられている。
八二＊プロレタリヤ　資本主義社会における賃金労働者の階級。
＊書割　舞台の背景に使用される大道具の一種。転じて、物事一般の背景。
八六＊超人　ニーチェ哲学の中心概念。ドイツ語Übermenschの訳語。神への信仰を喪失した世界で人間の理想となるような真に主体的な人間。ツァラトゥストラがその典型とされる。
＊土偶　土人形。
＊符牒　合言葉、隠語。
八七＊個人主義　国家・社会・特定階級などの集団より、個人の存在を優先し、価値を上位におく考え方。
九五＊八卦屋的　「八卦屋」は易者、占い師。
九六＊プロメテ　ギリシャ神話の英雄プロメテウスのこと。神々の火を盗み人間に与えたことで最高神ゼウスの怒りをかい、コーカサス山の岩に縛られて鷲《わし》に肝臓を食われる責め苦にあうが、ヘラクレスに救われる。
一〇〇＊溜り　たまり場。人々が集まる遊興の場所。

秋

一〇六　＊二月堂　奈良の東大寺大仏殿東側にある堂。もと陰暦二月（現在は三月）一日から修二《しゅに》会《え》（お水取りの行事はその一つ）が行われたことからの名。

　　＊鴟尾　古代の宮殿・仏殿などの棟の両端に取りつけた飾り物。

一〇七　＊般若湯　仏僧の隠語で酒のこと。

　　＊伊吹武彦　フランス文学者。明治三四〜昭和五七年（一九〇一〜一九八二）。

　　＊厖大な著作　プルーストの作品「失われた時を求めて」A la recherche du temps perdu のことをいっている。記憶の深層、意識下の心理などを基礎的主題とする長篇小説。一九一三〜二七年刊。全体が七篇からなり、第一篇「スワン家のほうへ」は二分冊になっていた。

一〇八　＊認識の先天的形式　ドイツの哲学者カントは、空間と時間を、認識能力の一つである感性に備わる先天的形式であるとした。

　　＊第四次元　物理学では、宇宙は三次元の空間と、第四の次元である時間から成るとしている。

　　＊アウグスチヌス　Aurelius Augustinus　ローマのキリスト教会の教父。三五四〜四三〇年。「三位一体論」など多くの著作を残し、中世の神学体系や近世の主観主義の源となった。

　　＊告白　Confessiones　アウグスチヌスの思想的遍歴と回心の記録。

一〇九　＊アイロニイ　反語。

一一〇　＊悟性　人間の認識能力の区分の一つ。感性に与えられる経験的直観の内容に、量・質・関係・様相などの抽象的概念を適用して人間にとっての現実世界を構成する思考の働きをいう。

＊形而上学　哲学の一部門。事物や現象の本質あるいは存在の根本原理を、思惟や直観によって探求しようとする学問。

＊転害門　東大寺の西大垣に開かれた大門の一つ。ここから一条大路が西へ延びる。

一一一　＊光の円錐体　リトアニア生れのドイツの数学者、ヘルマン・ミンコフスキーが一九〇七年に導入した概念。「時間」と「空間」を四次元空間の幾何学によって図示し、アインシュタインの特殊相対性理論を視覚的に表現した。これによると光の運動は円錐体で表わされ、あらゆる物体の運動はその円錐の内部に含まれる。

一一二　＊海龍王寺　奈良にある真言律宗の寺。天平年間に光明皇后《こうみょう》の発願《ほつがん》によって建立《こんりゅう》された。

＊経堂　寺院で、経典を納めておく蔵。経蔵。海龍王寺のものは鎌倉時代の建立。

様々なる意匠

一一三　＊アンドレ・ジイド　André Gide　フランスの小説家、評論家。一八六九〜一九五一年。ここの引用句は評論集「続プレテクスト」の〈公衆の重要性について〉から。

＊指嗾　そそのかすこと。けしかけること。

一一四　＊搦手　城の裏門、敵の後面。転じて物事の裏側、背後。
＊逆説　通常一般に認められている説に反しながら、しかしなおその中にある種の真理を含む説。また「急がば回れ」など、一見矛盾のように見えるがよく考えれば真理である説。

一一五　＊守銭奴　金銭欲が強く蓄える一方の人間。

一一六　＊範疇的　「範疇」は、ここでは経験に先立って存在し、経験や認識のもととなる思考の枠組のこと。ドイツ語 Kategorie の訳語で元来は哲学用語。
＊先験的　ここでは、経験以前に成立している、の意、すなわち「先天的」と同じ意味で用いられている。元来はドイツ語 transzendental の訳語でカント哲学の用語。

一一七　＊弁証法的　「弁証法」は、本来は学問の方法に関する用語。相互に対立する意見や事柄の双方を媒介にしてより高い水準の真理に迫ろうとする態度、あるいは手続きをいう。ここでは、二つの別個の事象が相互に他方を生み出す原因となっている、すなわち相互媒介的という意味で用いられている。

一一八　＊眩暈　めまい。
＊主調低音　「主調」は、例えば「交響曲第五番　ハ短調」のように楽曲全体を通して根本となる調性のこと。特に低音と結びつく概念ではないが、著者は作者の宿命の「根底にある不変の特質」の意味で比喩《ひゆ》的に用いている。
＊文学界の独身者　フランスの小説家モーリス・バレス（三五三頁参照）は、文芸批評家

をこう呼んだ。

一一九　＊人間喜劇　バルザックの計九一篇の長短篇小説の総称。フランス革命（一七八九）後の社会を舞台に、約二千人の人物の性格、職業、境遇、階級等々を描いた。「ゴリオ爺さん」「谷間の百合」など。

＊マルクス主義文学　「マルクス主義」は一九世紀半ばにドイツの思想家マルクスとエンゲルスが創始した哲学・社会思想上の立場。弁証法的唯物《ゆいぶつ》論に立ち、階級闘争と革命の道を主張する。「マルクス主義文学」は資本主義社会における労働者階級、すなわちプロレタリアの生活と自覚に基づき、プロレタリアの階級的立場から現実を描く文学。日本では大正末期から昭和初期に大きな勢力となった。

＊共和国　プラトンの著作「国家」のこと。理想的国家、社会的正義を論じる。詩人は現実を言葉で模倣し、非理性的な感情を助長するものとして理想国家からは追放されねばならない。

＊資本論　Das Kapital　マルクスの主著。一八六七年に刊行され、第二巻・第三巻はマルクスの死後、エンゲルスによって編集・刊行された。

一二〇　＊プロレタリヤ　資本主義社会における賃金労働者の階級。

＊観念学　ここでは、人間の生き方の根底となる世界や人生についての首尾一貫した考えの総体。なお「観念学」の語は、マルクス主義で自分の属する社会階級の考え方に規定された意識のあり方をいう「イデオロギー」の訳語としても用いられる。

*意識とは意識された…　マルクスとエンゲルスの共著「ドイツ・イデオロギー」にある言葉。

一二一　*社会運動家　社会問題の解決を目的とした集団行動を指導する者。ここではプロレタリア解放運動の指導者を指す。

一二二　*アルマン・リボオ　Théodule Armand Ribot　フランスの心理学者。一八三九〜一九一六年。著書に「記憶の病気」「感情の心理学」などがある。

一二三　*芸術の為の芸術　芸術は道徳や教育のためのものではなく、美のみを目的とすべき、という考え。一九世紀フランスでテオフィル・ゴーチエに始まり、イギリスのオスカー・ワイルドらに受け継がれた。芸術至上主義。

*自然は芸術を模倣する　オスカー・ワイルド（前項参照）による反語的表現。芸術論「嘘《うそ》の衰退」で論じられている。

*赤と黒　Le Rouge et le Noir　スタンダールの小説。青年ジュリアン・ソレルの野心と恋愛を通して、ルイ・フィリップ王政復古下のフランスの政治社会情勢を描く。

*ソレリアン　「赤と黒」の主人公ジュリアン・ソレルのように、貧しいが野望に満ちた青年。

一二四　*プロレタリヤ文学者達　「プロレタリヤ文学」は「マルクス主義文学」と同義。前頁「マルクス主義文学」、同「プロレタリヤ」参照。

*エピキュリアン達　「エピキュリアン」はエピクロス主義者の意。快楽主義者。「エピク

ロス」は前四～前三世紀の古代ギリシャの哲学者。人生の目的を快楽の実現とし、最高の快楽は心の平静さ（アタラクシア）にあると説いた。後に、感覚的快楽を求める人のこともエピキュリアンと呼ぶようになった。
*神速　人間わざを超えるほどに速いさま。
*アントロポロジイ　人間学。
一二五　*神来　インスピレーション。霊感や閃《ひらめ》き。
一二六　*写実主義　通常いわれる「写実主義」は、現実を主観や感情を抑えてあるがままに描写しようとする文学上・芸術上の技法、また立場。一九世紀半ばに興った。
*象徴主義　通常いわれる「象徴主義」は、自然主義の客観的な描写に対し、思考や情緒を何らかの象徴によって表現しようとする芸術上の立場。一九世紀の末、フランスに興った。
*逕庭　かけはなれていること。大きく相違していること。
一二七　*品川の海　現在の東京都品川区の東側の一部、東品川三、四丁目あたり一帯。昭和初年当時は遠浅の海で、潮干狩などで賑《にぎわ》っていた。
*五寸　約一五センチメートル。ごく小さいことの象徴的表現。
一二八　*ジェラル・ド・ネルヴァル　Gérard de Nerval　フランスの詩人、小説家。一八〇八～一八五五年。一八四一年から断続的に精神の変調をきたした。詩集に「幻想詩集」、小説集に「火の娘たち」など。引用の言葉は最後の小説「オーレリア」第一部九から。
一二九　*ポオ　Edgar Allan Poe　アメリカの詩人、小説家。一八〇九～一八四九年。詩に

「大鴉《おおがらす》」「鐘」、詩論に「ユリイカ」など。

＊鐘楼の悪魔　The Devil in the Belfry　ポーの短篇小説。鐘楼の大時計とキャベツだけが自慢のオランダの古い町に、ある日悪魔がやってきて、鐘楼に飛び上がり、大鐘にいたずらをして町の人々を混乱に陥れる。

一三〇　＊唯物主義　次頁「唯物論」参照。

＊ワグネル　Richard Wagner　ドイツの作曲家、ワーグナー。一八一三〜一八八三年。三六六頁参照。

＊ベルリオズ　Hector Berlioz　フランスの作曲家、ベルリオーズ。一八〇三〜一八六九年。

＊十四行詩　近世ヨーロッパで行われた一四行からなる抒情詩《じょじょうし》の詩形。ソネ。

一三一　＊サンチョ　サンチョ・パンサ。灰色のろばに乗って、主人ドン・キホーテとともに旅に出る農民。

一三二　＊神曲　La Divina Commedia　イタリアの詩人ダンテ・アリギエーリが、一三〇七年から死の直前まで書き続けた作品。詩人自らが登場人物となり、ウェルギリウス、ベアトリーチェに導かれて地獄・煉獄《れんごく》・天国の三界を巡歴する。

＊縄戯　綱渡り。

一三三　＊マルキシズムの認識論　「マルキシズム」はマルクス主義。世界は、自ら運動し発展する物質である、その世界の生んだ有機的物質、すなわち脳の活動が意識であり、意識の働きである認識は、人間が実践活動において出会う物質世界のあり方を反映する、という考え方。

＊グウルモン　Remy de Gourmont　フランスの詩人、小説家、批評家。一八五八〜一九一五年。

＊唯物論　物質のみを真の実在とし、精神や意識はその派生物と考える哲学上の立場。西洋では、古代ギリシャの哲学者デモクリトスなどによって初めて主張された。マテリアリズム。

＊観念論　物質や自然は精神によって規定されて初めて存在しうるとする考え方。アイデアリズム。

＊唯物史観　歴史や社会の発展の原動力を、人間の生産労働がもたらす物質的・経済的生活の諸関係に置く立場。「史的唯物論」ともいう。

＊認識論　認識とは何か、認識はなぜ成立するか、われわれは何を認識できるか、などの研究。

＊実在論　意識を超えて独立し、客観的に存在するものを認める哲学上の立場。唯物論など。

一三四　＊形而上学的　「形而上学」は、存在の本質を問う哲学の一部門。ただしここでは「現実離れをした」というほどの意。

一三五　＊新感覚派文学　大正末期から昭和初期にかけて興った文学の一流派。横光利一、川端康成ら、同人雑誌『文芸時代』に拠った小説家たちの主要な傾向から生れた呼称。感覚の新しさと表現上の技巧とに特色をもつ。

*大衆文芸 純文学に対して、大衆性が意識され、大衆の娯楽として供される文芸作品。当時は髷物《まげもの》と呼ばれる時代小説が主流をなしていた。

*形式主義 芸術作品の内容は形式によって規定されると考える立場。文学ではテクストの形式やリズムを問題とするロシア・フォルマリズムやモダニズム詩学など。

*浪漫派音楽 「浪漫派」は一八世紀末から一九世紀初頭にヨーロッパで展開された芸術上の思潮・運動。自然・感情・空想・個性・自由の価値を重視した。代表的作曲家には、メンデルスゾーン、シューマン、ショパン、ブラームスなど。なかでも象徴派詩人たちに影響を与えた音楽家は、ワーグナーとベルリオーズ。

一三六 *千一夜物語 Alf layla wa layla 「アラビアン・ナイト」のこと。大臣の娘シェヘラザードが、王に面白い物語を千一夜にわたって語り続ける。

私小説論

一三九 *帝座 本来は皇帝の御座、玉座をいう語。

*ルッソオ Jean-Jacques Rousseau フランスの小説家、啓蒙《けいもう》思想家、ルソー。一七一二〜一七七八年。

*レ・コンフェッシオン Les Confessions ルソーの自伝的著作「告白」(「懺悔《ざんげ》録」とも訳された) のこと。

＊孤独な散歩者の夢想　ルソーが最晩年（一七七六〜七八）に執筆し、死によって中絶した随想集。

＊ウェルテル　ドイツの詩人、小説家ゲーテの小説「若きヴェルテルの悩み」のこと。

＊オオベルマン　Oberman　フランスの小説家セナンクール（次頁参照）の小説。一人の不幸な青年が友人へ宛《あ》てた書簡の形式をとる自伝的小説。

＊アドルフ　Adolphe　フランスの小説家コンスタン（次頁参照）の自伝的恋愛小説。近代心理小説の先駆といわれる。

一四〇　＊浪漫主義文学運動　「浪漫主義」は、一八世紀末から一九世紀初頭にかけてヨーロッパで展開された文学・美術上の思潮・運動。自然・感情・空想・個性・自由の価値を主張した。

＊自然主義小説　「自然主義」は一九世紀後半にフランスを中心として興った文芸思想・運動。ゾラ、モーパッサンなどがその代表。自然科学と実証主義に基づき、自然的・社会的環境の中の人間の現実を客観的に描こうとした。日本では明治時代の末期、島崎藤村、田山花袋らが先駆となった。

＊人間喜劇　バルザックの計九一篇の長短篇小説の総称。フランス革命（一七八九）後の社会を舞台に、約二千人の人物の性格、職業、境遇、階級等々を描いた。「ゴリオ爺さん」「谷間の百合」など。

一四一　＊久米正雄　小説家。明治二四〜昭和二七年（一八九一〜一九五二）。作品に「破船」など。

*純粋小説論　三五六頁参照。

一四二 *バレス　Maurice Barrès　フランスの小説家、政治家。一八六二〜一九二三年。作品に「自我礼拝」など。

*セナンクウル　Étienne Pivert de Senancour　フランスの小説家。一七七〇〜一八四六年。作品に「オーベルマン」など。

*コンスタン　Benjamin Constant　フランスの小説家、政治家。一七六七〜一八三〇年。作品に「アドルフ」など。

一四三 *わが国の自然主義文学　明治の末期、島崎藤村、田山花袋らを先駆として興隆、多くは自らの私生活に基づく告白小説の形をとった。

一四四 *アイデアリスト　理想主義者、観念論者。ここでは、自分の掲げる抽象的な理想に酔いしれて、現実のことが眼中にない人のこと。

*田山花袋　小説家。明治四〜昭和五年（一八七一〜一九三〇）。初期には感傷的な抒情《じょじょう》小説を書いていたが、モーパッサンに学んで自然主義文学に開眼する。作品に「蒲団」「田舎教師」など。

*ブルジョアジイ　富裕な市民階級。

一四五 *クロオド　ゾラが芸術創造の苦闘と芸術家仲間との交流を描いた小説「制作」の主人公で画家。挫折《ざせつ》の後、未完の絵の前で自殺する。

＊紅露二氏　尾崎紅葉と幸田露伴のこと。尾崎紅葉は小説家、俳人。慶応三〜明治三六年（一八六七〜一九〇三）。作品に「多情多恨」「金色夜《こんじきや》叉《しゃ》」など。幸田露伴は小説家、劇作家。慶応三〜昭和二二年（一八六七〜一九四七）。作品に「風流仏」「五重塔」など。

＊ワーヅワース　William Wordsworth　イギリスの詩人。一七七〇〜一八五〇年。長詩「序曲」など。

＊独歩　国木田独歩。詩人、小説家。明治四〜四一年（一八七一〜一九〇八）。作品に「武蔵野」「牛肉と馬《ば》鈴薯《れいしょ》」など。

一四六　＊蒲団　田山花袋の短篇小説。明治四〇年（一九〇七）九月『新小説』に発表。

一四七　＊藤村　島崎藤村。詩人、小説家。明治五〜昭和一八年（一八七二〜一九四三）。明治三九年三月、「破戒」を自費出版、自然主義文学の先駆となった。

＊秋声　徳田秋声。小説家。明治四〜昭和一八年（一八七一〜一九四三）。作品に「黴」など。

一四八　＊夢殿の救世観音　「夢殿」は奈良の法隆寺東院の本堂。「救世観音」はその夢殿の本尊。飛鳥時代の代表的彫刻の一つ。

一四九　＊正宗氏　正宗白鳥。小説家、劇作家、評論家。明治一二〜昭和三七年（一八七九〜一九六二）。作品に「牛部屋の臭い」「入江のほとり」など。

一五〇　＊白樺派　文学・美術雑誌『白樺』（明治四三〜大正一二年）に拠《よ》った作家たち。武者小路実篤《さねあつ》、志賀直哉、有島武郎、岸田劉生《りゅうせい》、高村光太郎など。自然主義に対し、自己への忠実と成長を中心とする個人主義、さらに人道主義、理想主義の立場に立った。

*新思潮派　文芸雑誌『新思潮』（明治四〇年代から十数次にわたって継承刊行）に拠った作家たち。芥川龍之介、菊池寛、久米正雄など。個人主義、人道主義の立場を理知的・現実的に追求した。

*早稲田派　文学雑誌『早稲田文学』に拠った作家たち。『早稲田文学』は明治二四年創刊。坪内逍遥が主宰。

*三田派　文学雑誌『三田文学』に拠った人々。『三田文学』は慶應義塾大学文学部の機関誌として明治四三年、永井荷風らが創刊。

一五二　*衣食足りて栄辱を知る　「栄辱」は「栄誉と恥辱」。暮らしにゆとりができてはじめて自尊心が芽生えてくる、の意。

*谷崎氏　谷崎潤一郎。小説家、劇作家。明治一九～昭和四〇年（一八八六～一九六五）。

*佐藤氏　佐藤春夫。詩人、小説家。明治二五～昭和三九年（一八九二～一九六四）。

一五三　*生田長江　評論家、翻訳家。明治一五～昭和一一年（一八八二～一九三六）。ここでいわれている論文は「谷崎氏の現在及び将来―小説を捨てたか、小説が捨てたか」。

一五四　*城府　元来は城壁で囲まれた都市やその役所をいう。そこから、かこい、しきり、へだての意でも用いられる。

*マルクシズム文学　マルクス主義文学。三四六頁参照。マルクス主義は明治三〇年代に日本に伝わり、マルクス主義文学は大正末期から昭和初頭に大きな勢力となった。

一五五　*清算　マルクス主義者の間では、環境や教育の影響で身についた資本主義的・ブルジョア的傾向を自己批判し克服し、真にマルクス主義の立場に立つことをさしていわれた。

一五六　＊プロレタリヤ文学　資本主義社会における労働者階級、すなわちプロレタリアの生活と自覚に基づいて表現される文学。一般には「マルクシズム文学」と同義で用いられるが、昭和五年（一九三〇）頃から評論家平林初之輔や加藤武雄などによって「マルクシズム文学」は「プロレタリア文学」の一部であり、マルクス主義の立場からは見落とされ、評価されないプロレタリア文学作品があるとの指摘があった。

一五七　＊ブルジョア文学　ブルジョア階級の作家によって書かれる文学、あるいは資本主義擁護の立場で書かれる文学。「ブルジョア」は元来は富裕な市民階級、また有産階級の人のこと。

一五八　＊純粋小説論　昭和一〇年四月、『改造』に発表された横光利一の評論。〈純粋小説〉こそが最も高級な文学であるとし、「純文学にして通俗小説」の概念を提唱、さらに「第四人称」の設定を説くなど現実的な方法論を展開した。

＊地の糧　Les Nourritures terrestres　ジイドが一八九七年に発表した作品。

一六二　＊贋金造り　Les Faux-Monnayeurs　ジイドが一九二六年に発表した作品。現在の邦訳題は「贋金つかい」が一般的。

＊エドゥアル　「贋金造り」に登場する小説家。

一六四　＊贋金造りの日記　Journal des Faux-Monnayeurs　ジイドの小説「贋金造り」のための創作日記。一九二六年刊行。

＊メリメ　Prosper Mérimée　フランスの小説家、劇作家、歴史家。一八〇三～一八七〇年。作品に「エトルリアの壺」「コロンバ」「カルメン」など。

＊ドゥブル・メプリイズ　メリメの一八三三年の作品「二重の誤解」La double méprise のこと。

一六七　＊現代個人主義小説　ルソーのような告白やゾラのような描写の後に、また実証主義や社会主義といった思想を経て社会と歴史が小説の対象とされるようになった後に、捉えがたい社会を前にして自分自身の存在の不確かさを感じ、不安を覚える個人（私）の姿を追求する小説をさしていわれている。

一七一　＊花花　横光利一の小説。昭和六年（一九三一）四月～一二月、『婦人之友』に連載。資産家の長男伊室は、女中の八重子を妊娠させてしまう。友人の木谷は、伊室の妹輝子を愛している。輝子の友人夏子は伊室が恒子という女性を愛するように企《たくら》み、伊室はその策略に陥る。そんな折、八重子が行方不明になる…。

＊河上徹太郎　文芸評論家。明治三五～昭和五五年（一九〇二～一九八〇）。著書に「自然と純粋」など。

＊ウルトラ・モダン人種　伝統的価値観を顧みず、人間関係を割切って自己の欲望のままに生きる人々のこと。「ウルトラ・モダン」は過度かつ極端な近代性の意。

一七二　＊金色夜叉　尾崎紅葉の小説。一高生の間《はざま》貫一は、自分を裏切り資産家に嫁いだかつての許婚《いいなずけ》鴫沢《しぎさわ》宮と明治の社会に、高利貸しとなって復讐《ふくしゅう》しようとする。金銭万能時代への批判が反響を呼んだ、明治期最大の人気小説。明治三〇年(一八九七)一月以降『読売新聞』に断続連載、明治三六年、続篇を『新小説』に掲載した。

*不如帰　徳冨蘆花《ろか》の小説。海軍少尉川島武男と妻浪子は、理想の夫婦だった。が、武男の日清戦争出征中に、浪子は肺結核が理由で姑《しゅうとめ》に離縁される。当時の社会通念への批判と、女性からの訴えが共感を呼んだ家庭小説。明治三一年一一月~三二年五月、『国民新聞』に連載。

一七三　*髷もの　ここは時代小説の意。丁髷《ちょんまげ》を結っていた時代を扱った作品。時代物。

*書割り　芝居の背景をつくる大道具。転じて物事の背景一般にもいう。

*山内氏の訳本　山内義雄による「狭き門」の完訳本。大正一二年(一九二三)、新潮社刊。

一七四　*岩波文庫　岩波書店が、昭和二年(一九二七)、ドイツのレクラム文庫を手本に、古今東西の古典的作品を集めて刊行を開始した文庫本。定価を星印の数で表示し、発売当初は一つが二〇銭。その人気によって、当時、日本文学の単行本の売行きが減少する影響もみられた。

*ニヒリスト　虚無主義者。ロシアの小説家ツルゲーネフが、その作品「父と子」の中で、唯物論者《ゆいぶつろん》で伝統的権威を否定する主人公をニヒリストと呼んだ。後に一般化し、普遍的真理、慣習的道徳などのすべてを否定する者をさす。

一七五　*新感覚派　大正末期から昭和初期にあらわれた文学の一流派。同人雑誌『文芸時代』に拠った横光利一、川端康成、中河与一らがこの名で呼ばれた。三五〇頁参照。
＊新興芸術派　昭和五年四月、反マルクス主義芸術家の大同団結と芸術の自律性の確保を意図して結成されたクラブ。中村武羅夫、龍胆寺雄、尾崎士郎、井伏鱒二らが名を連ねた。
一七六　＊ジョイス　James Joyce　イギリス領（当時）アイルランド生れの小説家。一八八二〜一九四一年。作品に「ユリシーズ」など。
＊転向問題　ここでいわれる「転向」は、国家権力の強制等によって思想や主義を放棄すること。日本では特に昭和初年、大正一四年（一九二五）に制定された治安維持法によって共産主義者が弾圧され、その主義を放棄したことをさしていう。
一七七　＊ジイドの転向問題　一九三一年頃から共産主義への関心を深めていたジイドは、三二年、『N・R・F』に「日記（一九二九—三二）」を連載、これに伴ってその左翼への転向問題が論議されるようになった。
＊行動主義文学　「行動主義」は知識人の能動精神、行動的ヒューマニズムの体現を訴える文芸上の主義。

新人Xへ

一八〇　＊シニスム　犬儒主義、皮肉主義。社会一般の道徳や慣習を意図的に無視する態度、主義。犬のような無欲な生活を理想としたアンティステネス（ソクラテスの弟子）が創始したギリシャ哲学の一派、犬儒学派（キュニコス学派）に由来するとされる。

一八一　＊行動主義者等　前頁「行動主義文学」参照。

一八二　＊印象批評　客観的基準に依拠せず、芸術作品が自己に与える印象に基づいて行う主観的批評のこと。

一八七　＊五十円　因みに当時、小学校教員の初任給が四五〜五五円、公務員（高等官）の初任給が七五円であった。

一八八　＊デカダンス　頽廃。

現代作家と文体

一九〇　＊ヴァリエション　変型。

一九一　＊ラヂオ　日本では、大正一四年（一九二五）に本放送が開始された。

＊高等学校程度　ここでいわれる高等学校は、旧制の高等学校。中学修了の男子に通常三年間の高等普通教育を授けた。在学年齢は一八〜二一歳が標準。

＊職業上　著者は昭和七年（一九三二）から、明治大学の文芸科で教鞭《きょうべん》をとっていた。

一九二　＊美妙斎　山田美妙。小説家、詩人、国語学者。慶応四〜明治四三年（一八六八〜一九一〇）。言文一致体の小説に「武蔵野」など。

＊今よりは…　明治三四年（一九〇一）、モーパッサンの短篇集に感銘を受けた田山花袋が、自然主義に開眼して記した言葉の一部。回想録「東京の三十年」（大正六年刊）に

見える。

一九三　*花袋　田山花袋。小説家。明治四〜昭和五年（一八七一〜一九三〇）。三五三頁参照。
*自然主義小説　「自然主義」は一九世紀後半にフランスを中心として興った文学思想、運動。自然科学と実証主義に基づき、自然的・社会的環境の中の人間の現実を客観的に描こうとした。ゾラやモーパッサンらがその代表。日本では明治後期の島崎藤村、田山花袋などを先駆として多くは自己の私生活に基づく告白小説の形をとった。
*新感覚派　大正末期から昭和初期にあらわれた文学の一流派。同人雑誌『文芸時代』に拠った横光利一、川端康成、中河与一らがこの名で呼ばれた。三五〇頁参照。
*鏡花　泉鏡花。小説家。明治六〜昭和一四年（一八七三〜一九三九）。独自の浪漫的・幻想的境地を開いた。作品に「高野聖《ひじり》」「歌行灯《あんどん》」など。
*春夫　佐藤春夫。詩人、小説家。明治二五〜昭和三九年（一八九二〜一九六四）。作品に「田園の憂鬱《ゆううつ》」「都会の憂鬱」など。
*プロレタリヤ文学運動　「プロレタリヤ文学」は資本主義社会における賃金労働者、すなわちプロレタリアの階級的自覚と生活に基づいて現実を捉えようとした文学。昭和三（一九二八）〜六年頃には文壇で大きな勢力となったが、昭和九年以後、弾圧によって潰滅した。

一九四　*土偶　土人形。

一九五　*自然派小説　「自然主義小説」に同じ。

オリムピア

一九七　＊オリムピア　一九三六年のベルリン五輪の記録映画。一九三八年完成。レニ・リーフェンシュタール監督による「民族の祭典」「美の祭典」の二部構成。日本では、昭和一五年（一九四〇）六月に「民族の祭典」が、同年一二月に「美の祭典」が公開された。

二〇〇　＊ドガ Edgar Degas　フランスの画家。一八三四〜一九一七年。作品に「踊り子」など。

＊マラルメ Stéphane Mallarmé　フランスの詩人。一八四二〜一八九八年。ここで言及されている逸話は、ヴァレリー（三三六頁参照）の「ドガ・ダンス・デッサン」に収録された〈ドガと十四行詩〉で伝えられている。

二〇一　＊肺腑の言　心の奥底にある言葉。「肺腑」は心の奥底。

マキアヴェリについて

二〇四　＊今度の満洲旅行中　著者は昭和一五年（一九四〇）八月、文芸家協会の「文芸銃後運動」朝鮮・満洲班に参加、新京・奉天・大連などを旅行した。

＊マキアヴェリ Niccolò Machiavelli　イタリアの政治思想家、歴史家。一四六九〜一五二七年。

＊ローマ史論　マキアヴェリが、古代ローマの歴史家リウィウスの「ローマ史」を注解しながら政治論を述べた書。

二〇五　＊マキアヴェリズム　国家の利益のためなら非道徳的手段をとっても許されるという主張。権謀術数主義。マキアヴェリの著作「君主論」の中に見える思想。

二〇七　＊シニスム　犬儒主義、皮肉主義。社会一般の道徳や慣習を意図的に無視する態度、主義。シニシズム。

二〇八　＊人間が聖人に…　「ローマ史論」第一巻第二七章の表題。

　　＊ラスキン　John Ruskin　イギリスの批評家。一八一九〜一九〇〇年。

二〇九　＊ハルビン　中国黒竜江省の省都。

二一一　＊松平定信　江戸時代後期の大名。宝暦八〜文政一二年（一七五八〜一八二九）。老中として寛政の改革を断行し、幕政の立て直しにあたった。

　　＊君子は国を…　松平定信の随筆「花月草紙」の中の言葉に基づく表現。

　　＊君子固より窮す　「論語」〈衛霊公篇〉にある言葉。孔子の一行が陳の国で戦乱に巻きこまれ、食糧の入手が困難となったとき、弟子の子路が「君子でも困窮するようなことがあるのでしょうか」と憤然として言ったのに対し、孔子は「君子でももちろん困窮することはある。しかし、小人は困窮すれば取り乱すものだね」と答えた。

匹夫不可奪志

二一二　＊三軍モ帥ヲ…　「論語」〈子罕《しかん》篇〉にある言葉。どんな大軍であってもその総大将を連れ去ることはできる、が、とるに足らない男でもその志を奪い取ることはできない。

＊甚矣…　「論語」〈述而篇〉から。私も衰えたようだ、こうも久しく周公の夢を見ないのでは。「周公」は古代中国の政治家。前一一世紀頃、兄の武王を助けて殷を滅ぼし周の基礎を固めた。孔子は礼と楽を初めて定めた人として敬愛した。

二一七　＊relativism　英語で、相対主義の意。価値や認識内容の普遍性・絶対性を否定し、特定の歴史や社会情勢との関係を考慮して物事を判断する立場。

「ガリア戦記」

二一八　＊ジュリアス・シイザア　Gaius Julius Caesar　ローマの武将。前一〇〇年頃～前四四年。ユリウス・カエサル。「シイザア」（シーザー）は英語読み。

＊ガリア戦記　Commentarii de Bello Gallico　カエサルによる史書。前五八～前五〇年のガリア・ブリタニア征討に関する記録。

＊近山金次氏の飜訳　昭和一七年（一九四二）二月、岩波書店刊。

＊造形美術　ここは古陶器などの骨董《こっとう》類をいっている。著者は昭和一〇年代半ばから陶器をはじめとする骨董に熱中した。

二二一　＊兵馬倥偬　戦争に明け暮れ、忙しくしているさま。

＊元老院　古代ローマの立法・諮問《しもん》機関。カエサルの頃までは政治運営に支配的な力を有した。

＊サンダル　ここは古代ローマの履物。底を紐《ひも》で足にくくりつけ、その紐をさらに膝下《ひざした》ま

で編み上げて履く。

表現について

二二二　＊ダアウィン　Charles Robert Darwin　イギリスの生物学者、ダーウィン。一八〇九〜一八八二年。著書に「種の起原」「人間および動物の表情」など。

＊エクスプレッショニスム　表現主義。第一次世界大戦前のドイツに始まった芸術運動。内的・主観的感情の表現に重きをおく。美術ではカンディンスキーなど。

二二三　＊パウル・ベッカー　Paul Bekker　ドイツの音楽評論家。一八八二〜一九三七年。著作に「西洋音楽史」など。

＊アダヂオ　音楽用語で速度標語。ゆるやかに、の意。アダージョ。

＊こんな映画　アメリカ映画「間諜X27」（一九三一）のこと。監督ジョゼフ・フォン・スタンバーグ、主演マレーネ・ディートリッヒ。

二二四　＊マインツの包囲戦　「マインツ」はドイツ西部、ライン川中流の河港都市。マインツ包囲戦は一七九三年、フランス軍に占領されていたマインツを奪回するため、プロシャ・オーストリア同盟軍が攻囲した戦い。なおナポレオンはこの戦闘に参加していない。

二二五　＊古典派の時代　「古典派」は一七、一八世紀におけるヨーロッパ芸術の全般的な傾向。古代ギリシャ・ローマの芸術を規範とし、理性、普遍性、均衡、調和などを重んじる。

＊浪漫派の時代　「浪漫派」は、一八世紀末から一九世紀初頭にかけてヨーロッパで展開された芸術上の思潮・運動。自然・感情・空想・個性・自由の価値を重視した。

＊フランス革命　一七八九〜九九年、フランスに起った市民革命。一七八九年七月、保守派貴族と市民の対立からパリ民衆のバスティーユ牢獄《ろうごく》襲撃事件が起り、同年八月、人権宣言、九二年、王政の廃止、共和制の成立へと展開した。

二二七　＊第九シンフォニイ　ベートーヴェンが一八二四年に完成、初演した交響曲第九番ニ短調作品一二五「合唱付」。四楽章からなり、第四楽章ではソプラノ、アルト、テノール、バスの独唱者四人と混声合唱が、ドイツの劇作家、詩人シラー（一七五九〜一八〇五）の詩「歓喜に寄す」に基づく歌詞を歌う。

二二八　＊和声的器楽　「和声」はハーモニー。ある旋律を中心に、楽音を重層的に構成すること。「器楽」は楽器のみによる音楽。

＊無言歌　メンデルスゾーンのピアノ小曲集。歌曲の形式を模した様式で書かれている。

二二九　＊ワグネル　Richard Wagner　ドイツの作曲家、ワーグナー。一八一三〜一八八三年。従来の歌劇を改革、より総合芸術としての統一感を高めた楽劇を創始した。作品に歌劇「ローエングリン」、楽劇「トリスタンとイゾルデ」など。

＊詩的主題　詩の抒情《じょじょう》性もしくは韻律などを、楽曲形式上の基礎とすること。

＊標題楽的主題　「標題楽」は、意味内容や性格を指示・説明する題名や筋書の付された音楽。

＊ニイチェ対ワグネル　Nietzsche contra Wagner　ドイツの哲学者ニーチェが一八八八年に完成した論文。以下、文中の引用はその〈私が感嘆するところ〉から。

＊パルジファル　Parsifal　ワーグナー最後の楽劇。全三幕。一八八二年、バイロイトで初演。深傷《ふかで》を負い、苦悩する聖杯守護者を、清らかな愚か者パルジファルが救う。

＊デカダンス　頽廃《たいはい》。

二三一　＊パリで爆発した　一八六一年、ワーグナーの歌劇「タンホイザー」のパリでの初演をいっている。一八四五年、ドレスデンで初演、パリで改訂版が上演された。

二三二　＊ソナタ形式　古典派以降に完成を見た代表的な楽曲形式。主題の呈示・展開・再現の三部からなる。交響曲などの第一楽章に多く用いられる。

二三三　＊噪音　「楽音」の対語。振動が不規則であるため高さが明瞭《めいりょう》でなく、したがって音階や協和音がつくりにくい音。

＊楽音　音楽の素材となる音。振動が一定の周期で継続し、高さ、強さ、音色などの要素がそなわった音。

二三四　＊自然主義　一九世紀後半にフランスを中心として興った文芸思想・運動。自然科学と実証主義に基づき、自然的・社会的環境の中の人間の現実を客観的に描こうとした。ゾラやモーパッサンがその代表。

＊十八世紀の啓蒙思想　一八世紀フランスを中心とした革新的思想。伝統的権威に対して、人間的で合理的な自律を唱えた。

二三七　＊選良　選ばれたすぐれた人。

二三八　＊ワグネル論　ボードレールが一八六一年に発表した「リヒャルト・ワーグナーと『タンホイザー』のパリ公演」のこと。引用はその〈二〉から。

＊エドガア・ポオ　Edgar Allan Poe　アメリカの詩人、小説家。一八〇九～一八四九年。詩に「大鴉」「鐘」、詩論に「ユリイカ」など。

＊悪の華　Les Fleurs du Mal　ボードレールの詩集。一八五七年刊行。

＊象徴派詩人達　「象徴派」は一九世紀後半、フランスに興った思潮・運動。内面的思考や主観的情緒を何らかの象徴によって表現しようとした。ボードレール、マラルメ、ヴェルレーヌ、ランボーなど。

二三九　＊実証主義　観念や想像ではなく、客観的事実に基づいて物事を証明しようとする考え方。一九世紀フランスの哲学者コントが最初に哲学的・体系的にまとめた。

二四〇　＊ナチュラリスムの小説　「ナチュラリスム」は自然主義。前頁参照。

＊レアリスムの小説　「レアリスム」は現実主義、写実主義の意。同時代の社会の現実を、細部まで描き尽くそうとするバルザック、フローベル、ゾラなどの小説。

二四二　＊アンプレッショニスム　印象主義。一九世紀半ば、絵画を中心にフランスで興った芸術運動。感覚的・主観的印象を、そのまま表現しようとした。モネ、ルノワールなどがその代表。

＊エピフェノメノン　付随現象、随伴現象。

二四三　＊ポアンカレ　Henri Poincaré　フランスの数学者、物理学者。一八五四〜一九一二年。位相幾何学や電磁気について研究を行い、実証主義の立場から科学方法論の批判を展開した。著書に「科学と仮説」「科学の価値」など。

＊合理主義　経験に基づかない理性的認識を真の認識と考え、数学を学問の模範とし、存在や価値に関して人間が先天的に持つとされる生得観念を認める立場。

＊主知主義　第一次大戦後、イギリスとフランスに興った思潮。感情や意志、神秘的直観などよりも、知性の働きを重視する立場。

＊ベルグソン　Henri Bergson　フランスの哲学者。一八五九〜一九四一年。ベルクソン。著書に「物質と記憶」「創造的進化」など。

二四六　＊ヴァレリイ　フランスの詩人、思想家。三三六頁参照。言及の言葉は、一九二〇年にリュシアン・ファブルの詩集「女神を識《し》る」の巻頭に掲げた〈序言〉に出る。

＊サンボリスト達　前頁「象徴派詩人達」に同じ。

＊割符　紙片などに文字を書き、証印を押して二つに割り、当事者双方が一つずつ持つもの。後日、合せてみて当事者である証拠とする。symbole の語源、古代ギリシャ語の symbola は、コインなどを割って作った割符をいう。

二四七　＊Cの音　ハ音のこと。音名ハニホ…をドイツ語や英語ではCDE…で表記する。

二四九　＊最後の絃楽四重奏曲　ベートーヴェンが一八二六年に完成した弦楽四重奏曲第一六番ヘ長調作品一三五。四楽章からなる。

二五〇　＊グラーヴェ　音楽の速度標語で、重々しく、荘重にゆっくりと、の意。

＊アレグロ　音楽の速度標語で、速く、の意。

中庸

二五一　＊中庸　考え方や行動がかたよらず中正であること。

二五二　＊天下国家モ…　世の中を公平に治めること、高い身分や大きな報酬を辞退すること、白刃の上を踏み渡ることすら困難であってもできないことではない、しかし、中庸を保つことは容易でない、の意。「中庸」第九章に出る。

二五三　＊中庸ハ其レ…　「論語」〈雍也篇〉にある「中庸の徳たるや、それ至れるかな」に基づく表現。「中庸は、なんとこの上ない徳であることか」。

＊君子　すぐれた教養があり、道徳的に立派な人。以下に言及の趣旨は「中庸」第二章に出る。

＊小人　度量の狭い人、徳の少ないひと。

＊君子固ヨリ窮ス　「論語」〈衛霊公篇〉にある言葉。孔子の一行が陳の国で戦乱に巻きこまれ、食糧の入手が困難となったとき、弟子の子路が「君子でも困窮するようなことがあるのでしょうか」と憤然として言ったのに対し、孔子は「君子でももちろん困窮することはある。しかし、小人は困窮すれば取り乱すものだね」と答えた。

政治と文学

二五六　＊作家の日記　本来は、ドストエフスキーが一八七三年から編集人として参加した雑誌『市民』で、自ら執筆を担当した欄の名称。一八七六年からは独立した個人雑誌として毎月刊行し、政治論文以外にも回想、随想、小説等、あらゆるジャンルにわたって筆をふるった。

＊オネーギン　プーシキンの韻文小説「エヴゲーニイ・オネーギン」。

＊タチヤナ　「エヴゲーニイ・オネーギン」の女主人公。

二五七　＊パロディー　ここでは模造品、偽物の意。元来は既存の作品の特徴を模して、滑稽《こっけい》、風刺、教訓などを目的として作りかえた作品。

二五八　＊グラドフスキイ　Aleksandr Dmitrievich Gradovskii　公法史が専門のペテルブルグ大学教授。評論家。一八四一〜一八八九年。この論文は、一八八〇年六月二五日の『ゴーロス（声）』紙に掲載された。

二五九　＊Liberté…　フランス革命のスローガン。

二六〇　＊第一次欧洲大戦　第一次世界大戦。一九一四〜一八年。

二六一　＊フランス革命　一七八九〜九九年、フランスに起った市民革命。一七八九年七月、保守派貴族と市民の対立からパリ民衆のバスティーユ牢獄《ろうごく》襲撃事件が起り、同年八月、人権宣言、九二年、王政の廃止、共和制の成立へと展開した。

＊ソヴェト旅行記　「ソヴィエト連邦より還《かえ》る」のこと。一九三六年一一月刊。ジイドは

新しいソヴィエト社会への賛嘆・期待とともに、生産品の低い品質、大衆の無気力、思想上の画一主義などへの批判的見解も表明した。

＊ブルジョア作家　ブルジョア階級にいて文学活動をする小説家、また資本主義擁護の立場で作品を書く小説家。「ブルジョア」は有産者階級の人のこと。

二六二　＊ユマニテ　ここでは、人類の意。フランス語。

二六三　＊全体主義　個人よりも国家や民族といった全体を優先させ、その全体の目標のために個人や集団を総動員する思想や体制のこと。

＊自由主義　政治・経済・文化などの領域で、国家の干渉を排し、可能な限り個人の思想と行動の自由を尊重する立場。

＊二大国家　アメリカ合衆国とソヴィエト連邦のこと。第二次世界大戦（一九三九～四五）後の一九四七年頃から両国の対立が表面化し、東西諸国を巻き込みながら激しさを増していた。

二六六　＊アプレ・ゲール　戦後の意。第一次世界大戦後フランスに興り、戦前の価値観に反逆した文学・芸術上の潮流。日本では第二次大戦後に、野間宏、椎名《しいな》麟三《りんぞう》、武田泰淳ら新進世代の文学傾向をさしていわれた。

二六七　＊チャタレイ夫人　Lady Chatterley's Lover　ロレンスの小説「チャタレー夫人の恋人」のこと。一九二八年刊。夫が戦争で下半身不随となった貴族の妻が、森番の男との性愛によって人間性を回復する。

＊伊藤整　評論家、小説家、翻訳家。明治三八〜昭和四四年（一九〇五〜一九六九）。昭和一〇年（一九三五）一二月、「チャタレイ夫人の恋人」の訳書を健文社から刊行していた。

＊今度出て…　昭和二五年四月、五月、上下二巻を小山書店から刊行、同年六月、最高検察庁に猥褻《わいせつ》文書の疑いありとして摘発され、九月、起訴された。

＊伏字　印刷物で、公にすることを避けるため、その部分を空白にしたり○×の記号を入れたりすること。明治二年（一八六九）の出版条例、明治二六年の出版法によって出版物の事前検閲が行われ、反政府的な思想や性的描写などを含む出版物は、発行禁止になるか該当部分を伏字にすることで出版を許可された。出版法の廃止は昭和二四年。

二六八　＊コンスタンス・チャタレイ　チャタレー夫人、即《すなわ》ちこの小説の主人公。

二七一　＊メローズ　「チャタレー夫人の恋人」の登場人物。夫人と肉体関係を結ぶ森番。メラーズ。

＊ヘドニスト　快楽主義者。

＊ゲオルギウ　Constantin Virgil Gheorghiu　ルーマニア出身の小説家。一九一六〜一九九二年。一九四七年、王制を廃止して社会主義国となったルーマニアからフランスへ亡命した。

＊二十五時　La Vingt-Cinquième Heure　ゲオルギウの長篇小説。一九四九年刊。第二次世界大戦の混乱に翻弄される小国、ルーマニアの国民の悲哀を描いた。

二七二　＊きけわだつみのこえ　第二次世界大戦中、学徒動員によって徴兵され戦死した学生たちの手記を集め、戦後の昭和二四年（一九四九）に東大協同組合出版部から刊行された。戦争の悲惨を伝える出版物として大きな反響を呼んだ。
＊歴史主義　すべての事象は歴史の生成発展過程の中にある、とする立場。ヘーゲルやマルクスの思想などがその代表。
＊自然主義　三六七頁参照。

二七三　＊ディアレクティック　弁証法。相互に対立する意見や事柄の双方を媒介にして、より高い水準の真理に迫ろうとする態度、あるいは手続きをいう。ヘーゲルでは、有限的存在に内在する自己矛盾が、必然的に対立物への転化をもたらす働きをさし、現実世界のすべての運動・活動の原理とされる。
＊発条　ぜんまい、ばね、のこと。ここでは、運動の動力の意。
＊ケルケゴール　Sören Aabye Kierkegaard　デンマークの宗教思想家、キルケゴール。一八一三〜一八五五年。

二七四　＊唯物論　物質のみを真の実在とし、精神や意識はその派生物と考える哲学上の立場。マテリアリズム。
＊ブルジョア社会機構　封建体制を倒した自由市民（ブルジョアジー）による社会。一八世紀の啓蒙《けいもう》思想から生れた自由経済に基づき、自由で平等な個人の権利を得た、資本家としてのブルジョアジーと賃金労働者とからなる。

＊観念論　物質や自然は精神によって規定されて初めて存在しうるとする考え方。アイデアリズム。

二七五　＊個人主義者　「個人主義」は国家・社会・特定階級などの集団より個人の存在を優先し、価値を上位におく考え方。

二七六　＊ドビュッシイ　Claude Debussy　フランスの作曲家。一八六二〜一九一八年。管弦楽曲に「牧神の午後への前奏曲」、歌劇に「ペレアスとメリザンド」など。

＊象牙の塔　芸術家や学者が、俗世間と隔絶した世界で仕事に没頭することのたとえ。フランスの批評家サント・ブーヴ（三四一頁参照）が詩人ド・ヴィニーを評した語に由来する。

＊アンドレ・マルロオ　André Malraux　フランスの小説家、政治家。一九〇一〜一九七六年。美術評論に「芸術心理学」など。

＊クールベ　Gustave Courbet　フランスの画家。一八一九〜一八七七年。近代写実主義を主導した。作品に「ボードレールの肖像」「画家のアトリエ」など。

＊ワグネル　Richard Wagner　ドイツの作曲家、ワーグナー。一八一三〜一八八三年。三六六頁参照。

二七七　＊セクト　派閥、分派。

＊形而上学的　「形而上学」は哲学の一部門。事物や現象の本質あるいは存在の根本原理を、思惟や直観によって探求しようとする学問。

＊印象主義　一九世紀半ば、フランスで興った絵画を中心とする芸術運動。感覚的・主観的印象を、そのまま表現しようとした。モネ、ルノワールなどがその代表。

二七八　＊衆寡敵せず　少数では多数に敵《かな》わないこと。

二八〇　＊選良達　選ばれたすぐれた人物たち。

＊下部構造　マルクスの史的唯物論でいう、上部構造（次項参照）の土台となる経済構造や社会の生産システム。

＊上部構造　史的唯物論でいう、政治・法律・宗教・芸術等の思想・制度。

＊スターリン　Iosif Vissarionovich Stalin　ソ連の政治家。一八七九〜一九五三年。一九二二年から共産党書記長。三六年以降、大量粛清を強行して独裁体制を確立した。

二八二　＊ノアの洪水時代　「ノアの洪水」は「旧約聖書」〈創世記〉に記された洪水。神は、堕落した人類を滅ぼすための大洪水を起こす。その前に、義人ノアに方舟《はこぶね》を作って難を免れるよう命じ、彼とその家族は、アダムとイヴにつぐ人類の第二の祖先になったという。

二八五　＊或る座談会　「コメディ・リテレール」と題された『近代文学』同人との座談会。昭和二一年（一九四六）二月、同誌に掲載された。

二八六　＊清算　マルクス主義の語義としては、環境や教育の影響で身についた資本主義的・ブルジョア的傾向を自己批判し克服し、真にマルクス主義の立場に立つことをいった。

「ペスト」I

二九〇　＊ペスト　La Peste　カミュの長篇小説。一九四七年刊。ペストに襲われたアルジェリアの都市オランの恐怖と市民の連帯感を記録形式で描く。
＊ブウルジェ　Paul Bourget　フランスの小説家。一八五二〜一九三五年。作品に「弟子」「宿駅」など。
＊フランス　Anatole France　フランスの小説家、批評家。一八四四〜一九二四年。小説に「タイス」など。
＊ペギイ　Charles Péguy　フランスの詩人。一八七三〜一九一四年。詩「エーヴ」など。
＊クロオデル　Paul Claudel　フランスの詩人、劇作家。一八六八〜一九五五年。戯曲に「繻子の靴」など。
二九一　＊アプレ・ゲール　戦後の意。第一次世界大戦後のフランスに興り、戦前の価値観に反逆した文学・芸術上の潮流。日本では第二次大戦後に、野間宏、椎名麟三、武田泰淳ら新進世代の文学傾向をさしていわれた。

「ペスト」Ⅱ

二九二　＊デフォー　Daniel Defoe　イギリスの小説家。一六六〇年頃〜一七三一年。
＊政治犯　デフォーは真正の英国国教徒以外の信徒を公職から排除する政府法案を批判した罪で一七〇三年五月、逮捕され、五ヶ月余の牢獄《ろうごく》生活を送った。出獄後も一七一八年頃まで政治活動を続けた。

＊ロビンソン・クルウソー　デフォーが一七一九年に出版した小説「ロビンソン・クルーソー漂流記」のこと。冒険によって名を成そうと野心を抱いて出奔したロビンソンは、船の難破によって無人島に漂着する。

＊レジスタンス運動　抵抗運動。第二次世界大戦中の、ナチス・ドイツに対するフランスやヨーロッパ各国の地下抵抗運動を指す。

二九三　＊フライデー　「ロビンソン・クルーソー」の登場人物。主人公ロビンソンに保護され、従僕となった。

二九四　＊オラン　「ペスト」の舞台となったアルジェリアの都市。

二九五　＊ロマン・ナチュラリスト　自然主義小説。「自然主義」は一九世紀後半、フランスを中心として興った文学思想、運動。自然科学と実証主義に基づき、自然的・社会的環境の中の人間の現実を客観的に描こうとした。ゾラやモーパッサンらがその代表。

二九六　＊ペスト年代記　A Journal of the Plague Year　デフォーの小説「疫病流行記」。一七二二年刊。一六六四〜五年のロンドンの疫病《ペスト》大流行を、一市民の記述という形で描いた。

＊きけわだつみのこえ　第二次世界大戦中、学徒動員によって徴兵された戦没学生たちの手記を集め、戦後の昭和二四年（一九四九）一〇月、東大協同組合出版部から刊行された。戦争の悲惨を伝える出版物として大きな反響を呼んだ。

二九七　＊アプレ・ゲール　前頁参照。

二九八　＊ケルケゴール　Sören Aabye Kierkegaard　デンマークの宗教思想家。キルケゴール。

一八一三〜一八五五年。

＊永遠回帰　無限の時間の中では、一度あったことは必ず永遠に繰り返されるとする、ニーチェ哲学の根本思想の一つ。永劫回帰。

＊実存主義哲学　「実存主義」は人間の個的実存を哲学の中心におく立場。科学的な方法によらず、人間を主体的にとらえ、人間の自由と責任を強調する。

＊モラリスト　人間性の本質や道徳の探求を主として随筆風に書き著した人々。特に、一六〜一八世紀フランスのモンテーニュ、パスカル、ラ・ロシュフーコーらを指す。

＊ヴォルテール　Voltaire　フランスの小説家、思想家。一六九四〜一七七八年。著作に「哲学書簡」、風刺小説「カンディード」など。

二九九 ＊アラン　Alain　フランスの哲学者、モラリスト。一八六八〜一九五一年。著作に「幸福論」「芸術論集」など。

＊ルッソオ　Jean-Jacques Rousseau　フランスの啓蒙思想家、ルソー。一七一二〜一七七八年。

＊懺悔録　Les Confessions　ルソーの自伝的著作「告白」のこと。誕生から一七六五年まで、自己の内面を赤裸々に語る。

三〇〇 ＊ナチュラリスト　自然主義者。

三〇二 ＊一八一二年役　ナポレオンのロシア侵攻を指す。フランスの発展とヨーロッパ支配のため、ナポレオンはイギリス打倒を企て大陸封鎖を敢行、これに違反したロシアを攻めた。

る。「戦争と平和」第三巻・第四巻は、その大軍のロシア侵入から潰走《かいそう》までに充《あ》てられてい

三〇四 ＊ピエール夫婦 「戦争と平和」の登場人物。夫はピョートル・キリーロヴィッチ・ベズーホフ（「ピエール」は「ピョートル」のフランス語読み）、妻はナターシャ・イリイニチナ・ベズーホヴァ（旧姓ロストヴァ）。

三〇六 ＊タルー 「ペスト」の登場人物。知識人で、ペストの流行を食い止めようと衛生班を結成する。

＊キリーロフ ドストエフスキーの小説「悪霊」の登場人物。建築技師で、人神論の信奉者。

＊パヌルー 「ペスト」の登場人物。イエズス会の博学の神父。ペストは神による懲戒であると説教する。

＊バルト Karl Barth スイスの神学者。一八八六～一九六八年。神への徹底的な服従を説いた。

三〇七 ＊哨戒線 敵襲を警戒するための最前線。ここではペストに対する警戒態勢をいっている。

喋ることと書くこと

三〇八 ＊菊池寛 小説家。明治二一～昭和二三年（一八八八～一九四八）。小説に「恩讐の彼方に」「真珠夫人」、戯曲に「父帰る」など。

三一〇　*辰野隆　仏文学者、随筆家。明治二一～昭和三九年（一八八八～一九六四）。著者の東京帝国大学仏文科時代以来の恩師。著書に「ボオドレエル研究序説」など。

三一二　*写本　手書きによって写した書物。

三一三　*田中美知太郎　哲学者。明治三五～昭和六〇年（一九〇二～一九八五）。

*プラトン　Platon　古代ギリシャの哲学者。前四二七～前三四七年。書物についての批判的言及は「パイドロス」や「第二書簡」「第七書簡」などに出る。

三一四　*信ずべき書簡　「第七書簡」のこと。

*ソクラテス　Sokrates　古代ギリシャの哲学者。前四六九～前三九九年。ペロポネソス戦時下の祖国アテナイの危機を救うため、徳の本質を問い、市民の自覚を促す対話の活動を開始した。

*アカデミア　前三八七年頃、アテナイ郊外のアカデメイア神苑にプラトンが開設した学校。五二九年、ユスティニアヌス帝によって閉鎖された。

三一五　*金槐集　「金槐和歌集」。鎌倉幕府第三代将軍源実朝《さねとも》（一一九二～一二一九）の歌集。

三一六　*センセーショナル　感覚的。

感想

三一七　*沙漠は生きている　ディズニー社が一九五三年に製作した生物記録映画。

三一八　*アニミズム　宗教の超自然観の一つ。自然界のあらゆる事物には、それぞれ固有の霊魂

（アニマ）などの霊的なものが存在し、自然現象はその働きによるとする世界観。

三一九　＊前大戦　ここは第一次世界大戦（一九一四〜一八）をさす。

＊ベルグソン　Henri Bergson　フランスの哲学者。一八五九〜一九四一年。ベルクソン。直観主義の立場から近代の自然科学的世界観を批判した。著書に「物質と記憶」など。

＊後年のエッセイ　「可能的なものと現実的なもの」。一九三〇年、雑誌に発表し、後に著書「思想と動くもの」に収録した。

三二三　＊写真術　一八二二年（二六年説もある）、フランスのニエプスが版画の複写に成功、つづいて一八三九年八月、フランスの画家ダゲールの銀板写真がフランス学士院で発明品として認められた。

＊リアリズム文学　「リアリズム」は写実主義。一九世紀にヨーロッパで盛んになった芸術上の思潮。実証主義思想と科学を土台にし、現実を客観的に表現しようとする立場をいう。文学では、フランスのバルザック、フローベル、ゾラなどがその代表。

＊ドガ　Edgar Degas　フランスの画家。一八三四〜一九一七年。新聞に載った写真から疾駆する馬の姿勢を研究するなどした。

三二四　＊ピエルとジャン　Pierre et Jean　モーパッサンが一八八八年に発表した小説。

三二五　＊イリュージョン　幻覚、錯覚。

三二七　＊アセチレン・ランプ　アセチレンを燃料にした灯火。アセチレンは炭化水素の一種で、可燃性無色の有毒性の気体。

三二八　＊トーキー映画　音声を伴った映画。一九二六年、世界で最初のトーキー映画が製作された。

三三〇　＊モネ Claude Monet　フランスの画家。一八四〇～一九二六年。作品に、印象主義の呼称の由来となった「印象―日の出」、他に「ルーアン大聖堂」「睡蓮」など。

＊この注解は、新潮社版「小林秀雄全作品」（全二八集別巻四）の脚注に基づいて作成した。　編集部

解説

江藤淳

この集の前半に収められているのは、創作である。小林秀雄氏もまた、他の大正末期の文学青年同様、「白樺」派――なかんずく志賀直哉氏の影響をうけた小説家志望者として出発した。『一ツの脳髄』は、大正十三年七月、『青銅時代』六号に発表されたもので、当時作者は第一高等学校文科丙類の生徒であった。

この作品については、「志賀直哉的な厭人性《えんじん》」のあらわれをみようとする河上徹太郎氏の批評がある。それはたとえば次のような部分にうかがわれるもののことである。

《顔色の悪い、繃帯《ほうたい》をした腕を首から吊《つる》した若者が石炭酸の匂いをさせて胡坐《あぐら》をかいて居た。その匂いが、船室を非常に不潔な様に思わせた。傍に、父親らしい痩《や》せた爺《じい》さんが、指先きに皆穴があいた手袋で、鉄火鉢の辺《へり》につかまって居る。申し合わせた様に膝頭《ひざがしら》を抱えた二人連の洋服の男、一人は大きな写真機を肩から下げて居る、一人は洗面器と洗面器の間隙《かんげき》に頭を靠《もた》せて口を開けて居る。それから、柳行李《やなぎごうり》の上に俯伏《うつぶ》した四十位の女、――これらの人々が、皆醜い奇妙な置物の様に黙って船の振動でガタガタ慄えて居るのだ。自分の身体も勿論《もちろん》、彼等と同じリズムで慄えなければならない。それが堪らなかった。然《しか》し自分だけ慄えない方法は如何《どう》しても発見出来なかった》

だが、この最後の数行は、決して志賀直哉氏のなかには発見出来ぬものである。「自分の身体も勿論、彼等と同じリズムで慄えなければならない。それが堪らなかった。然し自分だけ慄えない方法は如何しても発見出来なかった」ここにあらわれている自分を相対的なものと感じる感覚と、それを「堪らない」とする自意識の相剋《そうこく》は、すでに小林氏が身につけていた新しさであって、それが氏をやがて批評という形式におもむかせ、その批評を独立した文学の一ジャンルとして確立させもしたのであった。『一ツの脳髄』以前に、小林氏は『蛸《＊たこ》の自殺』という小説を書いている。これは回覧雑誌に載った習作で、現存していないが、『青銅時代』七号に掲載された『飴《＊あめ》』という短編は、チェーホフ風なヒューモアのあるもっと小説的な作品で、全集に収められていないのが惜しまれる。『女とポンキン』は、最初『ポンキンの笑い』と題されて『山繭《やままゆ》』に発表された。『山繭』は、ここに生前大部の詩稿を寄せた富永太郎の名とともに記憶されるべき同人雑誌で、その富永は『ポンキンの笑い』について、

《……「一ツの脳髄」を見てしまっている目には illusion の intensité がやや稀薄《きはく》なのが何よりも残念だ。なぜあそこまで行けなかったかと返すがえすも惜しいと思う。作品の中に移調された意識が、やはり現実の時間の中をあまりに粘着性なく流動しているとでも言いたいような気がする》

と小林氏に書き送っている。『女とポンキン』はこの批評を容《い》れて改稿されたもので、これら初期の作品は、また小林氏をとりまいていた友人たちの共有する文学的雰囲気を反映しているともいえるのである。

『からくり』は、昭和五年二月の『文学』五号に掲載された。『文学』はその後『作品』と改題されたが、横光利一、川端康成、永井龍男らを同人とする芸術派の雑誌で、この綺想《きそう》には新進批評家として当時日の出のいきおいのプロレタリア文学を向うにまわしていた作者の横顔がうかがえるであろう。しかし、昭和六年九月の『古東多万《ことたま》』第一号に載った『眠られぬ夜』には、むしろ批評家以前の小林秀雄という雰囲気がうかがわれる。私はこの小説とも散文詩ともつかぬ作品の制作年代を、昭和三年初夏頃、小林氏が愛人との凄惨《せいさん》な同棲《どうせい》生活からのがれて、奈良の志賀直哉氏のところに行った当時までさかのぼらせたいという誘惑にかられてならない。『おふえりや遺文』は、昭和六年十一月号の『改造』に発表されたものであるが、『眠られぬ夜』にみられる切迫した現実嫌悪《けんお》と「純潔」への偏執の交錯にくらべれば、この独白体のイメイジにとぼしい、しかし秩序立った文体の感触は、とうてい同じ頃あいついで書かれたものとは思われぬへだたりを感じさせるからである。

『Xへの手紙』(『中央公論』昭和七年九月号)は、半ば小説風、半ばエッセイ風の作品であるが、ここには後年さまざまな形式で変奏されることになる小林氏の思想の萌芽《ほうが》が、ほとんど出そろっているといえるであろう。ただ、注目すべきことは、この作品のなかにいわば遺言の要素と恋文の要素がからみ合って存在するということである。たとえば、

《俺は今も猶《なお》絶望に襲われた時、行手に自殺という言葉が現れるのを見る、そしてこの言葉が既に気恥しい晴着を纏《まと》っている事を確め、一種憂鬱な感動を覚える。そういう時だ、俺が誰でもいい誰かの腕が、誰かの一種の眼差しが欲しいとほんとうに思い始めるのは》

というように。氏はここで、かつての愛人との同棲生活から得た絶望を語りながら、それをそのまま第二の女性への愛の告白としているのである。重要なことは、

《2+2=4とは清潔な抽象である。……この抽象世界に別離するあらゆる人間の思想は非実証的だ、……だから人間世界では、どんな正確な論理的表現も、厳密に言

えば畢竟《ひっきょう》文体の問題に過ぎない》

という様な決定的な思想が、こういう絶望の裂け目から生れているということだ。この断定の重さは、そのまま批評家小林秀雄のなかに沈澱《ちんでん》している絶望の重さである。『夏よ去れ』は、昭和十二年十一月号の『文学界』に発表されている。この詩はすこしも巧みではないが、ちょうどこの頃、小林氏の宿命的な友人であり、同じ愛人を共有した仲でもあった詩人中原中也《ちゅうや》が不帰の病床についていたという事実や、当時の氏が文壇からは左翼壊滅後の「指導的理論家」と目されていたことなどを想《おも》いあわせると、興味深い。『秋』はそれから十二年後に書かれた小品で、プルーストの『失われし時を求めて』という主題をめぐる随想のかたちをとっているが、作者の心象に影を投じている奈良の秋のくすんだ輝きが、意外に鋭いデカダンスの刃で切り裂かれているのを見逃《みのが》してはならない。

後半には、初期の代表的な評論と、中期以降戦後にいたる時事的なエッセイ、感想文が集められている。『様々なる意匠』は、昭和四年四月、『改造』の懸賞論文第二席に入選した論文で、小林氏はこの作品によって文壇に出た。第一席は、宮本顕治氏（現日本共産党書記長）の芥川龍之介論、『敗北の文学』だったが、このことはプロレタリア文学全盛のその頃の風潮をうかがわせるであろう。

この論文で小林氏が語っているのは、結局ひとつのことである。つまり、「宿命」――自分の「死」を自ら所有すること――という見地からすれば、あらゆる文学は「意匠」にすぎぬ。逆にいえば、「宿命」をわが手に握ったとき、人ははじめて「文学」たりうる「意匠」をまとうのだと。バルザックの「宿命」は彼の「人間喜劇」を要求したが、マルクスの「宿命」は彼の哲学を要求した。彼らの壮麗な構築の裏側には、ちょうどそれとつりあった虚無がかくされている。……だが、こういう思想は、マルクシズムに魅力を覚えていた当時の青年にたやすくうけいれられはしなかった。昭和四年に八高の生徒だった本多秋五氏は、

《小林秀雄は、僕等の眼には「変な奴」としか映らなかった》

と回想している。

そのような本多氏が、のちに小林氏の『私小説論』の上に「戦後文学」の指導理論を仮設しなければならなくなったのは、歴史の皮肉というほかはない。本多氏の『小林秀雄論』は、

《……林房雄と組み、亀井勝一郎、森山啓等を包容した「文学界」初期の活動は、俺達でなくて誰が日本文学を背負って立つか――という自負のもとになされた活動と推量されるのだが、このころの何時《いつ》か、彼（小林秀雄）は文学における人民戦線

結成のごときものを意図したのではないかと想像される》として、『私小説論』の「社会化された私」という観念に、この「意図」の反映を見ようとしている。

だが、実は、この論文が書かれた昭和十年当時、小林氏は「文学における人民戦線」などを企てようとしていたのではなかった。「社会化された私」とは、むしろそれまで「自意識」という内部に注がれていた小林氏の眼が、他人との関係のなかに置かれた意識――「良心」というものへ転換されるときの実践的な苦痛とでもいったもののことである。『私小説論』にひきつづいて書かれた『新人Xへ』(『文芸春秋』昭和十年九月号)の次の一節は、そのことを明瞭《めいりょう》に示しているであろう。

《……君が自己告白に堪えられない、或はこれを軽蔑するのは、君がそれだけ外部の社会に傷ついた事を意味する。即《すなわ》ち、君の自我が社会化する為《ため》に自我の混乱というデカダンスを必要としたのではないか。このデカダンスだけが、君に原物の印象を与え得る唯一《ゆいいつ》のものだ、君が手で触って形が確められる唯《ただ》一つの品物なのだ。確かなものは覚え込んだものにはない、強いられたものにある。強いられたものが、覚えこんだ希望に君がどれ程堪えられるかを教えてくれるのだ。自分が病人である事が納得出来たら、病者の特権だけ信じ給え》

『現代作家と文体』は、今日の文学の混乱にあてはめてもそのままに生きる卓見である。『オリムピア』、『マキアヴェリについて』、『匹夫不可奪志《ひっぷもこころざしをうばうべからず》』、『ガリア戦記』の四つのエッセイは、太平洋戦争直前から戦中にかけて書かれた。これらに見られる緊張した精神の美は、自らの「宿命」の歩みと予測しがたい時代の歩みとを一致させようと決意した小林氏の覚悟から生れている。『表現について』以下の七編は、戦後の文章だが、『様々なる意匠』の難解な発想を想いおこすと意外なほどに、いずれも平明達意の名文である。そこにあらわれているのは、自己の「宿命」に徹することによって、そのことのみによって自己を「社会化」することに成功した、成熟した作者の姿である。

（昭和三十七年二月十六日、文芸評論家）

＊『蛸の自殺』『飴』は、第五次「小林秀雄全集」および「小林秀雄全作品」（第六次全集）には収録されている。編集部

本書は新潮社版第五次『小林秀雄全集』および『小林秀雄全作品』（第六次全集）を底本とした。

表記について

新潮文庫の文字表記については、原文を尊重するという見地に立ち、次のように方針を定めました。

一、旧仮名づかいで書かれた口語文の作品は、新仮名づかいに改める。
二、文語文の作品は旧仮名づかいのままとする。
三、旧字体で書かれているものは、原則として新字体に改める。
四、難読と思われる語には振仮名をつける。

小林秀雄著

作家の顔

書かれたものの内側に必ず作者の人間があるという信念のもとに、鋭い直感を働かせて到達した作家の秘密、文学者の相貌を伝える。

小林秀雄著

ドストエフスキイの生活

文学界賞受賞

ペトラシェフスキイ事件連座、シベリヤ流謫、恋愛、結婚、賭博——不世出の文豪の魂に迫り、漂泊の人生を的確に捉えた不滅の労作。

小林秀雄著

モオツァルト・無常という事

批評という形式に潜むあらゆる可能性を提示する「モオツァルト」、自らの宿命のかなしい主調音を奏でる連作「無常という事」等14編。

小林秀雄著

本居宣長

日本文学大賞受賞（上・下）

古典作者との対話を通して宣長が究めた人生の意味、人間の道。「本居宣長補記」を併録する著者畢生の大業、待望の文庫版！

田山花袋著

蒲団・重右衛門の最後

蒲団に残るあの人の匂いが恋しい——赤裸々な内面を大胆に告白して自然主義文学の先駆をなした「蒲団」に「重右衛門の最後」を併録。

田山花袋著

田舎教師

文学への野心に燃えながらも、田舎の教師のままで短い生涯を終えた青年の出世主義とその挫折を描いた、自然主義文学の代表的作品。

カミュ
宮崎嶺雄訳
ペスト

ペストに襲われ孤立した町の中で悪疫と戦う市民たちの姿を描いて、あらゆる人生の悪に立ち向うための連帯感の確立を追う代表作。

ゲーテ
高橋義孝訳
若きウェルテルの悩み

ゲーテ自身の絶望的な恋の体験を作品化した書簡体小説。許婚者のいる女性ロッテを恋したウェルテルの苦悩と煩悶を描く古典的名作。

モリエール
内藤濯訳
人間ぎらい

誠実であろうとすればするほど世間とうまく折り合えず、恋にも破れて人間ぎらいになっていく青年を、涙と笑いで描く喜劇の傑作。

スタンダール
小林正訳
赤と黒（上・下）

美貌で、強い自尊心と鋭い感受性をもつジュリヤン・ソレルが、長年の夢であった地位をその手で摑もうとした時、無惨な破局が……。

トルストイ
工藤精一郎訳
戦争と平和（一〜四）

ナポレオンのロシア侵攻を歴史背景に、十九世紀初頭の貴族社会と民衆のありさまを生き生きと写して世界文学の最高峰をなす名作。

ラディゲ
新庄嘉章訳
肉体の悪魔

第一次大戦中、戦争のため放縦と無力におちいった青年と人妻との恋愛悲劇を描いて、青春の心理に仮借ない解剖を加えた天才の名作。

新潮文庫最新刊

宮本輝著
堀井憲一郎編
もうひとつの「流転の海」
全巻読了して熊吾ロスになった人も、まだ踏み込めていない人も。「流転の海」の世界を切り取った名短編と傑作エッセイ全15編収録。

乃南アサ著
美麗島紀行
―つながる台湾―
台湾、この島には何かがある。故宮、夜市だけではない何かが――。私たちのよき隣人の知られざる横顔を人気作家が活写する。

文月悠光著
臆病な詩人、街へ出る。
意外と平凡、なのに世間に馴染めない。そんな詩人が未知の現実へ踏み出して……。18歳で中原中也賞を受賞した新鋭のまばゆい言葉。

山極寿一
小川洋子著
ゴリラの森、言葉の海
野生のゴリラを知ることは、ヒトが何者かを自ら知ること――対話を重ねた小説家と霊長類学者からの深い洞察に満ちたメッセージ。

佐藤優著
生き抜くためのドストエフスキー入門
―「五大長編」集中講義―
国際政治を読み解き、ビジネスで生き残るために。最高の水先案内人による現代人のための「使える」ドストエフスキー入門。

「選択」編集部編
日本の聖域《サンクチュアリ》
ザ・コロナ
行き当たりばったりのデタラメなコロナ対策に終始し、国民をエセ情報の沼に放り込んだ責任は誰にあるのか。国の中枢の真実に迫る。

X《エツクス》への手紙《てがみ》・私小説論《わたくししようせつろん》

新潮文庫　こ－6－1

昭和三十七年四月十日発行
平成十六年十一月二十五日四十八刷改版
令和三年十二月十日五十三刷

著者　小《こ》林《ばやし》秀《ひで》雄《お》

発行者　佐藤隆信
発行所　株式会社 新潮社
郵便番号 一六二―八七一一
東京都新宿区矢来町七一
電話 編集部(〇三)三二六六―五四四〇
読者係(〇三)三二六六―五一一一
http://www.shinchosha.co.jp

価格はカバーに表示してあります。

乱丁・落丁本は、ご面倒ですが小社読者係宛ご送付ください。送料小社負担にてお取替えいたします。

印刷・株式会社精興社　製本・加藤製本株式会社

ISBN978-4-10-100701-4 C0195